Doce años y un instante

Anna Casanovas es licenciada en Derecho y lleva años trabajando de traductora literaria. Su primera novela, *Nadie como tú,* se publicó en 2008 y desde entonces no ha dejado de escribir y de publicar obras de distintos géneros. Es autora de *Un beso al alba*, *Saltar al vacío* y de *Doce años y un instante*, todas ellas en Ediciones B. *Doce años y un instante* le valió la distinción «Mejor Autora Nacional» otorgada por Cazadoras del Romance. El Rincón de la Novela Romántica le otorgó el Premio RNR a la Mejor Autora Romántica de 2013. En 2016 ganó el premio Titania con *Herbarium. Las flores de Gideon* y en 2017 el de mejor novela de emociones nacional otorgado por RNR con *La Partitura. Música para Adam*. Actualmente está escribiendo su próxima novela.

ANNA CASANOVAS

Doce años y un instante

Papel certificado por el Forest Stewardship Council®

MIXTO
Papel procedente de fuentes responsables
FSC® C117695

Penguin Random House Grupo Editorial, S.A.U.
Travessera de Gràcia, 47-49. 08021 Barcelona

Printed in Spain – Impreso en España

ISBN: 978-84-663-6582-6
Depósito legal: B-6502-2020

Impreso en Black Print CPI Ibérica
Sant Andreu de la Barca (Barcelona)

R280023

Penguin
Random House
Grupo Editorial

Para Marc, Ágata y Olivia

Agradecimientos

Esta novela no existiría sin El Rincón de la Novela Romántica y sin el apoyo y el cariño que siempre me han mostrado sus administradoras, en especial, Esther Ortiz. Chicas, os merecéis este reconocimiento y muchos más. También quiero darle las gracias a mi editora, Marisa Tonezzer; ella me dijo que tenía que encontrar mi propia voz y escribir una novela desde el corazón. Y eso es lo que he hecho con *Doce años y un instante*. Espero que la novela esté a la altura de vuestros consejos. Si no lo he conseguido, es sin duda culpa mía, y os aseguro que seguiré intentándolo.

Desde que publiqué mi primera novela he conocido a mucha gente y me gusta creer que he aprendido algo de todas las personas que han ido apareciendo en mi vida, pero quiero darle las gracias especialmente a Rebeca Rus por ser mi amiga y por darme ánimos contra viento y marea, y a Nieves Hidalgo por recordarme que tenía que ser valiente y atreverme con todo. Las dos sois increíbles.

Por último, también quiero dar las gracias a todas las personas que siguen creyendo que un libro, en el formato que sea, es un tesoro que merece la pena conservar.

Nota para el lector

La historia de Cecilia y Sebastián no es un cuento de hadas, aunque su principio quizá te engañe. Doce años de espera pueden ser demasiados, incluso para la pasión más intensa o para el amor más fiel. Doce años de espera pueden ser demasiados, aunque a veces un instante hace que cualquier sufrimiento valga la pena.

Para hacer que esa espera sea menos amarga cada capítulo empieza con la estrofa de una canción. Me encantaría que pudieses escucharlas mientras lees la novela, así que si te apetece puedes conectarte a la lista de Spotify titulada «Doce años y un instante». Allí las encontrarás todas, en el orden en que van apareciendo. Sé que Sebastián y Cecilia no van a dejarte indiferente y estoy convencida de que su historia se quedará contigo para siempre.

Prólogo

Contigo soy feliz
desde el instante en que te vi
y ahora comprendo que sin ti
ya no podré vivir...

NINO BRAVO,
Contigo soy feliz

Cecilia tenía los ojos cerrados y la suave brisa de verano se colaba por entre sus pestañas; la arena le hacía cosquillas en los pies y la luna sonreía con ella. Todavía llevaba puesto el vestido que su madre le había regalado para la ocasión, pero había dejado de prestarle atención a esa tira que no dejaba de caérsele por el hombro y se había olvidado del color exacto de la tela; un rosa demasiado pálido que Cecilia jamás habría elegido.

Hoy cumplía dieciocho años y para celebrarlo sus padres las llevaron a las dos, a Cecilia y a su hermana pequeña Alexia, a cenar a un restaurante que había muy cerca de la playa. Al terminar, y dado que era un día especial, Cecilia convenció a sus padres para que la dejasen salir un rato con sus amigas. Su padre accedió a regañadientes, era un hombre que imponía unas normas de conducta muy estrictas y al que no le gustaba que sus hijas saliesen entre semana, y mucho menos pasadas las diez de la noche; pero era verano y Cecilia le recordó que en unos meses empezaría la universidad y que estaría mucho tiempo sin ver a sus compañeras de clase.

Aunque la explicación con la que Cecilia convenció a su padre era verdad, ella no había quedado con Lucía y María, había quedado con Sebastián. Y no sabía por qué era incapaz de contárselo a nadie. Sus padres conocían a Sebastián y les gustaba, y sabían que ella y él eran amigos. Quizá por eso no se lo había contado, pensó nerviosa. No se lo había contado porque en realidad ella quería que Sebastián fuese algo más que su amigo. ¿Y si Sebastián no quería lo mismo? ¿Y si se reía de ella o la miraba con lástima? Se estremeció solo de pensarlo y tras abrir los ojos optó por caminar un poco y acercarse más al mar.

La brisa la guio hasta un pequeño montículo de tierra y decidió que era el lugar perfecto para sentarse y deleitarse con las vistas. Observó el mar a lo lejos; la marea se había llevado consigo las olas, pero allí todavía olía a sal. Escuchó el sonido de una moto inconfundible y un escalofrío que no tenía nada que ver con la brisa le cubrió la piel.

—Hola, cumpleañera —la saludó Sebastián.

Cecilia giró la cabeza y le sonrió.

—Llegas tarde... —lo riñó, aunque al mismo tiempo dio unos golpecitos en la arena para indicarle que se sentara a su lado.

—Lo sé. —Sebastián dejó el casco encima de su amada moto, un trasto que era un milagro que arrancara, y se acercó a Cecilia. No se sentó a su lado, sino que se colocó delante de ella, a escasos centímetros de distancia—. Felicidades —le dijo con la voz algo ronca, y cruzó los dedos para que ella no se diese cuenta.

Cecilia se quedó mirando la caja que Sebastián sostenía entre las manos. No esperaba que él le hiciera un regalo, ella sabía mejor que nadie las horas que se pasaba Sebastián trabajando para poder ahorrar e independizarse.

—No tenías que comprarme nada —le dijo sin coger el paquete.

—No digas tonterías. —Colocó la caja encima del regazo de Cecilia e insistió—: Ábrelo.

Cecilia buscó los ojos de Sebastián y vio en ellos una vulnerabilidad que no esperaba. Él tenía miedo de que rechazara el regalo. Rompió el papel sin ninguna delicadeza y se quedó atónita al descubrir lo que ocultaba. Una cámara de fotos, pero no cualquiera, la cámara que ella no le había dicho a nadie que quería; excepto a él, porque Sebastián era el único que al parecer entendía la fascinación que Cecilia sentía por la fotografía.

—¡Oh, Dios mío! —Le lanzó los brazos alrededor del cuello—. ¡Gracias, Bastian!

—De nada —consiguió farfullar él después de tragar saliva varias veces.

En los tres años que hacía que la conocía la había abrazado varias veces, cinco para ser exactos, y en ninguna de las ocasiones había estado preparado para el impacto que suponía tener a Cecilia entre los brazos. Llevaba tanto tiempo resistiendo lo que sentía por ella que Sebastián tardó unos minutos en controlar los latidos de su corazón. Había llegado el momento. Por fin podía confesarle a Cecilia lo que sentía. O al menos una parte. Hoy ella cumplía dieciocho años y estaba a punto de empezar una nueva etapa en la vida. Una etapa de la que él quería formar parte, siempre que Cecilia se lo permitiera, por supuesto. Levantó una mano y le acarició el pelo, y notó enseguida que ella empezaba a temblar. ¿La habría asustado?

Sebastián le estaba acariciando el pelo. ¿Era posible? ¿No estaba soñando? Hacía tres años que lo conocía, pero había sido durante esos últimos meses cuando por fin había comprendido qué era aquella sensación que se instalaba en su estómago cada vez que lo veía. Había llegado el momento. Por fin podía decirle a Sebastián lo que sentía. Se había pasado incontables noches soñando con él, temerosa de que la rechazara, de que le dijera que la veía como a una amiga, o algo incluso peor, como una hermana pequeña. Lo notó temblar y se armó de valor. Aflojó los brazos y se apartó un poco para poder mirarle a los ojos. ¿Cómo empezar? Se olvidó de respirar, los ojos marrones de Sebastián, unos ojos que había visto reír tantas veces, estaban fijos en ella y brillaban tanto que parecían casi negros. Se lamió el labio inferior y él siguió el movimiento con las pupilas. Sebastián había colocado las manos en la espalda de Cecilia, y ella notó que él apretaba los dedos, y también vio que la nuez de Adán subía y bajaba con lentitud.

—Sebastián, yo...

No la dejó terminar. Sebastián obedeció a su corazón y dejó de luchar contra lo que llevaba tanto tiempo deseando hacer. La besó. Agachó despacio la cabeza, lo suficiente para que ella pudiese rechazarlo, pero no lo bastante como para que él pudiera cambiar de opinión. Esperó hasta el último instante para cerrar los ojos, quería grabar para siempre aquel precioso instante en su memoria. Y cuando sus labios tocaron los de Cecilia, Sebastián respiró por primera vez en la vida. Se quedó quieto, absorbiendo el calor que emanaba de ellos y sintiendo la respiración de ella pegada a su piel. No se movió, pero levantó despacio una mano y volvió a acariciarle el pelo. Cecilia tardó unos segundos en responder al beso, una eternidad que se desvaneció con un mero latido cuando ella volvió a rodearle el cuello con los brazos. A Cecilia nunca la habían besado, y lo que él había hecho antes de conocerla prefería olvidarlo. Aquel beso era el primero de ambos, el beso que los dos recordarían durante el resto de sus vidas. Su primer beso, el primero de muchos y, por lo que atañía a Sebastián, el primero que daba a la única mujer de su vida. Separó un poco los labios y con la lengua buscó un beso más íntimo. Cecilia lo imitó y sus bocas se fundieron. Ella tembló, él también. La dulce inexperiencia de ella, la desesperación de él por descubrir el amor por primera vez. Se besaron una y otra vez, Sebastián le sujetó el rostro con las manos y trató de consumirla con sus besos, de explicarle que jamás había sentido nada parecido por nadie. La estaba besando, y ella le estaba devolviendo los besos. La vida podía ser maravillosa. Deslizó las manos del rostro de Cecilia hacia sus brazos y buscó los dedos de ella. Los encontró en su nuca y entrelazó los suyos con los de Cecilia para que lo soltara. La besó con dulzura dos veces más. Tres. Y se apartó un poco.

—¿Te gusta la cámara? —le preguntó con la voz incluso más ronca que antes.

—Mucho —le sonrió sincera—. Pero no tendrías que habérmela comprado.

—¿Por qué? Quería comprártela desde el día que me la enseñaste. Vi cómo la mirabas en ese escaparate, además, así ya no tendrás ninguna excusa para no apuntarte a un curso de fotografía.

Cecilia desvió la mirada hacia la caja que contenía la cámara y empezó a abrirla.

—¿Qué estás haciendo? —le preguntó él confuso por la reacción de Cecilia.

—Preparando la cámara —le explicó ella sin apartar los ojos de la tarea que tenía entre manos. Levantar solapas de cartón, abrir bolsas de plástico, comprobar que la batería estaba cargada, quitar la tapa del objetivo. Apuntar. Disparar.

—¿Acabas de hacerme una foto? —preguntó Sebastián con una sonrisa algo tímida.

—Sí. —Cecilia miró la pequeña pantalla y observó la expresión que había conseguido capturar—. Muchas gracias, Sebastián.

Él no dijo nada sino que le colocó un dedo bajo el mentón y le levantó la cabeza un poco. Justo hasta poder verle los ojos.

—De nada. —Tomó aire y añadió—: Tenemos que hablar, Cecilia, pero antes necesito volver a besarte. ¿Puedo?

Cecilia asintió y se acercó a él.

Sebastián apartó con cuidado la cámara, que dejó en el suelo junto a los dos, y sujetó de nuevo el rostro de Cecilia entre las manos. Seguían temblándole, pero no le importaba. Quizá con el paso del tiempo, cuando ya llevara más de cincuenta años al lado de Cecilia, dejaría de parecerle un milagro que ella quisiera que él la tocase. Inclinó la cabeza y colocó los labios encima de los de ella. Durante unos segundos ninguno de los dos se movió y cuando ella suspiró, Sebastián sintió cómo el aliento de Cecilia se deslizaba por su garganta. Nada le había preparado para aquello y su cuerpo reaccionó sin consultárselo a su cerebro. Deslizó la lengua por el labio inferior de Cecilia y ella tembló. Poco a poco Cecilia fue entreabriendo la boca y Sebastián se perdió en ella. Cecilia se sujetó a la camiseta de él y Sebastián apartó los labios para poder besarle el rostro, el cuello. Ella echó la cabeza hacia atrás y suspiró, y él pensó que estaría dispuesto a hacer cualquier cosa para escuchar aquel sonido durante el resto de su vida. Cecilia aflojó las manos y con una acarició el pelo de Sebastián. La otra la deslizó por uno de los antebrazos de él y notó que el músculo se flexionaba bajo sus yemas.

—Había soñado tantas veces con esto —dijo él pegado a su piel—. No puedo creerme que esté aquí contigo —siguió como si estuviese hablando consigo mismo—. Seguro que ahora me despertaré en mi cama.

—Yo también he soñado con esto —confesó Cecilia, a la que con cada beso le costaba más pensar—. Tenía miedo de que todo fueran imaginaciones mías.

Sebastián levantó la cabeza y la miró con una ceja enarcada.

—No. Es real, Cecilia. Llevo meses esperando este día. —En realidad eran años, pero Sebastián no quería abrumarla. Deslizó los labios por una clavícula y atrapó el tirante del vestido entre los dientes. Sintió la tentación de tirar de él, pero la miró a los ojos y al ver las intensas emociones que se reflejaban en ellos, idénticas a las de él, lo soltó y depositó un beso en el hombro. Se apartó y notó que ella le miraba confusa—. Tenemos que hablar.

A Cecilia se le hizo un nudo en el estómago. Sebastián la había besado y le había regalado una cámara, seguro que ahora no iba a decirle nada malo, pero Cecilia había visto las suficientes películas como para saber que esa frase no solía augurar nada bueno.

—Claro —le dijo tras humedecerse el labio inferior. Era curioso, pensó, la piel seguía igual que antes, pero ahora notaba rastros del calor de Sebastián en ella.

—Te quiero, y quiero irme contigo a Madrid.

Cecilia tardó varios segundos en reaccionar. ¿Sebastián la quería? ¿Quería irse a Madrid con ella?

—Si no quieres que vivamos juntos, lo entenderé —añadió Sebastián nervioso y algo incómodo—. De hecho, sería lo mejor. Y lo más lógico —añadió casi para sí mismo—. No quiero que te sientas presionada; nuestra relación avanzará tan rápido o tan despacio como tú quieras. Pero te quiero. Estoy enamorado de ti y quiero irme contigo. Puedo ayudarte con el traslado. Tengo trabajo, o lo tendré cuando lleguemos, un amigo de mi padre me ha conseguido una entrevista. Podemos vernos un par de días por semana, o solo uno. O ninguno —añadió apartando la mirada y malinterpretando el silencio de Cecilia. Intentó soltarse y entonces ella por fin salió de su estupor y le abrazó con todas sus fuerzas.

—Yo también te quiero, Sebastián —le dijo con lágrimas en los ojos.

Sebastián le devolvió el abrazo y hundió el rostro en el pelo de Cecilia.

—Te quiero —susurró él emocionado—. Y te prometo que te haré feliz. Tú y yo somos para siempre, ¿lo sabes, no?

—Lo sé. Para siempre —aseguró ella pegando la nariz al hueco que había entre el cuello y la clavícula de Sebastián.

No sabía que la piel podía oler tan bien. Sebastián notó que ella respiraba hondo y tembló y se apartó de nuevo para darle otro beso. Y otro. Y otro. Y otro. Y cuando estuvieron tumbados en la arena la besó por todas las noches que había soñado con hacerlo y que no lo había hecho porque el sentido común, la edad de ella, la relación que tenía con sus padres, y lo que él había hecho años atrás, se lo habían impedido. Cecilia le devolvió todos y cada uno de los besos y le hizo sentir como si fuera invencible. Un hombre mejor, uno con futuro. Sebastián quería quitarle el vestido, quería verla desnuda bajo la luna. Quería acariciarla y hacerle el amor. Y quería que ella se lo hiciera a él. Pero aquel no era ni el momento ni el lugar para ello, así que, aunque probablemente fue lo más duro que había hecho jamás, dejó de besarla y se sentó en la arena. Junto a ella, pero sin tocarla. Cecilia se quedó tumbada unos segundos con la piel de gallina y el corazón desbocado, pero tras unos minutos también se incorporó y se sentó. Quizá se preocupó un instante, pero cuando vio que Sebastián cerraba los ojos e intentaba recuperar el aliento, sonrió.

—Será mejor que te lleve a casa —sugirió él sin ganas.

—¿No podemos quedarnos un poco más? —le preguntó ella moviendo despacio los dedos en busca de la mano que él había dejado cerca de su pierna.

Sebastián tardó unos segundos en contestar, pero antes de hacerlo le cogió la mano y se quedó mirándola.

—No —confesó, y no hizo falta que añadiera que el motivo era porque no confiaba en poder contenerse una segunda vez.

Cecilia también tenía sus dudas acerca de sí misma. A pesar de que nunca había estado con ningún chico, estaba convencida de que si seguía besando a Sebastián, pronto no se conformaría con solo besarlo.

—¿Vendrás a verme mañana? —optó por preguntarle entonces.

—Te lo prometo. Y también hablaré con tus padres —añadió Sebastián valiente y decidido—, quiero que sepan que estamos juntos.

Cecilia sonrió. Era la noche más feliz de su vida.

Eran las doce del mediodía y Sebastián todavía no había ido a verla. Probablemente se había quedado dormido. Sebastián tenía tres trabajos; por la mañana trabajaba en el taller de reparaciones del puerto, era su trabajo preferido porque allí podía estar cerca del mar y aprenderlo todo de los barcos y de la navegación. Por la tarde seguía en el puerto, aunque entonces ayudaba a los estibadores; en el muelle de carga ganaba más dinero que en el taller, pero Sebastián se había lesionado más veces de las que Cecilia quería recordar; a pesar de que él insistía en negarlo y en bromear acerca de que así se ahorraba el gimnasio. Y por último estaba el restaurante en el que hacía desde camarero hasta lavaplatos los viernes y los fines de semana. Sí, probablemente se había quedado dormido, pensó de nuevo Cecilia con la imborrable sonrisa que se había fijado en su rostro la noche anterior. Ella también se había quedado en la cama hasta tarde, y cuando por fin salió de ella puso la radio mientras decidía qué ponerse. Todas las canciones hablaban de ella, del amor, de lo maravilloso que era el mundo. Eligió los vaqueros que más le gustaban, los que hacían que Sebastián apretara los dientes cuando la veía llevándolos, y una camiseta con escote de pico. Cogió los zapatos en una mano, unas bailarinas que habían visto tiempos mejores, y bajó corriendo descalza la escalera. Entró en el salón y después en la cocina y le sorprendió no encontrar rastro de sus padres. Alexia tampoco estaba por ninguna parte, pero su hermana solía pasar las mañanas de los sábados en las cuadras. Cecilia se puso los zapatos y bebió un vaso de zumo de melocotón para ver si así desaparecía el nudo que sentía en la garganta, y después salió y cogió la bicicleta para ir a casa de Sebastián. Así le daría una sorpresa... y ella se moría de ganas de volver a besarlo.

La familia de Sebastián vivía en una pequeña casa situada en el casco antiguo, una zona humilde y respetable. La madre de Sebastián, Antonia, era la cocinera del colegio más antiguo de la ciudad, y Miguel, su marido, trabajaba como chófer en la empresa propiedad del padre de Cecilia. Sebastián tenía dos hermanos, José Antonio y Gabriela, ambos menores que él. Cecilia los conocía a los dos; José Antonio iba a su misma clase y a Gabriela, aunque era más pequeña, también la había visto por el colegio.

Cecilia dejó la bicicleta, una BH roja, apoyada en la pared blanca y llamó al timbre. Esperó a que la abrieran y se pasó las manos por los muslos para secarse el sudor. Estaba nerviosa. Era la primera vez que veía a Sebastián después de los besos de anoche. Notó que se sonrojaba y se obligó a calmarse. Quizá no la abriría Sebastián y no quería que uno de sus hermanos, o su madre, o su padre, la vieran así. No sabía qué les había contado Sebastián y no quería meter la pata.

—Hola, Cecilia —la saludó José Antonio.

—Hola —dijo ella y le sorprendió ver que no la invitaba a entrar.

—¿Puedo ayudarte en algo? —le preguntó él.

—He venido a ver a Sebastián —explicó ella extrañada por la actitud de José Antonio. Él sabía que ella y su hermano eran amigos, les había visto justos en multitud de ocasiones. Cierto, Cecilia no solía ir sola a buscarle, pero tampoco era la primera vez que lo hacía—. ¿Está dormido?

—Sebastián no está, Cecilia —le dijo, y a ella se le retorció el estómago—. Se ha ido.

—¿Ido?, ¿adónde? —Se apoyó en el marco de la puerta—. Creía que hoy no tenía que trabajar. Me dijo que hoy tenía el día libre.

—No. Sebastián se ha ido de casa, Cecilia.

Cecilia vio entonces que José Antonio tenía los ojos rojos y que tenía que tragar saliva varias veces para contener las lágrimas.

—Solo ha dejado una nota en la nevera diciendo que no va a volver y que no intentemos buscarle.

Y sin una explicación, sin ni siquiera un adiós, Sebastián Nualart desapareció de la vida de Cecilia para siempre.

1

Piensa en mí cuando sufras,
cuando llores también piensa en mí,
cuando quieras quitarme la vida,
no la quiero para nada,
para nada me sirve sin ti.

LUZ CASAL, *Piensa en mí*

SEBASTIÁN

Besar a Cecilia es lo mejor que me ha pasado en la vida. No podría haberme imaginado mejor momento para nuestro primer beso. Yo la habría besado antes, pero ahora me alegro de haber esperado a que fuese su cumpleaños, a que Cecilia cumpliera dieciocho años. Quería que fuese especial, y al final fue mucho más que eso; fue mágico.

Yo había besado a muchas chicas antes de conocer a Cecilia, joder, antes de conocerla a ella ya había hecho de todo. Para mí el sexo no significaba nada trascendental, era sencillamente un modo de relajarme y de desconectar sin tener que recurrir a elementos externos. Y besar nunca me había gustado, siempre me había parecido engorroso y completamente innecesario. Hasta que besé a Cecilia. Me habría pasado toda la noche sintiendo sus labios bajo los míos, aprendiéndome su sabor, la textura de su pelo, el sonido de sus suspiros. Escuchando cómo su corazón latía al mismo ritmo que el mío.

Dios, todavía recuerdo lo estúpido que me sentí la primera vez que vi a Cecilia, me temblaron tanto las manos que pensé que volvía a sufrir los efectos de la abstinencia. Hacía pocos meses que me había desintoxicado y cuando noté que me quemaban las venas temí lo peor, pero enseguida me di cuenta de que era distinto. Nada me había hecho sentir así, como si quisiera fundirme con otra persona. No, Ce es mucho mejor que cualquier droga, al menos para mí. Si ella está a mi lado, podré conseguir todo lo que me proponga. Absolutamente todo.

Idiota.

Tendría que haber sabido que no iba a salir bien.

Después de llevar a Cecilia en moto hasta su casa, volví al puerto y me senté en un banco frente al taller en el que trabajaba (era uno de los tres trabajos que tenía y el único que me gustaba) y me quedé mirando el mar. En mi mente empecé a vislumbrar con absoluta claridad cómo sería nuestra vida de allí en adelante; Cecilia y yo nos iríamos a Madrid, ella estudiaría en la universidad y yo encontraría un buen trabajo y me convertiría en un hombre digno de ella. La acompañaría a clase y nos veríamos cada día. Y poco a poco el amor que los dos sentíamos (y que a mí me sigue pareciendo un milagro) se convertiría en algo eterno. Viviría mi propio cuento de hadas. Suspiré y me planteé seriamente la posibilidad de encenderme un cigarrillo. Los cuentos de hadas no existen.

Si años atrás alguien me hubiese dicho que creería en cosas como el amor eterno y la felicidad, probablemente me habría dado un ataque de risa. O le habría partido la cara al tipo que se hubiese atrevido a hacerme ese comentario. En cambio en ese instante, sentado en ese banco, me pareció lo más normal del mundo. Mierda, si incluso oía trinar los pájaros en mi cabeza y tenía ganas de hacer versos.

Nunca había sido tan feliz.

Nunca había creído que podría llegar a serlo.

Finalmente saqué el paquete de tabaco que llevaba en el bolsillo de la cazadora y encendí uno. A Cecilia no le gustaba que fumase y por ese mismo motivo iba a dejarlo, pero esa noche estaba tan nervioso que me permití encender uno y fumármelo bajo las estrellas. Observé cómo los hilos de humo se fundían en la noche y pensé en lo mucho que pueden cambiar las cosas en poco tiempo.

En ese momento no sabía lo cierta que podía llegar a ser esa frase.

Volví a montar en la moto y volví a casa. Fui por el camino más largo para prolongar un poco más la sensación que me embargaba en aquel momento, me sentía feliz, victorioso. Si aquellos breves instantes no se hubiesen quedado grabados en mi mente, no habría sobrevivido a todo lo que sucedió después. A medida que iba acercándome a mi casa noté que las calles iban estrechándose, y el escalofrío que me recorrió la espalda fue lo único que me advirtió de lo que se avecinaba. El fin de mi única opción de ser feliz.

Todavía no puedo contároslo. No lo entenderíais. Yo tardé años en asimilarlo, y en asumir las consecuencias que tuvo en mi vida.

Tardé tres días en llegar a Santiago de Chile. El trayecto de Cádiz a Madrid fue el peor de todos. Cada segundo que pasaba, cada quilómetro que me alejaba más y más de Cecilia me parecía una puñalada en el estómago. La tentación de saltar del coche, del tren, de salir corriendo del aeropuerto estuvo a punto de ahogarme, pero a pesar de que se me revolvían las entrañas, me obligué a seguir adelante y a subir a ese maldito avión.

Estuve todo el trayecto en silencio. El señor que se sentó a mi lado intentó entablar conversación en un par de ocasiones pero no le contesté. Yo no tenía ganas de hablar con nadie, solo tenía ganas de gritar. Las bandejas de comida que me trajeron las azafatas durante el vuelo se las llevaron intactas. Mantuve los puños apretados para no liarme a golpes con alguien —ningún pasajero tenía la culpa de que mi vida se hubiese convertido en un infierno— y me dije que era una suerte que no hubiese ningún camello en el avión porque no habría podido resistir la tentación de buscar el olvido en las drogas.

Cuando aterricé cogí un taxi y le pedí que me llevase a un bar de Santiago, uno en el que los desconocidos con un pasado interesante fuesen bien recibidos. Iba por mi tercer whisky cuando apareció un hombre que me ofreció lo que una parte de mi mente llevaba horas deseando. Un chute. Hacía años que estaba completamente limpio y sobrio. Con Cecilia a mi lado ni siquiera me había planteado la posibilidad de volver a acercarme a las drogas. O al alcohol. O a la mala vida. En cambio ahora, allí estaba, sentado en la barra de un bar medio borracho y dudando entre comprar el viaje que me ofrecía ese tipo o ir a acostarme con la rubia que llevaba media hora mirándome. Bebí otro whisky y compré la droga. Me metí la papelina en el bolsillo de la cazadora y la acaricié con dos dedos. Me encendí un cigarro y vi que la rubia se había desabrochado otro botón del escote y que había colocado la llave de una habitación de un hotel, o de una pensión, encima de la barra. Podía irme con ella, nos colocaríamos juntos y seguro que durante un segundo me olvidaría de que había estado a punto de ser otra persona.

Me levanté y le sonreí a la rubia. Se me revolvieron las vísceras y vomité bilis allí mismo. Las arcadas nacieron de lo más profundo de mi ser y me estrujaron las entrañas. Creo que incluso vomité el odio que me había tragado días atrás.

El camarero empezó a insultarme y me echó del bar sin ninguna delicadeza. Amenazó con llamar a la policía y cuando me dejó tirado en la acera cogió mi única maleta y me la lanzó encima. Me quedé allí sentado y me eché hacia atrás hasta apoyar la espalda en la pared del edificio. Podía volver a entrar, ese tipo jamás llamaría a la policía (perdería a toda su clientela) y seguro que si le daba una buena propina se olvidaría de mí y me serviría otra copa. Me quedaba poco dinero, el suficiente para terminar de emborracharme. ¿Y entonces qué? Me metí las manos en los bolsillos y saqué lo que encontré en ellos. En uno tenía mi recién adquirida droga, un paquete de cigarrillos medio vacío y un par de billetes.

En la otra un papel y una fotografía.

Miré la fotografía. Éramos Cecilia y yo unos meses atrás, ella había insistido en que la acompañase a un acuario y nos habían hecho una fotografía al entrar como si fuésemos unos turistas más. Cecilia no quiso comprarla, dijo que eso solo lo hacían los pardillos o los guiris, pero lo que pasaba era que no quería que yo me gastase más dinero. Antes de volver a casa Cecilia fue al baño y yo aproveché para escapar al vestíbulo y comprarla. Iba a dársela al día siguiente, pero tuve que hacer turno doble en el restaurante y me olvidé. Una semana más tarde volví a encontrarme con la fotografía y decidí quedármela. No era consciente de habérmela metido en el bolsillo de la chaqueta, aunque supongo que lo hice porque en algún lugar de mi mente sabía que iba a necesitarla. El otro objeto que contenía el bolsillo que me salvó la vida era un papel con un número de teléfono.

Si volvía a entrar en ese bar, me drogaba y me follaba a la rubia, jamás volvería a ver a Cecilia. Quizá volvería a España, probablemente volvería algún día, pero jamás sería capaz de volver a ver a Cecilia. Y mucho menos besarla.

Si llamaba a ese número de teléfono, mi vida se convertiría en un infierno. Pero quizás algún día podría encontrarme con Cecilia y aguantar su mirada. Tardaría años en lograrlo. Estrujé el papel. Mierda. Existía la posibilidad de que no lo consiguiese jamás. O de que aunque lo lograse, no sirviese de nada. Si sucedía eso, no podía superarlo. Y entonces sí que sucumbiría a lo peor de mí mismo.

¿Valía la pena correr el riesgo?

Cerré los ojos y me humedecí los labios. Todavía sentía el tacto de los labios de Cecilia en los míos, su aliento acariciándome el rostro. Abrí los ojos y vi los de ella cuando me dijo que me quería.

Sí que valía la pena. Si existía la más mínima posibilidad de volver a ver a Cecilia y poder acercarme a ella, todo valía la pena. Suspiré y me puse en pie para volver a entrar en el bar. Antes de que el camarero pudiese salir de detrás de la barra para echarme de nuevo, dejé la droga encima del mostrador con un golpe seco y me fui de allí sin mirar atrás.

Busqué una cabina y marqué el maldito número.

Meses más tarde estaba alistado en el ejército y efectivamente mi vida se había convertido en un infierno. El ejército nunca es fácil, pero cuando tus compañeros descubren que eras un delincuente juvenil y que durante años fuiste un adicto te pierden todo el respeto y tienes que trabajar el doble o el triple de duro para recuperarlo. Los entrenamientos eran una tortura. Las clases de cálculo y de navegación, unos jeroglíficos interminables. A medida que iban pasando los meses mi cuerpo iba endureciéndose y mi mente también. Para sobrevivir allí dentro me obligué a no pensar en nada que no fuese Cecilia. Ella era lo único que iba a conseguir que yo saliese de allí dentro con vida y con algo de humanidad intacta.

Entré en el cuerpo de marina y luché con uñas y dientes

para conseguir una de las plazas de submarinista. Cecilia iba a convertirse en bióloga marina así que le resultaría útil que yo supiese bucear. Todo en mi vida giraba en torno a ella y aunque pasaban los meses y los años sin que me atreviese a escribirla o a llamarla, yo seguía creyendo que terminaríamos juntos. Sin embargo, había días en que mi sentido común me decía que era imposible que ella me estuviese esperando. ¿Qué clase de mujer esperaría a un hombre que la había abandonado sin decirle nada? Una estúpida. Y Cecilia no lo era. Esos días eran los más difíciles; los días en que no podía dejar de imaginarme a Cecilia de la mano de un chico decente, o peor aún, a Cecilia besando a ese don Perfecto y diciéndole que lo amaba. Esos días me metía en el agua y me quedaba a oscuras hasta que no podía respirar. Cuando se agota el oxígeno de los tanques de buceo sientes como si el pecho fuese a estallarte. Primero notas que te quema y luego, poco a poco, sientes como si los pulmones quisieran crecer hasta romperte las costillas. Es muy doloroso, y sin embargo era lo único que conseguía hacerme olvidar la agonía que me causaba pensar en Cecilia con otro.

Al final, siempre salía del agua, porque sí, a pesar de todo, seguía creyendo que tenía que seguir vivo y encontrar el modo de volver a España y recuperar a Cecilia. O, como mínimo, explicarle por qué me había ido.

El ejército es muy mal lugar para un hombre solo. Después de convencer a mis compañeros de que no era un yonqui y de que podían confiar en mí para cualquier misión, como nunca me veían con ninguna mujer cuando estábamos de permiso empezaron a circular otra clase de rumores acerca de mí. Rumores que en el ejército de hace unos años hacían que uno corriese el riesgo de terminar muerto en un callejón. Los submarinistas del ejército trabajan en parejas igual que los policías y la vida de uno depende por completo del otro. Si no puedes fiarte de tu compañero, puedes acabar muerto. Y yo, después de todo lo que había pasado para llegar hasta allí, no iba a morir porque mis homófobos compañeros del ejército creyesen que no me gustaban lo suficiente las mujeres.

Mi escuadrón estaba destinado cerca de Canadá cuando nos dieron unos días de permiso. Salimos todos de juerga, yo intenté encontrar alguna excusa para quedarme en el barco pero mi capitán me dejó claro que no iba a permitírmelo. Fuimos a un bar y las mujeres se acercaron a nuestra mesa al mismo ritmo que las botellas de cerveza. Vi que todos me observaban, que medían todas y cada una de mis reacciones y me dije que si ya había hecho tantas cosas para volver junto a Cecilia, nada iba a detenerme ahora.

Elegí una mujer, la más distinta que pude encontrar a Cecilia, muy alta, muy rubia, y muy descarada. No quería engañarme y decirme que estaba acostándome con ella y pensando en Ce. Además, busqué la mujer con la mirada más fría que fui capaz de encontrar. Ya le había hecho daño a demasiada gente y si iba a utilizarla quería que ella lo supiese y le diese igual. Por fortuna, ella me miró a los ojos y comprendió enseguida lo que estaba pasando. Ella solo buscaba algo físico, un cuerpo con el que desahogarse, no quería promesas ni absurdas palabras de seducción. Me puse en pie y me alejé de la mesa en la que estábamos todos sentados para acercarme a la barra. La desconocida se me acercó y se pegó a mí sin disimulo para que mis compañeros pudieran verlo. Me besó con lengua y yo le devolví el beso un segundo, y después aparté el rostro y le mordí el cuello. Nada de besos. El único sabor que quería tener en mi boca era el de Cecilia. Supongo que ella lo comprendió porque bajó una mano hacia mi entrepierna y apartó los labios de mi cara. Entonces la rubia se dio cuenta de que su cercanía no me estaba afectando y sencillamente me sonrió, una sonrisa que deduzco era fruto de la experiencia, y empezó a acariciarme con movimientos bruscos. Los hombres somos animales muy simples y mi cuerpo reaccionó. Ella me arrastró hasta los baños del bar bajo los vítores de los otros submarinistas y me la tiré en la pared del retrete. La rubia (no le pregunté cómo se llamaba porque no quería saberlo) salió del baño y desde la puerta me dio las gracias por el polvo. Acto seguido mis compañeros aplaudieron.

Yo vomité.

Con el paso del tiempo tuve que repetir la farsa unas cuantas veces, para que mis compañeros y, más adelante, mis subordinados, me dejasen en paz. Mi cuerpo, aunque era capaz de eyacular, se retorcía de remordimientos y de dolor cuando lo hacía y siempre terminaba vomitando (por fortuna después de que mis desafortunadas compañeras de cama se fuesen). En los últimos años dejé de hacerlo y todo el mundo dio por hecho que tenía pareja en alguna parte, o que era un hijo de puta tan egoísta que ninguna mujer era capaz de soportarme aunque solo fuese por una noche.

Un capitán no tiene por qué compartir los detalles de su vida privada con nadie, así que me esforcé por ganar galones. Y cuando los conseguí me di cuenta de que en realidad no tenía vida privada. Lo único que tenía era el recuerdo de un instante.

2

Fire away, fire away
You shoot me down but I won't fall
I'M TITANIUM!
You shoot me down but I won't fall
I'M TITANIUM!

DAVID GUETTA, *Titanium*

CECILIA

Besar a Sebastián es lo peor que me ha pasado en la vida. Sé que tarde o temprano habría descubierto que los cuentos de hadas no se hacen realidad y que los príncipes azules no existen, pero Sebastián me metió en el mundo real de un trompazo, sin previo aviso y sin concesiones. Y poco tiempo después mi vida entera empezó a desmoronarse.

Pieza a pieza.

Después de besarme en la playa, y de hacerme aquel regalo tan romántico (Sebastián fue el único que apoyó mi afición a la fotografía) y tan exagerado, nos subimos a su moto y me llevó de vuelta a casa. Recuerdo que volví a besarlo sentada encima de la moto y que pensé que jamás volvería a sentir nada parecido a lo que sentía estando en sus brazos. Le pedí que volviésemos a la playa, o que fuésemos a alguna otra parte donde pudiésemos estar solos y él me dijo que no, que no quería que nos precipitásemos. Yo volví a insistir. Patético, lo sé, y si pudiese volver atrás en el tiempo, me daría una bofetada a mí misma y me obligaría a estar callada. Sebastián me dio otro beso y me acarició el rostro y me prometió que volvería por la mañana para hablar con mis padres. Yo lo abracé y entré en casa como si estuviese flotando en una nube.

Al día siguiente aterricé de golpe.

Sebastián se había ido sin decirme nada. Al principio no me atreví a preguntarle a nadie si sabían algo de él, pero los rumores no tardaron en llegar. Sebastián se había aburrido de la vida de pueblo y se había ido a ver mundo, decían algunos. Otros afirmaban que uno de sus antiguos colegas de Madrid había ido a buscarlo y que se había montado en su moto sin dudarlo. Y otros decían que por fin lo habían arrestado. Yo no me creí a nadie, o eso me dije a mí misma durante mucho tiempo. Hasta que semanas más tarde fui a ver al hermano de Sebastián y me confirmó que se había ido a vivir la vida.

Y yo que había estado dispuesta a dejar de vivir la mía para esperarlo.

El verano pasó y yo no le conté a nadie lo que había sucedido. No habría podido soportar las miradas de lástima que habría recibido; la pobre niña tonta que cae rendida ante los encantos del chico malo del pueblo. Era tan previsible que incluso daba asco. Mis padres creyeron que estaba nerviosa por lo de irme a la universidad, y yo no los corregí, y mi hermana Alexia todavía era pequeña, aunque creo que sabía más de lo que decía o dejaba entrever.

Todavía no sé cómo conseguí funcionar con cierta normalidad y la verdad es que durante esos meses apenas lloré. Estaba furiosa, con él y conmigo misma por haberme convertido en una estúpida. Por culpa de Sebastián era completamente incapaz de confiar en mí misma; a pesar de que las pruebas en contra de él iban amontonándose había días en los que seguía creyendo que tenía que haber alguna explicación, que era imposible que él se hubiese marchado sin más. ¿Cuánto más patética se puede ser? Mis amigas, a las que gracias a Dios nunca les había contado lo que sentía por Sebastián, se encargaron de distraerme todo el verano. Salimos todos los fines de semana y el último sábado de agosto me acosté con un inglés que estaba pasando unos días tostándose al sol de España. No fue horrible, fue sencillamente prescindible. Él estaba bastante borracho y yo demasiado nerviosa, fue tan insignificante que decidí que lo del sexo era una exageración y que al menos yo podía prescindir perfectamente del tema.

Me fui a Madrid y poco a poco mis amigas de la infancia fueron desapareciendo en la distancia. Supongo que en realidad nunca fuimos demasiado amigas; yo siempre he sido muy reservada y la única persona con la que me había atrevido a abrirme había sido Sebastián. Y mira cómo acabó. Lo bueno es que con el paso del tiempo mi hermana Alexia y yo empezamos a tener más cosas en común y a ser más sinceras la una con la otra. Además, vivir en Madrid era increíble y me encantaba ir a la universidad. Allí conocí a Teresa y a Pedro y mi vida se convirtió en algo interesante. Me despertaba por las mañanas con ganas de ir a clase y disfrutaba saliendo con Teresa y conociendo a más gente, y cuando Alexia cumplió los dieciocho se mudó a vivir conmigo. Confieso que me ponía furiosa siempre que pensaba en Sebastián y en esa última noche, en la única noche que nos habíamos besado, pero al menos no pensaba en él cada día. Mentira.

Después del fiasco del inglés, no volví a sentir curiosidad por el sexo durante mucho tiempo, lo que me resultó fácil pues no encontré ningún chico que lograse despertarme ni el más mínimo interés. Me decía a mí misma que no me hacía falta y me negaba a creer que Sebastián o sus recuerdos pudiesen tener algo que ver con eso. Una noche, Teresa, Alexia y yo salimos por Madrid y mientras estábamos en un local se me acercó un chico. No recuerdo su nombre pero sí que recuerdo lo que me sucedió estando con él. Era un chico, un hombre en realidad, tenía veinticinco años y yo apenas veinte, muy atractivo y muy amable. Estuvimos charlando toda la noche y después me acompañó a casa en su coche. Me dio un beso en el portal del edificio donde vivíamos y no sentí nada. Absolutamente nada.

La semana siguiente, cuando volvimos a salir, me obligué a acercarme a un chico y a flirtear con él y comprobé que no me provocaba ninguna emoción. Aunque el hecho me preocupó un poco, ¿una chica de mi edad debería sentir como mínimo deseo, no? Decidí que me daría algo de tiempo y que si las cosas no cambiaban buscaría ayuda profesional (no me gustaba la idea de ir a ver un psicólogo, pero estaba dispuesta a hacerlo si con ello conseguía ser una chica normal).

Desde pequeña yo siempre he sido muy ordenada, muy meticulosa, algo neurótica según Alexia, pero después del verano en que Sebastián se fue, me volví más estricta conmigo misma. No iba a permitir que nadie más volviese a engañarme. Probablemente lo único que pasaba era que estaba demasiado tensa e iba a tener que relajarme un poco si quería sentir algo de placer estando con un hombre. Sebastián no tenía nada que ver con eso, era sencillamente una cuestión física y yo sola iba a resolverla.

Sí, todo iba a salir bien.

Meses después tuve otro fiasco y llegué a la conclusión de que no todo el mundo estaba destinado a disfrutar del sexo y que yo probablemente era una de esas personas a las que las relaciones físicas les son indiferentes. Además, si algún día sentía esa necesidad, yo sola podía resolverlo.

Me gustaba mi vida.

Es curioso como hay días en la vida en que se quedan para siempre grabados en tu memoria mientras que otros se borran por completo. Por desgracia, he aprendido que somos incapaces de decidir cuáles pertenecen a la primera categoría y cuáles a la segunda, y el día en que a mi madre le diagnosticaron que tenía cáncer era de la primera. Mamá vino a Madrid para pasar el fin de semana con nosotras y porque el lunes tenía que ir a una clínica a enseñarle unos resultados a un médico. Eso fue lo que nos dijo a Alexia y a mí, aunque ahora sé que en aquel entonces ella ya se temía lo peor. Fuimos al teatro y a cenar y el domingo paseamos por El Retiro. El lunes mi hermana y yo insistimos en acompañarla y al final mamá nos lo permitió a regañadientes. Alexia y yo salimos de la consulta destrozadas y para nuestra vergüenza fue mamá la que tuvo que consolarnos. Iba a salir de esa, nos aseguró con convicción, y mi hermana y yo asentimos y la abrazamos casi como si ya la hubiésemos perdido. Mamá nos riñó y nos mandó a paseo y nos dijo que si no estábamos dispuestas a luchar a su lado la dejásemos en paz.

Nunca la había admirado tanto como en ese instante.

Alexia y yo le pedimos perdón y volvimos al apartamento donde mamá nos preparó uno de nuestros platos preferidos porque nos dijo que le apetecía cocinar.

Y entonces me sacudió de repente; la incontenible necesidad que sentía de hablar con Sebastián. Tenía que hablar con él, tenía que contárselo para que él pudiese decirme que todo iba a salir bien, que él iba a estar a mi lado y que mi madre iba a curarse. Quería que Sebastián me abrazase, que me besase, que me hiciese el amor y me hiciese olvidar lo sola y perdida que me sentía. Fue en aquel horrible instante cuando comprendí de verdad que Sebastián no estaba. Fue como si durante los años que habían pasado desde aquel beso en la playa yo me hubiese convencido de que Sebastián iba a volver. Sí, estaba furiosa y dolida, y seguro que lo insultaría cuando lo viese, pero Sebastián volvería y haríamos las paces. Él me pediría perdón de rodillas y yo le perdonaría. Nos besaríamos y por fin haríamos el amor. Yo por fin sentiría algo al estar con un hombre. Lloraríamos y al terminar él me aseguraría que mamá se curaría y que todo iba a salir bien.

Eso no iba a suceder nunca: Sebastián se había ido sin darme una explicación y no había recibido noticias suyas en todos esos años. No iba a volver. Jamás.

Mamá estaba en la cocina de nuestro pisito haciendo arroz con leche, Alexia estaba al teléfono hablando con no sé quién y yo corrí al baño y llegué justo a tiempo para vomitar en el váter. Vomité con lágrimas resbalándome por la mejilla. Sebastián no estaba allí mojándome la nuca con una toalla o consolándome, estaba sola y él no iba a aparecer de repente.

Salí del baño media hora más tarde, y tuve que ducharme para que mamá y Alexia no adivinasen que había tenido un ataque de nervios. O que acababa de rompérseme el corazón definitivamente. Escuché todos los planes que tenía mamá sobre cómo llevar su tratamiento; se lo haría en Cádiz para poder estar en casa y Alexia y yo iríamos siempre que pudiésemos. A mí me faltaba muy poco para terminar la carrera, así que le prometí que buscaría trabajo cerca de casa, tal como había sido mi intención desde un principio.

Pasaron unas semanas y sí, me planteé la posibilidad de buscar al hermano de Sebastián y pedirle que me diese su número de teléfono o su dirección. Quizá si conseguía hablar con Sebastián descubriría que era un cretino y se aflojaría el nudo que sentía en las entrañas y en el corazón. Aprovechando un puente, Alexia y yo decidimos ir a pasar unos días a Cádiz y cuando llegamos nos encontramos a papá con las maletas hechas. Al parecer la vida no estaba dispuesta a darme una tregua.

Papá tenía una amante. El marido y el padre perfecto llevaba años manteniendo a otra mujer a escondidas, una mujer más joven, y ahora que su esposa oficial le estaba dando problemas había decidido darle la patada. Así de cruel. Así de egoísta. Así de cierto.

Alexia y yo nos quedamos perplejas y miramos a papá con la esperanza de que se defendiese, de que dijese que había cometido un error y de que nos suplicase que lo ayudásemos a recuperar a mamá. No hizo nada de eso. Papá cogió las maletas, el Mercedes, casi todo su dinero, y se largó. Nos dijo que nosotras ya éramos mayores y que él quería empezar una nueva vida con esa otra mujer que lo entendía de verdad y que sabía satisfacer sus necesidades. Es decir, una mujer veinte años más joven que él y que a todo le decía que sí.

Ni siquiera mencionó a mamá.

Me habría gustado abofetearlo, insultarlo, pero cogí una de las carísimas maletas que el muy cretino había llenado hasta los topes y se la cargué en el coche. Alexia tardó unos segundos en reaccionar pero cuando lo hizo me imitó. Cuando el maletero del coche estuvo lleno, lo cerré de un golpe y le dije a mi padre que no volviese jamás. Él ni se inmutó. Alexia, que siempre había sido mucho menos cerebral que yo (algo que siempre le he envidiado pero no tanto como en ese momento), se acercó a papá y le dio una bofetada para después meterse en casa llorando. Yo me esperé en el portal de pie y me quedé observando cómo se alejaba el Mercedes. Mi padre, el hombre en el que más había confiado en la vida me estaba dando la espalda sin ningún remordimiento.

Entré en casa y me encerré en mi dormitorio. Sé que debería haber ido a ver a mamá, pero necesitaba estar sola, se me habían llenado los ojos de lágrimas y apenas podía respirar, y ella no necesitaba verme en ese estado, bastante tenía con lo suyo. Además, mi vida entera se estaba desmoronando a mi alrededor. Si Sebastián no se hubiese ido, lo tendría a mi lado para apoyarme. Pero se había ido. Igual que papá.

Me tumbé en la cama y encendí el televisor del año de la pera que tenía en mi dormitorio. Necesitaba aturdirme o el dolor acabaría conmigo. Hacían *Lo que el viento se llevó* y me quedé embobada mirando la película, era curioso, pero en aquel instante me pareció que era lo mejor que podía hacer. En algún momento mi hermana vino a preguntarme si quería comer algo pero le dije que no, que no me apetecía. Terminó la película y acto seguido empezó *Siete novias para siete hermanos*. Esas mujeres sí que lo tenían todo bajo control, no como yo.

Escarlata O'Hara, a pesar de la época, lo tenía todo controlado. El mundo entero parecía ir en su contra y ella seguía manteniendo la calma y unos objetivos clarísimos. No como yo. Escarlata podía enfrentarse a unos soldados confederados, al hambre, al abandono del hombre de su vida sin perder la compostura. Sin perder la calma ni el aplomo. No como yo que vomitaba y lloraba como una estúpida.

Me quedé embobada mirando a Escarlata, el rostro impecable de Vivien Leigh, el peinado, el maquillaje, la ropa. Ese corsé debía de obligarla a mantenerse erguida, a no perder el mundo de vista. Ni el mismísimo Red Butler conseguía destruirla, ella seguía luchando pasara lo que pasase. Escarlata era una mujer fuerte, una mujer capaz de ayudar a su familia y de luchar por sí misma.

Pasé varias semanas medio aturdida, ayudando a mamá en todo lo que podía e intentando volver a la normalidad, y una tarde, al salir de la facultad, pasé por delante de una tienda de ropa interior y vi un corsé en el escaparate. Me lo compré y en cuanto me lo puse sentí tal seguridad en mí misma que fui incapaz de quitármelo. El corsé me hacía sentir poderosa, fuerte, decidida. Y me negué a cuestionarme el porqué. Hay gente que fuma, gente que bebe, gente que juega, yo sencillamente llevaba una ropa interior más cara de lo habitual y algo pasada de moda. No tenía nada de malo. Y a mí me ayudaba, y estaba harta de sentirme sola e indefensa. Cuando llevaba el corsé era capaz de cualquier cosa, incluso de estar con un hombre. No iba a quitármelo por nada del mundo. Por fin había encontrado el modo de mantener el control, de funcionar sin necesitar a nadie. Ni siquiera a Sebastián.

3

Y cuando hay olas en el mar, cuando hay calma y tempestad,
y cuando no también, cuando me siento sereno, cuando te echo de
[menos.

ALEJANDRO SANZ,
Cómo te echo de menos

DOCE AÑOS MÁS TARDE

Sebastián volvía a estar en Cádiz. Había transcurrido una eternidad, una vida entera. A pesar de que según las horribles hojas de calendario que había guardado solo habían sido doce años, Sebastián se sentía como si hubiera transcurrido un siglo desde la última vez que había estado en ese puerto. Pero al mismo tiempo apenas había cambiado nada. El mar seguía oliendo igual. Las olas seguían golpeando el rompeolas del mismo modo. Los barcos seguían entrando y saliendo con una carencia que solo unos pocos podían comprender. Sí, había máquinas nuevas, y probablemente menos trabajadores que antes, pero el muelle seguía siendo una criatura con vida propia. Una criatura cuyo cerebro iba a gobernar él a partir de ahora. Después de incontables sacrificios, de noches llenas de desesperanza, y de un giro inesperado del destino, Sebastián había sido nombrado capitán de la capitanía marítima del puerto de Cádiz e iba a tomar posesión del cargo esa misma semana. En una decisión de una última hora, o eso se dijo a sí mismo, decidió llegar un par de días antes porque quería ver a sus hermanos antes de empezar el trabajo, y porque tenía que reunir todo el valor que pudiese encontrar antes de volver a ver a Cecilia. Y el cariño de sus hermanos seguro que le ayudaría a conseguirlo. Cada vez que pensaba en Cecilia lo asaltaban cientos, miles, de dudas, a decir verdad, las dudas eran solo la punta del iceberg. Sebastián tenía miedo de volver a ver a Cecilia, porque sabía que entonces no le quedaría más remedio que asumir la realidad, fuera cual fuese.

Desvió la mirada hacia las olas y los buques que bailaban en ellas y decidió que lo mejor sería enfrentarse a un reto después de otro, y ahora lo estaban esperando en las oficinas del puerto. Respiró hondo y se dirigió hacia allí.

El capitán Galindo le recibió en capitanía y cual perfecto cicerone lo guio por las instalaciones. Galindo estaba a punto de jubilarse y había aceptado pasarse unos días enseñando a su sustituto, y se alegró de que fuese precisamente Sebastián y no un «estúpido pijo que no hubiese pisado un muelle de carga en su vida» el que ocupase la silla que ahora él iba a dejar vacante. Sebastián no contaba solo con la aprobación de Galindo, sino que también venía recomendado por el capitán del buque oceanográfico *Díaz de Vivar*, el buque en el que había servido durante sus últimos años en el ejército y, aunque a él le incomodase reconocerlo, también venía respaldado por los años de experiencia que había adquirido en Chile. «Y por el título que me saqué durante las noches que no podía dormir», pensó al recordar las horas que se había pasado estudiando derecho y odiando cada minuto, cada segundo.

—Este es su despacho, capitán. —Galindo abrió la puerta que había al final de la sala llena de ordenadores y de mesas ahora vacías. Eran las diez de la noche y los empleados de capitanía estaban ya en sus casas.

—Sebastián, por favor —le dijo él. Nunca le había gustado el título. Hacía muy poco que se lo habían dado, y en realidad no significaba nada para él. Lo único que siempre había querido Sebastián... No, ahora no iba a pensar en eso.

—Como quiera, Sebastián. —El viejo capitán lo llamó por su nombre pero siguió tratándole de usted. Y no le ofreció la misma cortesía. Galindo era de la vieja escuela—. En el piso inferior se encuentra el registro y los servicios administrativos, y aquí están las áreas de inspección y de seguridad marítima.

—Comprendo. El señor Márquez me mandó un organigrama. —Luis Márquez era un joven licenciado en económicas que por lo que Sebastián había podido deducir ejercía de asistente de Galindo. Él no iba a necesitarlo y seguro que Márquez estaba ansioso por progresar dentro de capitanía. A Sebastián le parecía una completa estupidez desaprovechar el talento de ese joven que según su currículum era brillante haciendo algo que podía hacer él mismo, como por ejemplo gestionar su agenda.

—Sí, mañana podrá conocerle. Y también le presentaré al resto del personal.

—Tengo entendido que también hay una bióloga marina.

—Sí, la doctora Ruiz-Belmonte. Tras los últimos «accidentes» ecológicos, derrames petroleros, destrucción de residuos, y cosas por el estilo, el Ministerio estimó pertinente que tuviésemos a un biólogo en plantilla. No se preocupe por ella, la doctora Belmonte se pasa el día preocupada por sus bichos —añadió Galindo con tono paternalista y dejando claro que a él la conservación del medioambiente no le importaba lo más mínimo—. Aunque la verdad es que, cómo se lo diría, es algo pesada —dijo a falta de un eufemismo mejor—. Seguro que sabrá tratarla.

«No creo.»

—Estoy convencido de que la doctora es una gran profesional —afirmó Sebastián con voz firme.

—No sabría decirle, Sebastián. De todos modos, no vale la pena que se preocupe por eso. La doctora no estará mañana, en realidad estará ausente durante un tiempo.

—¿Ah, sí? —Sebastián fingió prestar atención a una de las pantallas de ordenador que transmitía una señal.

—Sí, la doctora solicitó una excedencia hace unos días. Va a estudiar no sé qué no sé dónde, su ayudante se hará cargo de los temas del puerto a partir de ahora.

—¿Ha autorizado ya la excedencia, capitán? —preguntó Sebastián.

—No —miró al hombre más joven al notar que este le clavaba los ojos en la espalda—. Tiene que autorizarla usted, pero hágame caso, el ayudante de la doctora, Pedro Cano, se ocupará de todo. Y es mucho menos «insistente» que la doctora.

—Bueno, como usted mismo ha dicho, la excedencia tengo que autorizarla yo. ¿Seguimos con el recorrido, capitán?

—Por supuesto, sígame.

Tras la visita guiada, Sebastián no regresó al apartamento que, al menos durante un tiempo, iba a ser su hogar. Se trataba de un dúplex situado en otro edificio también propiedad del Ministerio y cuya finalidad era ser la vivienda del capitán del puerto. El predecesor de Sebastián, el capitán Galindo no lo había ocupado porque era oriundo de Cádiz y porque prefería vivir en una casa que clamara a los cuatro vientos su estatus social. A pesar de que en más de una ocasión había deseado volver a Cádiz y restregar por las narices de varias personas todo lo que había logrado, ahora que por fin lo había conseguido, Sebastián se dio cuenta de que no le preocupaba lo más mínimo lo que la gente pensase de él. Nadie excepto tres personas, dos de las cuales iba a ver en cuestión de minutos. De esas tres personas dependía que se quedase en esa ciudad o que volviera a irse, pero esta vez para siempre. Sebastián caminó por las calles y pensó en las dos únicas maletas que estaban esperándole en el apartamento. Él siempre viajaba ligero, y en Chile había aprendido que cuanto menos se aferrara a sus posesiones mucho mejor. Su equipaje consistía en ropa, los enseres personales de rigor, un par de libros de derecho y de buceo, sus acreditaciones profesionales, unas cuantas cartas y un par de fotografías. Gracias a esas cartas sabía que ahora era bienvenido en su casa y allí era adonde se dirigía.

Sebastián llevaba varios años en Chile cuando recibió la primera carta. Todavía podía recordar lo estupefacto que se quedó cuando el almirante del navío le entregó la misiva y le dijo que era para él. Hasta entonces había dado por hecho que sus hermanos lo odiaban, que creían que él era un cretino al que no querían volver a ver jamás, pero en esa carta Gabriela le contó que habían encontrado un papel con su dirección escondido entre distintos documentos de su padre y que se había animado a escribirlo. Sebastián se emocionó al leer que su hermana lo echaba de menos y sonrió cuando llegó a la línea en la que le exigía que le escribiese. Sebastián lo hizo y empezó a sentirse menos solo. Con el paso de los meses, y de varias cartas, Gabriela y José Antonio, quc siempre se animaba a añadir un par de líneas en las cartas de su hermana pequeña, empezaron a pedirle que regresara. Él se lo había planteado varias veces, lo había deseado a diario. Pero nunca se había atrevido. Hasta ahora. Su padre llevaba ya seis años muerto. Miguel Nualart murió de un repentino ataque al corazón y se fue igual que vino a este mundo, sin hacer ruido y casi sin molestar. Sebastián no pudo asistir al entierro, en esa época estaba destinado en un buque oceanográfico atracado en Ushuaia y cuando se enteró de la noticia, el funeral ya formaba parte del pasado. A Sebastián le dolió no haber podido darle un último adiós a su padre, pero la verdad era que ya hacía años que se habían despedido el uno del otro. En las cartas, Gabriela también le había contado que su madre, tras quedarse viuda, había decidido volver a Galicia e instalarse con una de sus hermanas, aunque poco tiempo después se fue a vivir con un hombre de su edad.

Pasó por delante del colmado de la señora Remedios y en un gesto inconsciente buscó a la anciana con la mirada. Y la encontró. Dios, esa mujer había hecho un pacto con el diablo. Sin duda tenía más arrugas, pero seguía plantada detrás de la caja registradora vigilando los paquetes de chicle como si fueran diamantes. Sebastián sonrió y decidió interpretar la longevidad de la señora Remedios como una buena señal. Dos puertas más y se detuvo frente al que había sido su hogar durante los tres mejores años de su vida. Desvió la mirada hacia los puños de la camisa blanca y tiró de las mangas de la americana. Él no solía llevar traje, pero había decidido ponerse uno para su cita con Galindo y había acertado. Si se hubiese presentado con sus vaqueros de siempre y una de sus camisetas, a ese hombre le hubiese dado un infarto. Se llevó una mano al pelo y se lo peinó nervioso. Dios, tenía que tranquilizarse. Eran sus hermanos, y le habían dicho una y otra vez, o mejor dicho, se lo habían escrito, que querían volver a verle. Golpeó la puerta con los nudillos.

—¿Sí? —Una preciosa joven abrió la puerta y en cuestión de segundos se le lanzó a los brazos—. ¡Sebastián! ¡Has venido!

Sebastián casi se cae al suelo pero consiguió mantener el equilibrio y sujetó a la que suponía que era su hermana. En su mente Gabriela seguía siendo una niña pequeña que apenas le llegaba a la cintura, y no casi una mujer.

—He venido —farfulló emocionado.

Gabriela saltó al suelo y corrió hacia el interior de la casa.

—¡José! ¡José!

Sebastián cruzó el umbral y cerró la puerta detrás de él.

—No hace falta que grites, Gabi —dijo un hombre que parecía la copia exacta de Sebastián pero unos años más joven—, ya te he oído.

—Hola —dijo atónito Sebastián sin dar un paso más.

José Antonio salió de la que siempre había sido la cocina y tras darle un cariñoso beso en la mejilla a su hermana pequeña se acercó a Sebastián.

Los dos hombres se quedaron inmóviles mirándose a los ojos. José Antonio fue el primero en reaccionar y abrazó a su hermano como si llevara años queriendo hacerlo.

—Hola —dijo al fin José Antonio antes de soltarlo—. Has venido —repitió la misma frase que había dicho Gabriela.

—Os dije que vendría —les recordó él a los dos levantando una ceja. Era evidente que no le habían creído. Se habría enfadado, pero supuso que tenían motivos de sobra para dudar de él.

—Estás aquí. ¡Estás aquí! —José Antonio volvió a abrazarle y Gabriela se lanzó encima de los dos—. Siempre hace eso —le explicó José Antonio a Sebastián—, es como un mono.

—Cállate, Doctor Maligno —dijo ella—. Creo que eso que tienes en la mejilla es una lágrima.

—No digas tonterías —se defendió José Antonio.

—Os he echado mucho de menos, a los dos —confesó Sebastián emocionado y agradecido de poder abrazar a sus hermanos, y sintiendo una envidia enorme al ver la complicidad que existía entre ellos y de la que él no formaba parte. No importaba, ahora tenía la oportunidad de ganársela.

—Y nosotros a ti —afirmó José Antonio apartándose de nuevo de él—. ¡Mierda! —exclamó de repente al oír que sonaba un teléfono. Descolgó y tras unas escuetas palabras volvió a colgar—. Tengo que volver al hospital —explicó dando media vuelta para entrar en un dormitorio del que salió con un casco de moto—. No dejes que se escape, Gabi.

—Ni hablar, Doctor Maligno —prometió Gabriela haciéndole un saludo militar.

—Estarás aquí cuando regrese, ¿no? —le preguntó José Antonio a Sebastián en un tono mucho más serio del que había empleado con su hermana.

—Aquí o en capitanía —le aseguró él—. No tengo intención de irme a ninguna parte, José.

—Eso espero, no quiero tener que renegar de mi juramento hipocrático y tener que romperte las piernas.

—Haré todo lo que esté en mi mano para evitarlo. Vamos, vete. Cuidado con la moto —añadió sin poder contenerse.

José Antonio se detuvo junto a la puerta y sonrió.

—Te hemos echado de menos, hermano.

Sebastián y Gabriela siguieron en silencio hasta que oyeron rugir el motor de la motocicleta y entonces los dos hablaron a la vez.

—¿Por qué lo llamas Doctor Maligno?

—¿Por qué no nos avisaste de que llegabas?

—Tú primero —dijo Sebastián con una sonrisa.

—Obviaré que no me has dicho lo guapa que estoy y te contestaré. Lo llamo Doctor Maligno porque José Antonio se toma a sí mismo demasiado en serio. Trabaja demasiado, sí, ya sé que es médico y todo eso, pero alguien tiene que hacerle reír.

—Estás guapísima. Gracias por mandarme todas esas fotos. —La última vez que Sebastián vio a Gabriela, ella tenía tres años. Si no hubiese sido por las cartas que se habían mandado esos últimos años, y por las fotos y por las llamadas de teléfono, seguro que se habría caído al suelo nada más verla.

Físicamente, Gabriela se parecía mucho a su madre, pero no cabía ninguna duda de que allí terminaba su parecido. Su hermana tenía el corazón tan grande que toda ella irradiaba dulzura y su belleza iba mucho allá de lo físico. Tenía la cara redonda y la nariz algo respingona. Los ojos marrones y pecas esparcidas por todo el rostro, un flequillo demasiado largo, y una sonrisa perenne en los labios. Sebastián pensó que a primera vista lo que la diferenciaba de la madre de ambos era precisamente aquella sonrisa.

—¿Por qué no nos avistaste, Sebastián? Habríamos venido a buscarte.

—Quería daros una sorpresa. —«Y no quería correr el riesgo de que me dierais plantón»—. Además, vino alguien de capitanía.

—¡Es verdad! Se me olvidaba. —Se puso firmes y lo saludó—. Presente, capitán.

Sebastián sonrió y se dio cuenta de que en los últimos diez años no había sonreído tanto como en los últimos diez minutos.

—No soy de esos capitanes —le explicó—. ¿Tienes que quedarte sola hasta que José Antonio vuelva del hospital?

—¡Eh, que cumplo dieciocho años dentro de tres meses! —se defendió ella—. Además, no es la primera vez. Y el Doctor Maligno me obliga a quedarme en casa y a llamarlo desde el fijo cada par de horas.

—Vaya, ahora empiezo a entender lo del apodo. Piensa que si tuviera que decidir yo, te vendrías conmigo al hospital.

—Oh, eso también lo intentó José, pero creo que su jefe le llamó la atención. —Y el que ella hubiera estado intentado desmontar un microscopio no tuvo nada que ver—. Puedes quedarte a hacerme compañía, si quieres.

—Claro que quiero. ¿Acaso crees que voy a dejar escapar la oportunidad de cenar con la chica más guapa de Cádiz?

—¿Solo de Cádiz? Vaya, Sebastián, suerte que no tengo problemas de ego, que si no... Está bien, dejaré que me lleves a cenar. Con una condición —añadió su hermana pequeña—, que me cuentes algún chisme sobre José. Él siempre amenaza con contarle a todo el mundo mis trapos sucios.

—Trato hecho —aceptó Sebastián—. ¿José no te ha contado nunca que de pequeño dormía con un conejito rosa?

—¡No!

Seguramente su hermano querría estrangularlo cuando lo viese, pero Sebastián disfrutó muchísimo contándole a su hermana pequeña anécdotas de su infancia, y durante esa cena sintió como si volviese a formar parte de una familia.

Gabriela llevaba ya un par de horas durmiendo cuando la puerta de la casa se abrió y entró José con cara de agotamiento.

—Ah, gracias por esperarte —le dijo a Sebastián mientras dejaba el casco de la moto encima de la mesa.

—De nada. Ha sido muy... esclarecedor.

José sonrió.

—Tiemblo solo de pensar todo lo que te habrá contado Gabi. Estoy destrozado. —Se quitó la cazadora y la colgó en el respaldo de una silla.

—Me voy... —anunció Sebastián al ver lo cansado que efectivamente estaba su hermano—. Vendré a veros mañana —añadió poniéndose en pie. Después de que Gabriela fuera a acostarse, él se había quedado en el sofá pensando, intentando contener los recuerdos sobre la última noche que pasó en esa casa.

—Llama antes y organizamos algo. Mañana tengo libre, seguro que cuando haya dormido un poco volveré a sentirme como un ser humano. Podríamos ir a cenar los tres juntos —sugirió José entre bostezos.

—Eso sería fantástico —aceptó Sebastián tras tragar saliva y cuando lo consiguió se acercó a José y le puso una mano en el hombro—. Has hecho un gran trabajo con nuestra hermana.

—Tuve un buen maestro —señaló el otro—. Vamos, será

mejor que vaya a acostarme antes de que esto parezca una escena sacada de un culebrón.

Sebastián sonrió pero se apartó y se dirigió hacia la puerta.

—¿Sebastián?

—¿Sí?

—Si de verdad vas a quedarte, algún día tendrás que contarnos por qué te fuiste. Lo sabes, ¿no?

—Lo sé. Vamos, duerme un poco. Nos vemos mañana.

Sebastián abandonó la casa y respiró hondo. Tardó unos segundos en recuperar la compostura y en ponerse en marcha, pero al final lo consiguió. Bueno, el primer encuentro con sus hermanos había salido infinitamente mejor de lo que él se había atrevido a soñar. Al menos Gabriela y José se alegraban de que hubiese vuelto, pasara lo que pasase con Cecilia, nada cambiaría eso. Mucho más ligero que antes, cruzó la ciudad y se metió en el anodino apartamento que le había proporcionado la capitanía. Abrió la maleta y sacó lo imprescindible; el neceser, un pijama, y las fotografías. Se quitó el dichoso traje, que con algo de suerte no tendría que volver a ponerse en unos días, se puso el pijama, se lavó los dientes y se acostó. Y antes de apagar la luz acarició la fotografía que había colocado en la mesilla de noche.

4

Si tú no vuelves, se secarán todos los mares.
Y esperaré sin ti tapiado al fondo de algún recuerdo.

AMARAL, *Cada noche*

«¿Cómo diablos se ha atrevido a volver sin avisarme? ¿Y por qué querías que te avisase? El muy imbécil se fue sin decirte nada, ¿acaso creías que tendría la decencia de decirte que volvía? Además, tampoco tiene obligación de ponerte sobre aviso.» Cecilia odiaba la voz de su conciencia. Normalmente odiaba discutir con ella porque la muy terca nunca sabía cuándo callarse, pero hoy estaba tan furiosa que solo le faltaba ponerse a hablar sola.

—No voy a darle tal satisfacción —dijo en voz alta mirando a *Magnum*, el loro que en un momento de locura había decidido adoptar cinco años atrás, aunque a menudo tenía la sensación de que era *Magnum* el que la había adoptado a ella—. No me mires así, *Magnum*. ¿Por qué diablos ha vuelto ahora? Dime, el muy imbécil podría haberse quedado donde estaba y pudrirse allí para siempre, ¿no te parece?

El loro asintió enfáticamente.

—Tienes toda la razón, *Magnum*. Tú sí que me entiendes —le dijo al loro, y como premio le dio otra galleta salada—. Mañana mismo haré la maleta y nos iremos a Canarias. La universidad de allí lleva años invitándome, y la verdad es que me apetece mucho hacer algún posgrado. ¿A ti no?

El loro sacudió el pico de un lado al otro.

—Ya, bueno, no te preocupes, seguro que harás amigos —le dijo Cecilia a *Magnum*—. Si no, siempre puedes quedarte con Alexia.

El loro volvió a sacudir la cabeza.

—Eso que pasó la última vez fue un accidente. Alexia no quería quemarte, solo intentaba secarte las plumas con el secador. Reconozco que no fue uno de sus mejores momentos, pero ya sabes cómo es Alexia.

—Alexia —dijo el loro.

—Sí, sí, podrías decir mi nombre, ¿no? Al fin y al cabo, yo soy la que te da de comer. —Cecilia le acercó otra galleta—. Llamaré a mamá y quedaré con ella para comer. Después quedaré con Pedro y me aseguraré de que lo tiene todo bajo control. Y después —chasqueó los dedos—, tú y yo nos iremos a Canarias durante un mes. Seguro que cuando volvamos el imbécil ya ha vuelto a irse.

—Imbécil —dijo el loro y Cecilia sonrió. Y se dijo que la lágrima que le caía por la mejilla no tenía nada que ver con que Sebastián hubiese regresado. En esa época del año siempre tenía alergia.

Se pasó la noche sin dormir. Dio tumbos en la cama y echó las culpas a los dos cafés de más que se había tomado durante el día y a que no llevaba el corsé. Mañana se pasaría al té, sí, aprovecharía su estancia en Canarias para hacer una cura de salud y mejorar sus hábitos alimenticios. En cuanto al corsé, todavía no había decidido si iba a ponerlo o no en la maleta. Se había pasado años llevándolo día y noche, pero en los últimos meses había conseguido desprenderse un poco de él, como un niño pequeño con su manta para dormir. Reduciría sustancialmente el café y el chocolate y el corsé se lo llevaría por si acaso. «No te lo crees ni tú.» Y empezaría a hacer ejercicio. «Ja.» La jaula de *Magnum* estaba oculta tras el paño con la que la cubría siempre al acostarse y Cecilia desvió la mirada hacía allí convencida de que el loro se quejaría si encendía la luz. Le dio al interruptor despacio, como si así consiguiera amortiguar el efecto de la bombilla, y se sentó en la cama. Cogió el portátil que tenía encima de la mesilla de noche y después de ponerlo en marcha, y de maldecirse por no haber cargado la batería e ir a buscar el cable para enchufarlo a la corriente, se conectó a Internet. Podía aprovechar y repasar los últimos datos que había recibido del laboratorio, o buscar el bolso perfecto para la boda de Teresa, una de las pocas amigas solteras que le quedaban, o incluso podía conectarse al banco y mirar el pésimo estado de sus cuentas. Pero no, Cecilia no tuvo el sentido común de hacer ninguna de esas cosas, sino que se pasó dos horas mirando la pantalla del Google como una idiota y jurándose a sí misma que no teclearía el nombre de Sebastián Nualart. «Esto de las nuevas tecnologías es un fastidio, pensó, ahora puedes averiguarlo casi todo acerca de una persona sin que esta lo sepa.» Escribió el nombre pero no llegó ni a la primera letra del apellido. Lo borró cien veces y lo reescribió otras tantas, pero nunca, ni siquiera una vez, le dio al *enter*. «No se lo merece.» Borró de nuevo y cuando volvió a poner los dedos en el teclado fue para buscar alojamiento en Canarias. Tal vez se quedaría tres meses. Media hora más tarde, harta de ver páginas web de apartamentos en alquiler, se levantó y fue al armario. Por una noche no pasaría nada, se dijo mientras acariciaba las cintas de seda del primer corsé que se compró.

A Patricia, la madre de Cecilia, le gustó mucho la idea de que su hija mayor se fuese unos días de vacaciones. Llevaba años insistiéndole en que se tomara unas, y en que se llevase a Pedro con ella.

—No insistas, mamá. Me iré sola con *Magnum* —le dijo Cecilia mientras las dos comían en una terraza.

—¿Te llevas al loro y dejas aquí a ese bombón? —le preguntó Patricia como si su hija acabara de decirle que iba a unirse al Hare Krisna—. Estás fatal.

—Iré a trabajar, mamá. Y Pedro tiene que quedarse aquí.

—Ya. En fin, tú sabrás.

—Ah, no, no me hagas eso. Ya no soy una niña pequeña.

—Si tú lo dices.

—¡Mamá!

Las dos se rieron y Patricia le dio una pequeña tregua a su hija.

—Será por poco tiempo, un mes. Tres a lo sumo —le dijo Cecilia al retomar la conversación.

—No te preocupes, Alexia y yo estaremos bien —le aseguró su madre.

—¿Cuándo vuelves a tener cita con el doctor?

—Dentro de dos meses, pero todo saldrá bien. Vete tranquila.

—Si sucede algo...

—Te llamaré enseguida porque es imposible que tu hermana de veinticinco años y yo podamos solucionarlo solas.

—Está bien —aceptó ella—, pero al menos podrías fingir que me echarás de menos.

—¡Por supuesto que te echaré de menos! No seas boba, ven aquí y dame un abrazo.

Cecilia se puso en pie y se acercó a su madre para abrazarla. A pesar del tono bromista de la conversación, las dos se emocionaron y cuando Cecilia volvió a sentarse en su sitio cambiaron radicalmente de tema de conversación. Es decir, básicamente hablaron de Alexia y del último novio que les había presentado.

—¿Era domador de leones o profesor de yoga? Creo que empiezo a confundirlos —dijo Patricia.

—Era profesor de expresión corporal, el domador se fue por Navidad.

—Ah, vaya. Bueno, tu hermana es como mínimo original. Porque tú último novio fue... ¡Ah! No me acuerdo. ¿Por qué será? —Su madre habría podido dedicarse a la comedia—. ¡Ya lo sé! Porque nunca me has presentado ninguno.

—Mamá —la reprendió Cecilia—. Ya sabes que no tengo tiempo para esas cosas —se defendió.

—No quieres tener tiempo, Cecilia. —La madre alargó la mano y tocó la de la hija—. No todas las relaciones terminan como la mía y la de tu padre.

—Lo sé, mamá. Y te juro que no es por eso, lo único que pasa es que ahora tengo mucho trabajo.

—Está bien. —Le dio unas palmaditas y levantó la copa de vino blanco para brindar. Los médicos le habían dicho que podía beber de vez en cuando—. ¡Por tus vacaciones!

—Por mis vacaciones.

El primer día de trabajo fue tal como había esperado; intenso y muy largo. Sebastián se entrevistó con los distintos jefes de departamento, se instaló en su despacho y cuando todo el mundo se fue a casa y se quedó solo, buscó el expediente que más le interesaba de todos los que tenía amontonados encima de la mesa. Anotó la información que necesitaba y apagó la luz. Bajó la escalera con paso decidido y se dirigió al estacionamiento del muelle. Esa mañana había alquilado un coche, los del Ministerio le habían dicho que podía utilizar un vehículo de la flota oficial, pero él prefería tener uno propio. Si al final tenía la suerte de poder quedarse allí, se compraría uno, por ahora le bastaba con uno de alquiler. Sebastián no entendía de coches, el único vehículo por el que él había sentido especial cariño alguna vez era la motocicleta que había tenido de joven. Sebastián había sentido devoción por ese montón de chatarra, lástima que hubiese tenido que venderla. No había vuelto a montarse en una moto desde entonces. «Otro de los castigos que te impusiste.» Se montó en el coche, un Prius —no pudo resistir la tentación de alquilar un coche ecológico—, y condujo hacia la dirección que había anotado antes. No podía creerse que ella estuviese viviendo precisamente allí. Condujo y recordó el día en que le contó a Cecilia dónde quería vivir de mayor.

—No te imagino viviendo en El Puerto de Santa María —le dijo Cecilia levantando una ceja. Ella estaba sentada en el banco que había en el taller en el que Sebastián trabajaba por las mañanas. Era sábado, su día libre, pero había ido allí para reparar por enésima vez su moto. Su jefe había tenido el detalle, a cambio de no pagarle las horas extra, de dejarle utilizar las herramientas y las piezas de recambio del taller. Era un taller para barcos, pero Sebastián supuso que no estaba en posición de ponerse quisquilloso.

—¿Por qué no? —le preguntó algo ofendido secándose el sudor de la frente.

—Te has manchado de grasa —señaló Cecilia—. No sé, Sebastián. No te pega. Además, ¿no quieres regresar a Madrid? —Él nunca hablaba del tema, pero Cecilia sabía que el motivo por el que la familia Nualart se había mudado de Madrid a Cádiz tenía que ver con algo que le había sucedido a Sebastián.

—No, me gusta estar aquí. Y de mayor me gustaría vivir en El Puerto de Santa María. El mar se ve mejor desde allí, hace unas semanas fui allí en esta cafetera —golpeó el depósito de gasolina con una llave— y vi que están construyendo unas casas muy cerca de la playa. Seguro que serán increíbles. ¿Te imaginas desayunar viendo el mar cada día? ¿Poder salir a pasear cada noche por la orilla? —Sí, su aspecto exterior y su pasado no encajaban con el sueño de tener una familia y vivir en una casita con una valla blanca, pero eso era exactamente lo que Sebastián quería, aunque nunca se había atrevido a contárselo a nadie.

—Suena bien, Sebastián —reconoció ella—. ¿Te falta mucho?

—Un poco. ¿A qué hora tienes que estar en casa?

—A las tres. Papá ha invitado a no sé quién a comer —explicó Cecilia—. Mamá me ha dicho que llegue a tiempo para cambiarme. Le he prometido que iba a estar allí a las dos y media y le he dicho que solo iba a la biblioteca a por unos libros.

—¿Le has mentido a tu madre? —Sebastián estaba agachado junto al caballete.

—No, he ido a la biblioteca. Mira —levantó un par de libros—, pero después he dado un rodeo y he venido a verte.

Sebastián desvió la vista hacia el reloj que había colgado en la pared del taller.

—Si consigo que este trasto funcione a tiempo, te llevo.

—Vale.

Cecilia abrió uno de los libros que había sacado de la biblioteca y apoyó la espalda contra la pared en busca de una postura para leer. Sebastián frunció el ceño y se concentró en la motocicleta. Minutos más tarde, Cecilia volvió a hablar:

—¿Sebastián?

—¿Sí? —respondió él sin levantar la vista.

—Si terminas a tiempo, ¿puedes llevarme a dar una vuelta por El Puerto de Santa María y enseñarme las casas de la playa?

Sebastián sacudió la cabeza y se metió en el coche; tardó veinte minutos en llegar allí y aparcó justo delante de la casa número cuatro. Una casa con vistas al mar. Se acercó a la puerta y llamó al timbre. ¿Qué era eso que se oía de fondo? ¿Un loro? ¿Cecilia tenía un loro? Sonrió al recordar la tendencia incontrolable que tenía Cecilia a encariñarse con los animales más raros del mundo. Apretó el timbre de nuevo para asegurarse de que el sonido del timbre se oía por encima de los graznidos del pájaro.

—¡Ya voy! —dijo una voz de mujer, y a Sebastián se le hizo un nudo en el estómago al oír a Cecilia por primera vez después de tanto tiempo. No era la voz de una niña de dieciocho años, era la voz de una mujer de casi treinta—. ¿A qué viene tanta prisa? —preguntó ella al abrir la puerta.

Sebastián observó fascinado cómo los ojos de Cecilia pasaban de la sorpresa al enfado para acto seguido adoptar una pose de total indiferencia, aunque durante un segundo tuvo la sensación de que también reflejaban un dolor desgarrador. Pero ese dolor se fue tan rápido como vino, así que Sebastián pensó que quizá se lo había imaginado. Cecilia era más alta de lo que la recordaba y había cambiado, pero la reconocería en cualquier parte. Llevaba el pelo recogido en una cola de caballo y el flequillo había desaparecido. Seguía siendo castaña, y Sebastián sintió un cosquilleo en las yemas de los dedos de las ganas que tenía de comprobar si esos mechones eran tan suaves como antes. No iba maquillada e iba vestida con unas mallas negras y una camiseta enorme en defensa de las focas. Estaba de pie frente a la puerta y con una mano se aferraba a ella. Sebastián desvió los ojos hacia los dedos y comprobó que no llevaba ningún anillo. Ella se fijó en el gesto y apretó la mano con tanta fuerza que los nudillos le quedaron blancos.

—¿Qué diablos estás haciendo aquí? —le dijo entre dientes.

«Bueno, pensó Sebastián, al menos no va a fingir que no me reconoce.»

—No pienso concederte la excedencia —declaró él cuando encontró la voz.

—¿Qué has dicho?

—He dicho que no pienso concederte la excedencia, doctora Ruiz-Belmonte. —Sebastián no podía creerse que por fin estuviese delante de Cecilia y que no estuviese besándola. Claro que a juzgar por la cara de ella, si lo intentaba terminaría en urgencias con la nariz rota.

—Entonces dimito, capitán. —Apretó de nuevo los dedos y se echó hacia atrás con la clara intención de cerrar la puerta, pero él puso un pie y se lo impidió.

—No puedes dimitir. —Pisó con fuerza para detener la hoja de madera y apoyó una mano en el marco para mantener el equilibrio. Sebastián, a pesar de que alguna noche se había permitido soñar que Cecilia se le echaría en brazos nada más verle, había dado por hecho que ese primer encuentro iba a ser difícil, pero no se había imaginado aquella frialdad.

—Claro que puedo. Dimito. Mañana le mandaré la dimisión por escrito, capitán —la última palabra fue como un insulto. Estaba tan furiosa que tenía ganas de gritar, pero no iba a darle tal satisfacción. Además, si era sincera consigo misma tenía que reconocer que ver a Sebastián después de tanto tiempo hacía que le resultase muy difícil, por no decir imposible, razonar. Con veintiún años, Sebastián era guapo, pero con treinta y tres era devastador. Cecilia sabía que era absurdo, pero nunca había conseguido imaginarse a Sebastián de mayor. En su mente, él siempre había seguido siendo joven, igual que el Mat Dillon de las películas de los ochenta, que para Cecilia nunca había pasado de los veinticinco. Pero ahora Sebastián dejaba en ridículo a Mat Dillon y prácticamente a la totalidad de los hombres del planeta. Era más alto y estaba mucho más fuerte que doce años atrás. Tenía una cicatriz en la ceja y otra en el mentón. Cicatrices que vio por casualidad, por supuesto. Las mejillas mostraban rastros de una incipiente barba, aunque era evidente que se había afeitado. Seguía teniendo la nariz torcida y los ojos más negros que existirían jamás.

—No acepto tu dimisión.

—Haz lo que quieras. Mandaré la dimisión a Márquez. Y ahora, si me lo permites —desvió la mirada hacia el pie y la mano que le impedían cerrar la puerta—, tengo cosas que hacer.

—¿Por qué quieres dimitir precisamente ahora?

—Tengo ganas de cambiar de aires.

—¿En serio quieres que me crea que dimites porque te apetece cambiar de aires?

—Me importa un rábano lo que creas. Tu opinión no me afecta. Acepta mi dimisión o despídeme, haz lo que quieras. No pienso volver al trabajo.

—De acuerdo. Veo que no me dejas otra opción, si el lunes no estás en tu despacho, cancelaré el proyecto «Erizo de mar» —le dijo mirándola a los ojos, intentado transmitir la misma autoridad que utilizaba cuando daba órdenes en un barco.

—No puedes cancelarlo. El Ministerio autorizó el proyecto hace años y Galindo siempre ha firmado todas las prórrogas.

—La última no. Está encima de mi mesa, justo al lado de la carta en la que solicitas la excedencia. Si tú no estás, el proyecto no tiene sentido, y seguro que en el Ministerio se alegrarán de que reduzca gastos. Quizás incluso me den una palmadita en la espalda.

—No te atreverás.

Sebastián enarcó ambas cejas y rezó para que Cecilia no descubriera que en verdad no tenía la más mínima intención de cancelar el proyecto aun en el caso de que no consiguiera convencerla de que volviese a incorporarse al trabajo.

—Mira, Ce, comprendo que estés enfadada...

La mirada que le lanzó ella lo detuvo a media frase.

—¿Enfadada? No. No estoy enfadada. Enfadada lo estaba hace once años, justo después de pasarme un año entero destrozada, sin sentir apenas nada, porque tú —le clavó un dedo en el torso—, mi «mejor amigo», había desaparecido en medio de la noche sin decirme nada. Enfadada lo estaba cuando no supe nada de ti y cuando por fin comprendí que nunca ibas a llamarme, ni a escribirme, ni a venir de visita. Entonces estaba enfadada. Ahora ya no lo estoy.

—¿Ah, no? —dijo él completamente aturdido, tanto por la vehemencia de las palabras de Cecilia como por los golpes que iba dándole con el dedo en el pecho.

—No, Sebastián. No estoy enfadada. —Apartó la mano con la que le estaba empujando y se la colocó en la cintura. Y después, como si hiciera falta algo más para que Sebastián sintiese que le estaba pisoteando el corazón, fijó sus ojos en los de él y los vació de cualquier emoción o sentimiento—. Ahora ya no me importas.

—Ce, deja que te lo explique, me fui...

—No quiero saberlo. Y no me llames Ce. —Ese apodo era algo especial entre los dos y si él volvía a utilizarlo solo acabaría haciéndole daño otra vez—. Ya te lo he dicho, Sebastián. No me importa. Ya no.

—De acuerdo, pero cuando estés dispuesta a escucharme... —Esa noche no iba a conseguir nada de ella. De hecho, no podía dejar de pensar en esa frase que decía que una retirada a tiempo era una victoria.

—¿Cuándo? Más te vale que te esperes sentado, Sebastián. Eso no sucederá jamás.

Sebastián tragó saliva y le tembló el músculo de la mandíbula. Cecilia lo vio y pensó que en el pasado nunca le había visto tan nervioso. Tan inseguro. No, serían imaginaciones suyas. Ese hombre era un témpano de hielo que la había abandonado años atrás sin ni siquiera dejarle una nota, seguro que lo único que pasaba ahora era que estaba ofendido porque ella quería dimitir.

—De acuerdo —repitió él tras respirar hondo—. No volveré a sacar el tema, Cecilia. Pero vuelve al trabajo. Por favor. Acabo de incorporarme y no puedo permitirme tener un área como la tuya sin supervisor. Vuelve y termina con el proyecto Erizo. Empieza a poner al corriente a tu ayudante y quizá podrías insinuar que te apetece irte a otra parte, que tu novio... —le preguntó con la mirada.

—Ah, no. Eso sí que no. No tienes ningún derecho a preguntarme nada acerca de mi vida personal.

—Está bien, doctora. Vuelve al trabajo el tiempo necesario para que Cano esté al tanto de todo, y para que yo sepa cómo funcionan las cosas, y luego tramitaré tu excedencia. O aceptaré tu dimisión. Lo que tú prefieras.

Cecilia le miró a los ojos y Sebastián aguantó el escrutinio. Una parte de Cecilia sabía que abandonar así un trabajo al que había dedicado tanto tiempo era no solo una cobardía, sino también una estupidez. Quizá Sebastián no cancelaría el proyecto, pero Cano todavía no estaba preparado para coger las riendas.

—Volveré y me quedaré hasta que termine el proyecto. Tres meses máximo —sentenció al analizar mentalmente el tiempo que necesitaba para poner las cosas en orden—. Y después me iré, tanto si tienes sustituto para mí como si no. ¿Entendido?

—Entendido —aceptó Sebastián, a pesar de que de momento no podía ni plantearse la posibilidad de que Cecilia se fuese. Si ella abandonaba su trabajo en capitanía, Sebastián tenía el horrible presentimiento de que no volvería verla nunca más—. Nos vemos el lunes, entonces —dijo, y se obligó a apartar el pie de la puerta—. Será mejor que me vaya —retrocedió un poco y levantó la mano que tenía en el marco—. He venido en coche —señaló nervioso para ver si así ella hacía algún comentario. Al recibir solo silencio, optó por dejar de hacer el ridículo e irse de allí antes de que ella cambiase de opinión acerca del trabajo. Sus pies se resistieron a avanzar pero los obligó a hacerlo y estaba ya en la acera cuando la voz de Cecilia le detuvo en seco.

—¿Por qué has vuelto?

Sebastián se dio media vuelta despacio y la miró. A pesar de que era obvio que estaba enfadada —y con razón—, y que no tenía ninguna intención de perdonarle, él no pudo evitar sonreírle.

—Creía que era evidente. He vuelto por ti.

5

Lo que sucede es que me he enamorado,
como el perfecto estúpido que soy.

LUIS EDUARDO AUTE,
Una de dos

Sebastián pasó el fin de semana con sus hermanos. Y el rato que no estuvo con ellos lo dedicó a leer los informes que Galindo había olvidado mencionar que tenía pendientes. Cuando terminó, fue a correr. Y después de correr nadó durante dos horas en la piscina del gimnasio. Cualquier cosa excepto pensar en el rechazo que había visto en los ojos de Cecilia, o en la posibilidad de que el lunes ella no se presentase en el trabajo. Por suerte para él, ni Gabriela ni José Antonio sabían lo que había sucedido con Cecilia doce años atrás, así que ninguno de sus hermanos le preguntó por ella, habría sido incapaz de contarles cómo estaban las cosas entre los dos. Sebastián comprobó que efectivamente José Antonio se pasaba muchas horas en el hospital y que era muy estricto con Gabriela, y también descubrió que su hermana tenía un don innato para la mecánica y que todavía no sabía qué carrera quería estudiar, y que nunca había tenido novio. Según ella, los chicos del instituto eran unos estúpidos que no sabían cómo tratarla. Él le dio la razón.

El domingo se acostó pronto y se obligó a dormir, objetivo que consiguió durante unas meras horas. No podía dejar de pensar en Cecilia y en todo lo que necesitaba explicarle, así que cuando dieron las seis de la mañana, se dio por vencido y tras ducharse y vestirse, fue a capitanía. Siempre le había gustado pasear por el muelle a esas horas, en medio de los barcos y de la brisa del mar. Lo había echado de menos. Y quizás así estaría más sereno cuando llegasen los demás a la oficina.

De camino a capitanía pasó por delante del taller en el que había trabajado cuando tenía veinte años. Ahora era un local vacío con un cartel que decía SE ALQUILA pegado a la persiana. Los barcos y las grúas que circulaban por el muelle como langostas por los prados ya no acudían a ese pequeño taller y ahora se reparaban en una nave industrial habilitada para ello en un polígono cercano. Más tarde se pasaría a echar un vistazo. Y también visitaría la escuela de submarinismo que había en el puerto y preguntaría qué tenía que hacer para salir a bucear. Estar en las profundidades del mar siempre le había ayudado a pensar.

Sebastián todavía no sabía cómo había sido capaz de mantenerse alejado de Cecilia durante todo el fin de semana. La tentación de ir a su encuentro y de exigirle que lo escuchase, que lo dejase hablar, había sido casi imposible de resistir, pero para contenerse solo había tenido que pensar en la mirada glacial con la que ella le había recibido al abrir la puerta de su casa. Durante todas las noches que se había pasado despierto echándola de menos, se había imaginado infinidad de veces lo que diría cuando volviese a verla, lo que haría, y en todos y cada uno de esos sueños, a pesar de que en algunos ella le perdonaba y de que en otros no quería volver a verlo, Sebastián la besaba. «Pero eso eran tus sueños, Sebastián, Ce no te besó, ni siquiera pareció sentir las más mínimas ganas de hacerlo. Quizás has esperado demasiado. Quizás es demasiado tarde.»

Levantó la vista y miró hacia el horizonte, negándose a aceptar si quiera la posibilidad de que hubiera perdido a la mujer de su vida para siempre.

—Buenos días —saludó al guardia de seguridad que había en la entrada de capitanía.

—Buenos días, capitán —respondió el hombre sin ocultar lo sorprendido que estaba de verlo por allí a esas horas.

Sebastián subió los escalones de dos en dos y cuando llegó al piso en el que se encontraban los despachos no encendió los fluorescentes, sino que se acercó a la ventana y se quedó observando el cielo. El sol siempre tenía una luz especial a esas horas. Igual que el mar. No sabría explicarlo, pero a lo largo de todos esos años, Sebastián había visto amanecer miles de veces en lugares que probablemente eran mucho más bonitos que ese; a bordo de un barco en la Antártida, en las costas de Chile, en Canadá, pero ningún amanecer parecía significar tanto como aquel. Y tuvo miedo.

Por suerte para él, en aquel preciso instante empezó a llegar gente y Sebastián no tuvo más remedio que dejar a un lado sus preocupaciones personales y comportarse como el profesional que era. Se sentía muy orgulloso de haber llegado tan lejos, y no quería defraudarse ni a sí mismo ni a todo el equipo que ahora dependía de él.

—Buenos días —dijeron los dos primeros.

—Buenos días —respondió Sebastián.

—Tengo listos los informes que me pidió, capitán —dijo Ponce, uno de los encargados del control del tráfico marítimo del puerto, nada más dejar las cosas encima del escritorio.

—Perfecto. Venga a mi despacho a las diez y media y los repasaremos juntos.

—¿Necesita que se lo anote en la agenda, capitán? —le preguntó Márquez que justo en aquel instante entraba por la puerta.

—Buenos días, Márquez; no, no será necesario. —El joven le miró tan sorprendido y asustado que Sebastián se vio obligado a añadir—: Necesito que se encargue de algo mucho más importante, la agenda puedo gestionármela yo solo. Gracias.

—¿De verdad, capitán? Lo siento —farfulló muerto de vergüenza Márquez al darse cuenta de lo que había dicho.

—De verdad —sonrió Sebastián—. En Chile me hablaron de un programa informático que gestionaba las entradas y salidas de buques del puerto de Shanghái. ¿Lo conoce?

—Sí, capitán.

—Genial. Entonces averigüe a quién tenemos que venderle el alma para conseguirlo y empiece a aprender cómo funciona.

—¿Yo? —preguntó Luis Márquez atónito.

—Sí, usted, Márquez. A no ser, claro, que quiera seguir con las funciones que tenía hasta ahora.

—No, señor, quiero decir, capitán.

—Basta con Sebastián, Márquez.

Márquez asintió por última vez y corrió a esconderse detrás de la pantalla de su ordenador.

—Vaya, veo que a pesar de la capitanía sigues siendo tan intuitivo como antes —dijo una voz de barítono detrás de Sebastián.

—Y tú sigues siendo el hombre más sigiloso que he conocido jamás. —Sebastián se volvió—. Me alegro de verte, Domingo.

—Y yo a ti, capitán —pronunció el título con aire burlesco—. Lamento no haber estado la semana pasada cuando llegaste, pero me habían aprobado las vacaciones hacía meses y no iba a volver para ver a un tipo tan feo como tú —añadió en broma—. Me alegro de que estés aquí.

—¿Cómo es que sigues trabajando en el puerto? —le preguntó sincero Sebastián tras dar un abrazo de oso al otro hombre que tenía diez años más que él y le sacaba unos treinta quilos de ventaja—. Cuando Márquez me mandó el organigrama y vi tu nombre junto al cargo de «supervisor de comunicaciones radio-marítimas», pensé que era una coincidencia. Pero luego vi la foto...

—Y viste que sigo siendo tan guapo como antes.

—Y modesto.

—No sé, Sebastián, supongo que no todos estamos hechos para las altas esferas. Mírate tú mismo, hace años te pasabas las mañanas en el taller y ahora prácticamente diriges el puerto.

—¿Y tú? —Sebastián no quería hablar de él—. ¿Qué has hecho durante todo este tiempo? ¿Marcela sigue aguantándote o vio la luz y te dejó? ¿Y tu moto, todavía tienes ese trasto?

—Gracias a ese trasto cobraste un montón de horas extra, así que un respeto. No, mi querida moto pasó a mejor vida cuando Marcela y yo tuvimos gemelos. Y yo al final me puse las pilas y empecé a trabajar en serio.

—¿Tienes hijos?

—Dos. —En un acto casi reflejo, Domingo se sacó la cartera del bolsillo de los pantalones y le enseñó a Sebastián la foto de dos niños de unos nueve años—. Se llaman Juan y David, pero yo les llamo Zipi y Zape. Ellos ni siquiera entienden el chiste.

—Ya. Felicidades.

—¿Y tú?

—¿Yo? —Sebastián levantó ambas cejas.

—¿Tienes hijos? —le preguntó también.

—No, qué va.

Domingo le miró sorprendido.

—No me dirás qué todavía sigues colgado de esa chica misteriosa. A pesar de las cañas a las que te invité para hacerte confesar, jamás me dijiste quién era —chasqueó la lengua—.

Es una lástima, con la de mujeres de carne y hueso que te tiraban los tejos. —Le dio una palmada en la espalda—. Será mejor que me ponga a trabajar. Me alegro de que estés aquí, Sebastián. Siempre pensé que terminarías haciendo algo bueno —añadió Domingo.

—Gracias, yo también me alegro de estar aquí.

Sebastián observó a Domingo dirigiéndose hacia el despacho que ocupaba en uno de los laterales de la sala y al girar la cabeza hacia allí se topó con una imagen que habría deseado no ver jamás: Cecilia entrando del brazo de otro hombre. Un hombre muy atractivo, de esos que parecen sacados de una revista de adolescentes, con dientes blancos y perfectos y hoyuelos en los lugares exactos. Y para empeorar las cosas, el muy desgraciado se agachó y le dio un beso en la mejilla. ¿Quién era ese tipo que se atrevía a besar a Cecilia en su lugar de trabajo?

—¡Hola, Cano! —un mensajero cargado con una bolsa de plástico amarillo saludó al supermodelo—. ¡Tu bicicleta es lo más!

¿Ese era Cano? ¿El ayudante de Cecilia? Guapo, fuerte, joven e iba en bici. Sebastián quería matarlo con sus propias manos.

—Cuando quieras te la presto —dijo Cano.

«Y además es generoso.»

—Genial, tío.

—Buenos días a todos. —Cano sonrió de oreja a oreja.

«Y bien educado.»

—Buenos días —Cecilia también saludó a sus compañeros, y solo con el gesto consiguió excluir a Sebastián del saludo. No lo miró ni por casualidad, los ojos de Cecilia ni siquiera se acercaron a los alrededores de donde él estaba.

Justo antes de que Sebastián pudiese reaccionar, Domingo volvió a aparecer en la sala.

—Ah, Cano, veo que has llegado. ¿Puedes venir un segundo a mi despacho? —le pidió antes de volver a bajar la vista hacia el documento que llevaba en la mano, pero de repente se detuvo y parpadeó confuso—. ¿Cecilia? —Domingo la miró sorprendido—. ¿No habías solicitado una excedencia?

—Sí, pero me lo he pensado mejor —explicó fulminando a Sebastián con la mirada durante un microsegundo. Acto seguido, esbozó una sonrisa—. Me iré dentro de unos meses, así tengo tiempo de organizarlo todo con más calma. He decidido que me iré a vivir al extranjero una temporada.

—¿Y tú qué dices, Cano, vas a irte con ella? —preguntó Domingo cruzándose de brazos.

—¿Tú qué crees? —Cano guiñó un ojo.

—Cuando hayáis terminado con la cháchara —les interrumpió Sebastián—, ¿le importaría pasarse por mi despacho, doctora?

—Luego hablamos, Pedro —le dijo Cecilia a Cano colocándole una mano en el antebrazo. Ella era de las pocas personas que le llamaban por su nombre y no por su apellido—. Será mejor que atiendas a Domingo... antes de que el capitán saque humo por las orejas —añadió en voz más baja.

—Claro, princesa. —Cano le dio un ligero apretón en los dedos y siguió a Domingo hasta su despacho.

«Princesa. La llama princesa. Será cursi.»

Cecilia se acercó a su mesa y dejó sus cosas como siempre. El ritual matutino la ayudó a fingir que no sucedía nada fuera de lo habitual y a mantener cierta calma. Puso en marcha el ordenador y miró la fotografía que tenía junto a la pantalla; una en la que estaba con su hermana y con su madre. No era una fotografía especialmente bonita, no tenía nada especial, excepto que las tres estaban juntas y riéndose. A Cecilia le encantaba, la reconfortaba. Pasó un dedo por el marco y cogió el expediente que estaba encima de la pila. Cogió las gafas y un bolígrafo y se dirigió al despacho de Sebastián. Cuanto antes hablase con él, mejor. Igual que arrancar una tirita; un gesto rápido y sin vacilar. Así solo le dolería un segundo.

Llamó a la puerta antes de entrar. No lo hizo por educación, sino porque sabía que al «capitán» le pondría de los nervios que ella marcara tanto las distancias.

—Adelante —dijo Sebastián, y Cecilia creyó oír cómo le rechinaban los dientes.

—¿Quería verme, capitán?

Sebastián estaba de pie detrás de su escritorio, con las manos en la espalda y la frente tan arrugada que de seguir así terminaría quedándole un cerco permanente.

—¿Qué diablos es eso de que quieres irte a vivir al extranjero? Creía que habías pedido la excedencia para hacer unos cursos en Canarias —le recriminó él sin disimulo.

—Eso no es de su incumbencia, capitán —le dijo mirándole a los ojos—. Si no me ha hecho venir aquí para hablar del proyecto Erizo, o de cualquier otro asunto de mi departamento, me temo que no tengo por qué contestarle, capitán.

—Sebastián. Llámame, Sebastián.

—No, capitán.

—El viernes me llamaste Sebastián —le recordó él.

—El viernes no estábamos en el trabajo, capitán.

—Les he dicho a todos que no quiero que me llamen capitán. ¿No me crees? —La mueca de Cecilia le dejó clara la respuesta a esa pregunta, y Sebastián se acercó a la puerta y la abrió de golpe—. Márquez, ¿puede venir un momento, por favor?

—Por supuesto, Sebastián —afirmó el otro hombre desde su puesto de trabajo.

Tras obtener una prueba tan irrefutable, Sebastián desvió la mirada hacia Cecilia y la retó a que volviera a contradecirle.

—Al final no será necesario, Márquez. Siga con lo que estaba haciendo —le dijo Sebastián—. Disculpe la intromisión. —El joven lo miró como si le hubiese crecido otra cabeza, pero Sebastián se limitó a cerrar de nuevo la puerta. Ahora no tenía tiempo de preocuparse por lo que opinara Luis Márquez de él.

—¿Tienes una aventura con Cano?

—¿Tiene eso algo que ver con mi trabajo, *Sebastián*? Porque si no, no pienso contestarte.

—¿Es tu pareja? —insistió.

—Me voy. —Se dio media vuelta y cogió el picaporte.

«No», le gritó una voz en la mente de Sebastián.

—Ayer leí el informe que le pasaste al capitán Galindo sobre el descenso de la fauna marina de la bahía —dijo Sebastián en un intento desesperado por reconducir aquel encuentro. En su mente, se había imaginado que hablaría con Cecilia del trabajo y que mantendría sus distancias durante unos cuantos días, ganándose así poco a poco su confianza. Después, al cabo de una semana, o tal vez dos, la invitaría a cenar y le explicaría lo sucedido. Ella le perdonaría y serían felices para siempre. «Iluso. Te ha bastado con verla junto a otro y te has puesto como un neandertal salido de las cavernas.»

Cecilia se volvió y lo miró con el ceño fruncido.

—Tu propuesta de aislar ciertas zonas me parece algo exagerada —siguió él.

—¿Exagerada? Oh, claro, qué importancia tienen unos pocos peces y unos crustáceos comparados con unos buques de carga.

Sebastián se sentó e intentó adoptar una postura profesional. Ella parecía relajarse cuando hablaba de su trabajo.

—Los peces y los crustáceos tienen mucha importancia —la sorprendió diciendo—. Lo que me parece exagerado es la cantidad de metros cúbicos que pretendes aislar y la zona en la que propones que se sitúen.

—¿Se te ocurre algo mejor? —le desafió ella.

—Todavía no, pero le estoy dando vueltas a un par de ideas. Cuando tenga algo concreto, serás la primera en saberlo.

Cecilia se sentó en la silla que había frente al escritorio, y Sebastián se arriesgó a seguir con la conversación.

—También me leí el informe que elaborasteis sobre las consecuencias que tendría una fuga del crudo que transportan ciertos buques. Eché en falta un plan de contingencia.

—Galindo creyó que no era necesario —se defendió.

—¿Y le hiciste caso? Vamos, Cecilia, no me lo creo. —Se echó un poco hacia atrás y levantó las cejas—. Enséñamelo.

—¿El qué? —Trató de hacerse la tonta.

«Es una pregunta trampa, Sebastián, sigue comportándote como un profesional.»

—El plan de contingencia que trazaste.

Cecilia se puso las gafas y abrió el expediente que tenía en el regazo. La verdad era que había cogido ese sin pensar, solo para tener algo entre las manos, pero al parecer había tenido suerte y había cogido el correcto. «¿Dónde diablos había metido el plan de contingencia? ¡Aquí!»

—Cano y yo estimamos que... —Levantó la cabeza y vio que Sebastián la miraba confuso—. ¿Qué? ¿Qué pasa?

—Llevas gafas —carraspeó—. ¿Desde cuándo?

Cecilia se tocó la montura y la subió por la nariz.

—Hace mucho tiempo, ya no me acuerdo. ¿Seguimos?

Sebastián quería preguntarle si era miope o si tenía estigmatismo, si había pensado alguna vez en operarse, si le gustaba llevar gafas o si prefería utilizar lentillas. Quién le regaló el primer par de gafas. Si las llevaba siempre o solo de vez en cuando... pero probablemente ella volvería a amenazar con irse si le preguntaba todo eso. Demasiado personal. Y no estaba relacionado con el trabajo. Así que en contra de todos sus instintos, y de la necesidad que sentía por averiguar todo lo que había sucedido a Cecilia mientras él no estaba, Sebastián dijo:

—Por supuesto. Cuéntame qué opciones os planteasteis, ¿incluisteis la posibilidad de que el crudo quedase estancado en alguna zona?

Cecilia empezó a sacar papeles del expediente y a explicarle todas las hipótesis que ella y Cano se habían planteado. Al principio, Sebastián había sacado el tema para evitar que Cecilia se fuese, pero a medida que iba hablando, fue prestándole atención. Y al final no tuvo más remedio que reconocer que tanto ella como su excesivamente guapo y cariñoso ayudante, sabían lo que se traían entre manos.

—¿Puedo quedármelo? —le preguntó Sebastián sujetando el expediente en la mano.

—Claro, lo tengo grabado en el ordenador. Si quieres, puedo mandarte por correo el resto de documentación.

—Te lo agradecería.

Se quedaron en silencio y Cecilia se dio cuenta de que habían pasado casi una hora juntos sin pelearse. Le miró y entonces él le devolvió una sonrisa, y en aquel preciso instante Cecilia recordó lo mucho que había llegado a depender de aquella sonrisa, lo mucho que la había necesitado durante una época de su vida, y que él se la había arrebatado sin darle una explicación.

—¿Es todo? —le preguntó marcando de nuevo las distancias. Más le valía no olvidar el daño que le había hecho Sebastián. Nada de sonrisas ni de miradas de complicidad, él sería su jefe y ella trabajaría para él durante el tiempo que habían acordado, pero después se iría y no volvería a verlo jamás. Esta vez, para variar, sería ella la que lo dejaría plantado.

Sebastián tardó unos segundos en reaccionar. El cambio que se produjo en la actitud y en la mirada de Cecilia fue más que evidente, y se maldijo por haber hecho o dicho lo que fuera que hubiese causado dichos cambios. En un abrir y cerrar de ojos Cecilia había pasado de estar relajada a no ocultar las ganas que tenía de salir de allí y de alejarse de él.

—Sí —carraspeó—, es todo.

Cecilia asintió y se puso en pie.

—Te mandaré el resto de la documentación ahora mismo —le dijo desde la puerta.

—Gracias. —Él cogió un bolígrafo y fingió interesarse por un papel que tenía encima de la mesa—. Me lo leeré y veré qué puedo hacer al respecto. Quizá con unas pequeñas modificaciones podríamos implementarlo.

—Eso sería genial. Gracias.

Sebastián asintió incómodo, no sabía cómo despedirse de ella. Lo que era una tontería, Cecilia iba a estar sentada a escasos metros de él, solo tenía que salir del despacho para volver a verla. Alguien golpeó la puerta y lo obligó a reaccionar.

—Disculpad —dijo Cano al entrar—, lamento interrumpir.

—No, ya habíamos terminado. ¿Qué puedo hacer por usted, Cano?

—En realidad venía a buscar a Cecilia, capitán —le dijo—. Hoy tenemos la reunión con los de la escuela de submarinismo. Iba a ir yo solo, pero ya que estás aquí...

—¡Me había olvidado! Lo siento, Pedro. —Extendió el brazo y miró el reloj—. Es a las once, ¿no?

«Todo el mundo le llama Cano excepto ella.»

—Exacto —contestó el ayudante sin percatarse de la mirada letal del capitán.

—Pues vamos —dijo Cecilia poniéndose en pie.

—Lo tengo todo listo —señaló Cano, y en aquel instante Sebastián vio que Cecilia y su ayudante estaban muy bien sincronizados. Y le dolió.

—¿Una reunión con la escuela de submarinismo? —Quizá no tuviera derecho a hacerle preguntas personales, pero de profesionales podía hacerle tantas como quisiera.

—Sí, y si no nos damos prisa llegaremos tarde.

—De acuerdo —accedió Sebastián—, pero cuando volváis quiero que me pongáis al corriente.

—Por supuesto, capitán —afirmó Cano ajeno a los celos que sentía el otro hombre.

Cecilia se limitó a asentir antes de cerrar la puerta, dejándolo solo con sus dudas y sus remordimientos.

6

Hoy puede ser un gran día,
plantéatelo así,
aprovecharlo o que pase de largo,
depende en parte de ti.

JOAN MANEL SERRAT,
Hoy puede ser un gran día

—El nuevo capitán es muy intenso, ¿no crees? —le preguntó Cano mientras bajaban la escalera.

—No sé —dijo Cecilia concentrándose para no tropezar.

—Cuando he entrado en el despacho parecía estar enfadado. ¿Estás metida en algún lío?

—No, solo estábamos hablando del plan de contingencia. Quiere que le mande toda la documentación. Y también está muy interesado en el proyecto Erizo.

—¡Genial! Ya era hora de que tuviésemos a un capitán con dos dedos de frente. Galindo no era mal tipo, pero a ese hombre solo le importaban los peces que podían acabar en su estómago.

—¿Llevamos todo lo que necesitamos para la reunión? ¿Cómo se llama el director del centro? Siempre me olvido de su nombre. —Cecilia estaba desesperada por cambiar de tema.

—Lo llevamos todo. El director se llama Ariel, creo que es de Buenos Aires, y su ayudante se llama Luna.

—¡Ah, sí, Luna! Por cierto, ¿llegaste a salir con ella? No quiero tener otra escena como la de ese colegio.

—¿Cómo querías que supiese que la chica que me había ligado el sábado era la maestra de quinto? Ya me he disculpado por eso, Cecilia.

—¿Saliste o no con Luna?

—No.

—Mejor —dijo con una sonrisa.

—Oh, muchas gracias. No sabía que mis fracasos sentimentales te hicieran tanta gracia.

—¿Fracasos sentimentales? Vamos, Pedro, que estás hablando conmigo. Cuando vas a cenar con una de esas pobres chicas no piensas en los sentimientos de nadie, ni en los tuyos ni en los de ellas.

—Si no fuera porque sé que lo dices en broma, me dolería que opinaras eso de mí.

—Ya sabes que lo digo porque te quiero.

—Y yo a ti. Y por eso te prometo que intentaré no quedar con Luna mientras tengamos trato con la escuela de submarinismo.

—Me alegro. Además, ¿qué clase de nombre es Luna?

Cano le sonrió y la rodeó por los hombros. Juntos caminaron hacia la escuela de submarinismo, ajenos al par de ojos que los estaban observando desde el despacho principal de capitanía.

Sebastián se obligó a apartarse de la ventana y a centrar toda su atención en el informe que tenía en la mano, y después de leer seis o siete veces la misma línea sin llegar a entenderla, se dijo a sí mismo que no tenía ningún derecho a estar enfadado con Cecilia. Ni a tener celos de Pedro Cano. Ese chico no tenía la culpa de lo que había sucedido doce años atrás. Pero, ¿por qué diablos Cecilia no podía tener un compañero de trabajo con un aspecto más común y corriente?, o que fuese un imbécil, o insoportable, o, una mujer. ¿Acaso sería pedir demasiado? Sí, en su caso sería pedir demasiado. Sebastián había comprobado en carne propia que el destino no sentía especial simpatía por él. Todo lo contrario. Suspiró y cerró el expediente.

—¿Puedo pasar? —le preguntó Domingo asomando la cabeza por la puerta.

—Por supuesto, pasa —accedió Sebastián agradeciendo la distracción—. Dime qué puedo hacer por ti.

Domingo sonrió antes de responder.

—No deberías hacer ese ofrecimiento al jefe de un departamento al que le han recortado el presupuesto tres años seguidos.

—¿Tres años seguidos?

—Sí, y no pienses que voy a darte tregua por haber sido el mecánico preferido de mi moto. Mañana mismo empezaré a inundarte de solicitudes.

—¿Y por qué no hoy?

—Acabo de llegar de vacaciones —dijo Domingo a modo de explicación—. Me alegro de que Cecilia haya decidido quedarse. Nunca entendí lo de la excedencia, no lo había mencionado ni una sola vez, y de repente, ¡zas!, dijo que se iba a pasar no sé cuántos meses a Canarias.

—¿Tú y Cecilia sois amigos? —le preguntó Sebastián interesado y algo sorprendido.

—Sí, claro, Cecilia es muy amiga de Marcela.

—¿Ah, sí?

—Sí, se conocieron cuando Cecilia empezó a trabajar aquí, en una cena de Navidad. Todavía me acuerdo de lo incómoda que estaba la pobre —sonrió al recordar a una Cecilia cinco años más joven y mucho más insegura—. Marcela se sentó a su lado y se puso a hablar con ella. Ya conoces a Marce —señaló Domingo con cariño—. Cecilia viene a menudo a casa, los niños la adoran. A todos nos extrañó mucho que quisiera irse tan de repente. Ahora que lo pienso... —se golpeó el mentón con el lápiz que sujetaba entre los dedos—. Cecilia decidió irse justo cuando Galindo nos comunicó que se retiraba y anunció que tú serías su sustituto. Qué casualidad.

—¿Para qué querías verme? —Sebastián intentó que la frase sonara lo más relajada posible. Él no tenía ningún problema en reconocer que conocía a Cecilia de antes, pero no sabía si ella sí, y no quería darle ningún motivo más para seguir enfadada con él.

—He estado hablando con Márquez, me ha dicho que estás interesado en el programa que utilizan en Shanghái.

—Sí, así es. —Sebastián se sentó en la silla y con un gesto invitó a Domingo a que hiciese lo mismo.

—Gracias. Llevo meses estudiando ese programa, no es perfecto, pero es mucho mejor que el que tenemos ahora.

—Me temo que eso no es demasiado difícil, por lo que he visto, incluso el programa que teníamos en el buque era mejor que este.

—Sí, Galindo era de la vieja escuela, siempre decía que las «máquinas» no servían para nada, que solo teníamos que organizarnos mejor. No me malinterpretes, por supuesto que podemos hacer las cosas mucho mejor, aunque no nos iría mal algo de ayuda externa. ¿Comprendes lo que te estoy diciendo?

—Sí, perfectamente. Entonces, ¿crees que el programa de Shanghái podría seros útil?

—La verdad es que creo que podemos hacer algo mucho mejor.

—Te escucho —ofreció Sebastián intrigado de verdad.

—Creo que podríamos diseñar nuestro propio programa. En mi equipo hay técnicos muy válidos que llevan años perdiendo el tiempo elaborando informes y manipulando estadísticas a gusto del Ministerio. Márquez conoce la organización interna mejor que nadie, y él podría decirnos exactamente qué requisitos debería cumplir el sistema. Cecilia y Cano también podrían participar, incluyendo todas las normativas medioambientales y añadiendo lo que crean necesario.

—Veo que has pensado mucho en el tema.

—Llevo años pensando en el tema. Mira —le enseñó el lápiz—, ¿sabes por qué lo llevo siempre encima?

—No.

—Porque me fio más de este lápiz y de un trozo de papel que del sistema informático que tenemos que utilizar a diario.

—Todavía tengo que ponerme al día de muchas cosas —dijo Sebastián—, dame una semana. Prepárame un esquema con todo lo que necesitarías que hiciese el programa, habla con Márquez y con el resto del equipo e incluye también sus propuestas.

—De acuerdo.

—El próximo lunes podemos volver a reunirnos y quizá para entonces sepa de qué presupuesto disponemos, si es que consigo que lo autoricen.

—Gracias, Sebastián. —Domingo se puso en pie y le tendió la mano.

Sebastián la estrechó con una sonrisa.

—No me las des, si consigo que nos den el dinero, te esperan un montón de horas de trabajo.

—Y a ti.

Sebastián no le dijo que, a diferencia de él, no tenía a nadie esperándole en casa.

La presentación en la escuela de submarinismo fue un éxito. Cano siempre conseguía entusiasmar a los alumnos y cuando terminaba la charla todos estaban convencidos de lo importante que era cuidar y preservar el fondo marítimo y los animales de la bahía. El director del centro obsequió a Cano y a Cecilia con un vale para una clase de submarinismo, y su ayudante, Luna, le ofreció algo más a Cano, pero Cecilia vio que su amigo tenía el acierto de sonreír a la guapa submarinista y de decirle que la llamaría más tarde. A Cecilia le gustaba organizar esa clase de presentaciones, aunque se le daba fatal hacerlas. Ella era la teórica y Cano el relaciones públicas. Eran el equipo perfecto.

Cecilia y Cano se conocieron en la universidad cuando ambos estudiaban biología en la Complutense. Cano era un par de años mayor que Cecilia y si no hubiese sido por Teresa probablemente ni siquiera se hubiesen saludado por los pasillos de la facultad. Teresa Olivos era la compañera de piso de Cecilia, y la responsable de que Pedro Cano fuese como era hoy en día, aunque probablemente él lo negaría hasta su último aliento. En esa época Teresa estudiaba derecho, era guapa, lista, independiente y traía a Cano de cabeza. Cuando Teresa terminó la carrera se marchó a Bruselas para trabajar como becaria en una comisión europea. Era una oportunidad única, así que ni se le pasó por la cabeza la posibilidad de quedarse, ni de pedirle a Pedro que la acompañase. De eso hacía ya cinco años. Cecilia seguía en contacto con Teresa, se escribían a menudo y se veían al menos una vez al año; siempre que Teresa volvía a España de visita. Pedro nunca le preguntaba por ella, y en la única ocasión en que Cecilia intentó sacar el tema, le bastó con mirar a los ojos de su amigo para saber que más le valía callarse. Desde entonces, Cano y Cecilia habían pasado por muchas cosas juntos, y la verdad era que Cecilia no podía imaginarse los últimos años de su vida sin él.

—¿Qué día te va bien canjear el vale? —le preguntó Pedro cuando iban de regreso a capitanía—. Hace meses que no salimos a bucear.

—Me sabe mal que tengas que ir más despacio por mi culpa —le dijo Cecilia.

—No digas tonterías, Cecilia. ¿Qué te parece el próximo

sábado? Podríamos ir temprano, y luego vamos a desayunar. Han abierto una cafetería nueva cerca de mi casa, creo que te gustará.

—De acuerdo. Pero no podré quedarme hasta muy tarde, el sábado he quedado con mi madre y mi hermana para ir a comer.

—¿Cómo están?

—Bien. Oye, ¿por qué no te vienes con nosotras? Ya sabes que mamá y Alexia te adoran.

—Lo sé, el sentimiento es mutuo. Entonces, trato hecho, iremos a bucear y a desayunar juntos, y luego me pondré mis mejores galas para pasar el resto del sábado con las tres mujeres más atractivas que conozco. —Guiñó el ojo con la última frase.

—Procura que Luna no se entere de que has dicho eso —le dijo Cecilia con una sonrisa.

—Tranquila, no se lo diré. Le he dicho que la llamaría para quedar —confesó Cano.

—No sé por qué sigues torturándote con esa clase de citas. —Cecilia no solía hablarle así a Pedro, pero últimamente su amigo se había descontrolado—. Te mereces algo mejor.

—No estés tan segura —dijo Cano sorprendentemente serio—. Quizás a lo único que puedo aspirar es a ligues de una noche o de una semana. Y la verdad es que no están tan mal, no tener expectativas tiene sus ventajas.

—Quizá durante un tiempo, pero a la larga... ¿No te gustaría tener a alguien?

Cano se detuvo en mitad de la calle y se quedó mirándola.

—¿A qué viene esto, Cecilia? —Se puso las manos en los bolsillos y se balanceó sobre los talones—. Hace años que nos conocemos y sabes que te quiero y que me gusta que te preocupes por mí, pero ahora es completamente innecesario.

Cecilia también se detuvo y se colocó justo delante de Cano.

—Yo también te quiero, es solo que —suspiró—, no sé, me gustaría verte feliz.

—Soy feliz. —Se acercó a ella y la abrazó—. Vamos, tenemos que volver al trabajo. Pero esta noche te invito a cenar en mi casa. Y no acepto una negativa.

—Está bien, iré a cenar.

—Genial. —Pedro la soltó—. Es una lástima que lo nuestro no funcionase, no me importaría ser feliz a tu lado.

—Ni a mí. —Cecilia se puso a caminar.

—Algún día vamos a tener que hablar de ello, lo sabes, ¿no? —le preguntó Pedro reanudando también la marcha.

—Lo sé, el mismo día que accedas a hablar de lo que pasó con Teresa.

—*Touché.*

Cuando volvieron a entrar en capitanía, Cecilia trató de no mirar hacia el despacho de Sebastián para comprobar si seguía allí, pero le resultó imposible. Desvió levemente los ojos, solo un segundo, pero bastó para que su mirada se encontrase con la de Sebastián a través del cristal. Ella fue la primera en apartar el rostro y notó que él siguió mirándola hasta que ella se sentó en el escritorio y se escondió detrás de la pantalla del ordenador. Le había prometido que le contaría cómo había ido la visita al centro de submarinismo, pero después de la conversación que había mantenido con Cano, no se veía capaz de hablar con él. Durante unos minutos, Cecilia pensó que Sebastián saldría del despacho e iría a buscarla para exigirle una explicación, pero al ver que no sucedía nada por el estilo se dijo que lo prefería así y se puso a trabajar. Y no estuvo pendiente de si la puerta del despacho del capitán se abría o no, por supuesto que no. Llegó la hora de comer y se alegró de haber quedado con Marcela, la esposa de Domingo, para ponerse al día. A Marcela no le había gustado nada la idea de que Cecilia se fuese a vivir a Canarias durante unos meses, y su amiga había insistido para que le contase el verdadero motivo de esa decisión tan repentina. Menos mal que nunca le había hablado de Sebastián y de la enorme estupidez que había cometido a los dieciocho años; cuando creyó que se había enamorado perdidamente y para siempre de él. No podía ni imaginarse lo avergonzada que se sentiría ahora si alguien más, aparte de Sebastián, supiese lo idiota y crédula que había sido. Cuando vio que el reloj del ordenador marcaba las dos, repasó la última línea del informe que estaba escribiendo y grabó el archivo. Se puso en pie y fue al baño, y al salir cogió el bolso y bajó la escalera. Le iría bien charlar con Marcela, seguro que su amiga le contaría las últimas trastadas de sus hijos y así estaría un rato sin pensar en... Sebastián estaba de pie junto a Domingo y Marcela. Quizá podría irse, dar media vuelta y volver a entrar en capitanía. Llamaría a Marcela y anularía la cita, le diría que tenía trabajo atrasado. «No te creerá.»

—¡Cecilia, estamos aquí! —la saludó Marcela convencida erróneamente de que no les veía.

—Hola, Marce —le dijo al llegar a su lado y darle un beso en la mejilla. No miró ni a Domingo ni a Sebastián.

—No sabía que habíais quedado para comer, ¿os importa que os acompañemos? —le preguntó Domingo a su esposa con una pícara sonrisa.

—No sé, tenía ganas de pasarme una hora criticándote —le dijo Marcela—, pero supongo que podré contenerme. ¿A ti qué te parece, Cecilia, les dejamos venir con nosotras?

Al recibir una pregunta tan directa, Cecilia no tuvo más remedio que levantar la cabeza y enfrentarse a sus tres interlocutores. Marcela y Domingo no notaron lo nerviosa que estaba y se limitaron a esperar su respuesta. Sebastián sí que lo notó, a pesar de los años que habían pasado separados seguía siendo capaz de leer las emociones de Cecilia, y ella se dio cuenta e hizo un esfuerzo para ocultar lo que sentía, al menos una parte.

—Acabo de acordarme de que tengo que hacer una llamada urgente —improvisó Sebastián—. Muchas gracias por invitarme, Domingo. Ha sido un auténtico placer volver a verte, Marcela. —De Cecilia no se despidió. Ella le había mirado como si no pudiera soportar estar cerca de él, como si su mera presencia le causara un dolor físico. Y Sebastián preferiría morir a volver a hacerle daño a Cecilia. Si todo salía según lo previsto, algún día podría contarle la verdad, y entonces ella comprendería por qué se había ido. Ahora lo único que podía hacer era esperar. Y alejarse de ella.

—¿Una llamada? Seguro que puede esperar —insistió Domingo.

—Me temo que no. Tengo que llamar a Chile... —explicó alargando la mentira—. ¿Comemos juntos mañana?

Domingo le miró unos segundos antes de asentir.

—De acuerdo, veo que tendré que conformarme con comer yo solo con estas dos bellezas —cogió a su esposa y a Cecilia, cada una del brazo—. Nos vemos luego.

—Adiós, Sebastián —le dijo Marcela, y Sebastián tuvo el presentimiento de que esa mujer no se había creído la excusa, aunque al verla sonreír desechó la idea por absurda. Marcela no sabía nada.

—Adiós —Sebastián se despidió del grupo y se dio media vuelta para volver a capitanía. De donde volvió a salir veinte minutos más tarde para ir a comer algo.

—¿Qué diablos sucede entre el capitán y tú? —Por suerte, Marcela esperó a que Sebastián desapareciese para hacerle esa pregunta a Cecilia. Sin embargo, la mujer de Domingo no tuvo ningún reparo en incluir a su esposo en la conversación.

—Nada, no sucede nada —contestó Cecilia haciéndose la idiota.

—¿De verdad pretendes que me lo crea? —insistió Marcela—. Ese hombre ha salido de aquí como si lo estuviese persiguiendo la policía.

—Ha dicho que tenía que atender una llamada —dijo Cecilia buscando refugio detrás del menú del restaurante.

—Yo no tengo conocimiento de que tuviese que hablar con nadie —aportó Domingo a la conversación.

—Quizá tiene amigos en Chile —sugirió Cecilia, y al pensarlo sintió tanto curiosidad como celos. ¿Por qué? Respiró hondo y le reconfortó notar las ballenas del corsé pegadas a su piel. Sí, esa mañana había decidido ponerse el corsé. La vuelta de Sebastián bien justificaba que tomase medidas desesperadas.

—No sé, ¿de verdad no conocías de nada a Sebastián? —le preguntó Domingo buscándole la mirada—. Él vivió en Cádiz hace unos años y si no me falla la memoria su hermano tiene más o menos tu misma edad.

—Sí, José Antonio y yo íbamos a la misma clase, pero apenas nos conocíamos —dijo Cecilia sin contestar la otra parte de la pregunta—. He decidido posponer mi viaje a Canarias —sacó ese tema convencida de que así Domingo y Marcela se olvidarían del capitán.

—Menos mal —dijo Marcela con una sonrisa de oreja a oreja—. No sabes la ilusión que me hace. Los niños también se alegrarán mucho de que no te vayas, aunque la verdad es que me temo que tendrás que llevártelos de fin de semana de todos modos. Están impacientes por bañarse en la playa de noche y hacer no sé cuántas locuras más.

Cecilia les había prometido a los hijos de Marcela que se los llevaría de fin de semana antes de irse.

—Claro, por mí encantada —afirmó Cecilia aliviada.

—No sabes lo que dices, Cecilia. Son dos monstruos, pero

Marce y yo te estaremos eternamente agradecidos si los haces desaparecer durante una noche —dijo Domingo.

—No hay problema, pero tendrá que ser dentro de unas semanas. Ahora que he decidido quedarme ya no tengo excusas para no poner al día mi casa.

A partir de ahí la comida transcurrió sin que el nombre de Sebastián volviese a aparecer en la conversación, aunque Cecilia no pudo quitárselo de la cabeza. Sebastián decía que había vuelto por ella pero al mismo tiempo había aceptado casi sin rechistar mantener las distancias. Ella le había dicho que no quería escuchar su versión de la historia y él se había callado sin más. Señal de que lo que tenía que contarle no era tan importante. Si se hubiese ido ella, si ella lo hubiese dejado plantado con el corazón roto, habría estado desesperada por contarle la verdad y conseguir que la perdonase. No se habría dado por vencida, le habría perseguido día y noche hasta que él la escuchase. Sebastián no parecía tener intención de hacer nada de eso. Pero sus ojos. Malditos fueran los ojos de Sebastián. Sus ojos parecían suplicarle cada vez que se encontraban. Cecilia respiró hondo y se llevó una mano a la cintura. Notó la silueta del corsé y al instante los latidos de su corazón aminoraron. Ella tenía el control y ni Sebastián ni sus ojos desgarradores iban a arrebatárselo.

Oyó que Marcela hacía un comentario sobre los hombres y lo secundó. Domingo se quejó y terminaron la comida con unas risas. Cecilia se despidió primero y dejó al matrimonio solo en el restaurante para que tuviesen unos minutos de intimidad antes de que Domingo tuviese que volver al trabajo. Decidió que pasearía por el puerto y sus pies la traicionaron y la llevaron hasta el lugar en que conoció a Sebastián.

No le sorprendió ver que él también estaba allí.

7

The odds are there to beat.
You win a while, and then it's done
Your little winning streak.
And summoned now to deal
With your invincible defeat,
You live your life as if it's real,

LEONARD COHEN,
A Thousand Kisses Deep

—¿Cómo ha ido el almuerzo con Domingo y Marcela? —le preguntó Sebastián sin darse media vuelta. No le hacía falta verla para saber que Cecilia estaba allí. Todos y cada uno de los centímetros de su piel se habían dado cuenta de que estaba cerca.

—Bien. —Cecilia tardó tanto en contestar que Sebastián pensó que quizá sus instintos le habían fallado o que ella había decidido irse.

—Lamento si te he incomodado —dijo él con la mirada todavía fija en el mar—. No era mi intención. ¿Marcela y Domingo saben...?

Cecilia no le dejó terminar la pregunta.

—No, no lo sabe nadie. A veces creo que no sucedió —dijo Cecilia en voz baja sorprendiéndose a sí misma.

Sebastián se volvió de golpe y, aunque intentó disimularlo, ella vio que el comentario le había dolido.

—¿Por qué crees eso? —le preguntó Sebastián—. En capitanía has dicho que nada de preguntas personales, pero ahora no estamos allí. Estamos tú y yo solos, justo aquí. —Se encogió de hombros y esperó.

Cecilia lo observó. Podría irse y dejarlo allí plantado. No le debía nada y ella era dueña de sus actos, de sus reacciones. Él no le había dado ninguna explicación, sí, ahora decía que había vuelto dispuesto a dársela, pero doce años atrás se había ido sin decirle ni una sola palabra. Ahora ella podía hacer lo mismo. Y él no podía hacer nada para impedirlo.

Respiró hondo y notó la opresión del corsé. Esa mañana se había puesto el primero que se había comprado. Tenía cinco y todos le proporcionaban la misma paz y la misma seguridad, pero el primero era especial. Se lo compró cuando volvió a Madrid después de ver *Lo que el viento se llevó*. La señora de la tienda dio por sentado que lo quería para sorprender a alguien especial, y ella no se lo desmintió. Aunque esa señora también le dijo que los corsés conseguían que una mujer se sintiese poderosa. Y así era exactamente como quería sentirse Cecilia. Después de haber aceptado durante tanto tiempo que los hombres de su vida le habían fallado, quería sentir que era ella, y no ellos, la que tenía el poder. Era un corsé blanco con diminutas flores rosas bordadas. Se abrochaba delante con unos delicados corchetes y detrás tenía una lazada muy suave. El corsé le cubría de los pechos hasta la cintura y por suerte quedaba muy disimulado bajo la camisa y la chaqueta que llevaba.

—Lo siento —dijo Sebastián—, no tendría que habértelo preguntado. Me voy y te dejo sola. Nos vemos en capitanía.

Sebastián sacó las manos de los bolsillos del pantalón y dio un paso hacia delante. Y luego otro. Pasó junto a Cecilia sin decirle nada más, pero ella habría jurado que notó que respiraba hondo como si quisiese llevarse con él el aroma de su perfume.

—Porque así no me siento como una estúpida —dijo Cecilia cuando él le quedó a medio metro de distancia.

Sebastián se detuvo y se dio media vuelta.

—Tú nunca fuiste una estúpida.

—Eso ya no importa —dijo Cecilia—. Y no quiero hablar más del tema. Solo te he contestado porque no quería que te fueses sin saberlo. Mira, Sebastián, aunque solo sea por unos meses, tenemos que trabajar juntos, así que será mejor que mantengamos una relación estrictamente profesional.

Sebastián la miró a los ojos y Cecilia vio en ellos reflejada una tormenta.

—He vuelto por ti, Cecilia. He tardado mucho más de lo que creía en lograrlo y por eso mismo estoy dispuesto a darte todo el tiempo que necesites para hacerte a la idea de que estoy aquí y de que no pienso irme a ninguna parte. Jamás —añadió al ver que ella levantaba una ceja—. Si quieres que en el trabajo seamos solo el capitán Nualart y la doctora Ruiz-Belmonte, me parece bien. Aunque estuviésemos juntos, yo seguiría tratándote como una profesional en el trabajo. Pero no me pidas que te trate como si no lo significases todo para mí porque vas a llevarte una gran decepción. —Hizo una pausa y le aguantó la mirada—. Ponme todas las barreras que se te ocurran, Cecilia, estoy dispuesto a derribarlas todas. Una a una. Me he perdido muchas cosas de tu vida, y ahora que estoy aquí no voy a perderme más. ¿Quieres venir a cenar conmigo?

Ella lo miró como si se hubiese vuelto loco.

—NO —le contestó furiosa porque durante un segundo una parte de su corazón le había pedido decir que sí.

—Mañana volveré a preguntártelo —le prometió él.

—Mañana volveré a decirte que no —afirmó ella.

—De acuerdo. —Sebastián se puso de nuevo las manos en los bolsillos—. Antes o después tendrás que escucharme, Ce.

—Si vuelves a llamarme Ce solo conseguirás que ni siquiera esté dispuesta a hablar contigo.

—Está bien. Encontraré el modo de volver a acercarme a ti.

—Lo único que quiero es que te vayas, y si la memoria no me falla, se te da muy bien desaparecer sin dejar ni rastro.

Sebastián la miró y Cecilia tuvo ganas de pedirle perdón por aquel comentario tan hiriente.

—Te has convertido en una mujer muy dura, Cecilia.

—Ni te lo imaginas... —afirmó ella—. Pero no te alagues, no es por ti.

—Te dejaré sola —dijo Sebastián—. Y retiro lo que he dicho antes, no volveré a pedirte que salgas a cenar conmigo.

—¿Ah, no? Vaya, veo que te rindes muy fácilmente.

Sebastián eliminó la distancia que los separaba y la sujetó por los antebrazos.

—No voy a pedírtelo porque no voy a darte la oportunidad de que me rechaces. Voy a dejar que tengas tiempo para pensar, aunque por dentro me muera de ganas de obligarte a escucharme. Voy a mantener las distancias hasta que estés dispuesta a reconocer que nunca, ni un día de estos últimos doce años, te has olvidado de mí. Igual que yo no me he olvidado de ti. Estoy dispuesto a hacer muchas cosas, pero escúchame bien, Ce —dijo adrede—. En lo que respecta a ti, nunca voy a rendirme.

Cecilia echó chispas por los ojos. Sebastián solo la estaba sujetando por los brazos y ella temblaba de los pies a la cabeza. La reacción de su cuerpo era tan intensa que pensó que se marearía si él no la soltaba. Y para su mayor vergüenza tuvo que reconocer que quería que Sebastián la besase. Quería que agachase la cabeza y la obligase a separar los labios con los de él. Que la obligase a responder a sus caricias y a sentir algo por primera vez en más tiempo del que se atrevía a recordar.

Sebastián vio el anhelo que iluminó los ojos de Cecilia y se le secó la garganta solo con pensar en lo que sentiría si tuviese los labios de ella bajo los de él. Cecilia quería que la besase, podía sentirlo, incluso palparlo. Igual que sabía con la misma certeza que luego Cecilia lo abofetearía y saldría de allí echa una furia. Podía besarla ahora, quitarse de encima aquel insoportable anhelo que le quemaba el alma desde que había vuelto y que le exigía que la besase. Podía besarla, recordar por fin el sabor que tanto había idealizado en su memoria y que su corazón se había negado a olvidar. Revivir aquel instante que era lo único que lo había obligado a seguir adelante. Su cuerpo necesitaba recordarla, su alma necesitaba sentirla. Ya podía sentir su perfume, sus temblores bajo los dedos, su lengua rozándole la suya... Se apartó.

Respiró hondo y cerró los ojos un segundo.

Volvió a abrirlos.

—No vuelvas a provocarme, la próxima vez no me detendré y te besaré —le dijo entre dientes.

—Quería que me besases —confesó Cecilia sintiéndose valiente y orgullosa gracias al corsé y al fuego que él había conseguido despertar en su interior.

—Ya lo sé —Sebastián no estaba dispuesto a mentir—. Igual que sé que más tarde te habrías convencido a ti misma de que yo te había manipulado —añadió antes de que Cecilia pudiese hacerse la ofendida o negarlo—. Habrías utilizado este beso como excusa para distanciarte más de mí. Y aunque me muero de ganas por besarte —abrió y cerró los puños—, quiero mucho más de ti. Pero te lo advierto, no sé si podré contenerme una segunda vez, así que, a no ser que estés lista para escucharme, te pido que no vuelvas a provocarme.

—Yo no te he provocado —dijo Cecilia a pesar de que sabía que sonaba a excusa de adolescente—. Y no habría hecho nada de lo que dices, sencillamente siento curiosidad por saber si besas igual que hace doce años. Los dos éramos unos niños, bueno, al menos yo lo era, y estoy segura de que lo tengo idealizado. Seguro que si no te hubieses ido, nos habríamos peleado. Lo nuestro no habría durado.

Sebastián entrecerró los ojos y apretó la mandíbula, pero no cedió. Sabía lo que estaba haciendo Cecilia: buscar pelea.

—Vuelvo a capitanía —le dijo—. Por ahora estoy dispuesto a mantener las distancias, Cecilia. Pero no voy a irme a ninguna parte. Será mejor que lo tengas presente, la próxima vez que quieras provocarme. Y el día que de verdad quieras que te bese, lo único que tienes que hacer es pedírmelo. Nos vemos luego.

Y se alejó de allí dejándola frustrada y más confusa de lo que había estado en muchos años. Cecilia no tuvo más remedio que reconocer para sí misma que efectivamente había provocado a Sebastián, y luego también tuvo que reconocer que le habría gustado que la besase. ¿Gustar? Había estado a punto de cogerlo por el cuello y obligarlo. Pero Sebastián tenía razón. Maldita sea. Ella le habría echado las culpas del beso y lo habría utilizado para mantener las distancias. Cerró los ojos. No podía seguir así, apenas hacía unos días que Sebastián había vuelto y ya se estaba entrometiendo en su cabeza, ya le estaba arrebatando el control de sus emociones. Con lo mucho que le había costado asumirlo.

Deslizó unos dedos por entre dos botones de la camisa y tocó el corsé. Había tenido que volver a ponérselo, y eso que hacía tiempo que ya solo lo utilizaba en determinadas situaciones. El corsé había evitado que cediese del todo, que se derrumbase, pero tenía que tomar medidas más drásticas. Nada de hablar a solas con Sebastián. Nada de permitir que él la tocase o se le acercase. Nada de mirarle a los ojos y de sentir que el corazón le daba un vuelco si él la llamaba Ce.

Iría a trabajar, cumpliría con su palabra, pero cuando saliera de capitanía saldría con Pedro o con Alexia. No volvería a quedarse a solas con Sebastián y si él volvía a presentarse en su casa, no le abriría. Tarde o temprano, él terminaría dándose por vencido. Seguro. Sebastián ya le había demostrado que no era de los que se quedan, él volvería a irse. Solo era cuestión de tiempo.

Decidida y mucho más tranquila tras tirar un poco de los lazos del corsé, volvió a capitanía. Saludó a sus compañeros al entrar y no vio a Sebastián por ninguna parte en toda la tarde, aunque en un par de ocasiones habría jurado que podía sentir su mirada encima de ella. Llegó la hora de salir y tras ordenar sus cosas y apagar el ordenador se puso en pie y se despidió de sus compañeros. Estaba a pocos pasos de la puerta cuando esta se abrió y apareció Sebastián, él no dijo nada, pero la miró a los ojos, y le sujetó la puerta para que pudiese salir. Cecilia le dijo un simple adiós y se fue a cenar con Pedro.

—Se te ve preocupada —le dijo Cano a Cecilia mientras los dos entraban en su apartamento.

—No, no es nada, solo estoy cansada.

—Te he visto cansada, Cecilia, y te he visto preocupada, conozco la diferencia. —Cano dejó la bolsa de fruta que se habían detenido a comprar en la cocina—. El viernes pasado entregaste los papeles para la excedencia y hoy has vuelto al trabajo como si nada. Te pasa algo, Cecilia.

Cecilia no le respondió y desvió la vista hacia uno de los marcos que había encima del mueble de la entrada, el que estaba justo al lado de la bicicleta de Cano.

—No puedo creerme que sigas teniendo esa foto.

Cano se encogió de hombros mientras continuaba ordenando la compra.

—¿No te parece muy masoquista? —Cecilia caminó hasta el mueble y cogió el marco.

—Supongo —reconoció Pedro—, pero creo que me dolería más no verla.

Cecilia inspeccionó la foto en la que solo estaba Teresa. Cecilia recordaba perfectamente el momento exacto en que se la había tirado y que había utilizado la cámara que le había regalado Sebastián por su dieciocho cumpleaños; ella volvía de hacer un curso de fotografía al que se había apuntado los lunes por la noche y cuando entró en el apartamento que compartía con su amiga la encontró dormida en el sofá y con cara de haber estado llorando. La luz era perfecta, una mezcla extraña entre claroscuros y sombras, el rostro de Teresa estaba parcialmente oculto por la melena y las pestañas parecían acariciarle la mejilla. Era una imagen única, así que Cecilia sacó la cámara y disparó casi sin pensar. Cuando despertó a Teresa para decirle que ya estaba en casa descubrió que el motivo de las lágrimas era que había descubierto que Pedro le era infiel.

Años más tarde, y sin saber muy bien por qué, Cecilia le contó a Pedro lo de esa fotografía y él exigió que se la enseñase. Cecilia se habría negado, pero al ver los remordimientos y el dolor que quemaban dentro de los ojos de Pedro, se la mostró. La fotografía había estado en aquel mueble desde entonces.

—¿Has hablado alguna vez con ella? —le preguntó Cecilia.

A Pedro no le hizo falta preguntarle a quién se refería.

—No. Lo intenté hace años, pero ni siquiera conseguí que me contestase el teléfono.

—Quizá tendrías que volver a intentarlo, Pedro.

—No. Teresa está mejor sin mí.

—Tal vez —reconoció Cecilia—, pero si de verdad crees que jamás arreglarás las cosas con Teresa, entonces tendrías que olvidarte por completo de ella.

—Ya la he olvidado, Cecilia. Por eso tengo la foto, para recordarme que no puedo volver a cometer el mismo error otra vez. ¿Piensas contarme por qué has decidido quedarte y no pedir la excedencia?

—El capitán me dijo que si yo no estaba clausuraría el proyecto Erizo —dijo sin más.

—¡Será capullo! Y mira que me había parecido un tipo íntegro.

—Y lo es —las palabras salieron de su boca antes de que su cerebro pudiese pensarlas y Cecilia se sonrojó sin darse cuenta—. Son cosas del Ministerio —improvisó—. Le dije que me quedaría tres meses, es tiempo más que de sobras para que tú te pongas al día de todo. Y él me prometió que no lo clausuraría.

—Vaya... —suspiró Cano—, me siento halagado de que creas que puedo estar al mando del proyecto, Cecilia, pero la verdad es que preferiría que no te fueras —sonrió—. Incluso estoy dispuesto a seguir hablando de Teresa, si con eso consigo que te quedes.

—No digas tonterías, Pedro, lo harás muy bien. Además, lo de Canarias no es para siempre.

—¿Cuándo tienes pensado regresar?

—No lo sé muy bien... —«Depende de lo que tarde Sebastián en irse.»

—Bueno, por lo menos desde allí no podrás interrogarme —bromeó.

—Seguro que se me ocurre otra manera de torturarte.

Cecilia y Cano dirigieron entonces la conversación hacia temas más divertidos y cuando Cecilia se fue a su casa casi logra no pensar en Sebastián.

El resto de la semana transcurrió del mismo modo. Cada día, Sebastián hablaba con Cecilia de algún tema relacionado con su trabajo, y cada día le costaba más no preguntarle por su vida privada o por algo tan inocuo como por ejemplo qué programa de la tele había visto la noche anterior, o si lo había visto sola. Sebastián se consolaba a sí mismo diciéndose que el miércoles ella le sonrió, y que el viernes le preguntó si quería una taza de café. Ambos gestos eran completamente inocentes, Cecilia sonreía a menudo a sus compañeros de trabajo y siempre tenía la cortesía de preguntar si alguien más quería un café cuando ella se servía uno. Sebastián lo sabía, pero aun así no pudo evitar sentir un atisbo de esperanza cuando ella le preguntó si seguía tomándolo solo y con dos terrones de azúcar. Si no se había olvidado de cómo le gustaba el café, quizá tampoco había olvidado otras cosas mucho más importantes. Pero por muy bien que consiguiese disimular a lo largo de la jornada, lo que peor llevaba Sebastián era el momento de irse a casa. Habitualmente salían a las siete y a esa hora desde su despacho empezaba a oír el ruido de los ordenadores apagándose, de las sillas echándose hacia atrás y de los cajones que se abrían y cerraban para guardar las pertenencias de sus distintos propietarios. Y también oía las despedidas y era justo entonces cuando oía que Cecilia y Cano se iban juntos. Un día, el miércoles para ser más exactos, incluso se atrevió a observarlos desde la ventana y vio que Cano caminaba sujetando la bici a un lado para seguir el paso de Cecilia que iba a pie. No volvió a repetir tal temeridad, le dolía ver a Cecilia con otro hombre, a pesar de que antes de volver a España se había dicho infinitas veces que era más que probable que ella estuviese con alguien. Y la verdad era que no le sentaba nada bien que ese hombre fuese Cano. En los pocos días que hacía que le conocía, Cano había empezado a gustarle. Era listo, ingenioso, tenía un gran sentido del humor y era un científico excelente. A Sebastián no le gustaba pensar que si su plan salía bien, le haría daño a ese hombre que había empezado a admirar. Pero a pesar de los remordimientos y de los ataques de conciencia, Sebastián no tenía ninguna intención de rendirse tan pronto. Él quería recuperar a Cecilia, o como mínimo quería contarle la verdad. Si luego ella no podía perdonarle, entonces...

—¿Puedo pasar?

Sebastián estaba de pie de espaldas a la puerta y se dio media vuelta al oír la voz de Cano. Era viernes, lo que significaba que todo el mundo saldría más puntual. Él se había dirigido a la ventana de un modo inconsciente; si iba a estar todo el fin de semana sin ver a Cecilia, quería aprovechar hasta el último momento.

—Por supuesto, Cano, adelante.

Cano entró y cerró la puerta tras él.

—¿Iba a salir? —le preguntó al ver que el capitán no estaba tras el escritorio.

—No, no. ¿Qué puedo hacer por usted?

—Necesitaría tomarme unos días libres —dijo sin preámbulos—. Sé que no los tengo autorizados y que no aparecen en el calendario que le entregué, pero necesitaría ausentarme dos semanas.

—¿Dos semanas?

—Es un asunto personal, capitán, y no se lo pediría si de verdad no fuese importante —afirmó Cano mirando a Sebastián a los ojos—. He terminado los informes que me pidió y la doctora Ruiz-Belmonte está al tanto de todo.

—Si la doctora está de acuerdo, por mí no hay ningún problema. Espero que ese asunto personal no sea nada grave, Cano.

—Gracias, capitán, yo también. —Cano asintió y en su mente le agradeció al capitán que no le preguntase de qué clase de emergencia personal se trataba.

8

If I lay here
If I just lay here
Would you lie with me
And just forget the world?

SNOW PATROL,
Chasing cars

Pedro todavía no podía creerse que Teresa hubiese tenido la desfachatez de invitarlo a su boda. Esa mañana cuando abrió el correo y se encontró con la invitación, pensó que estaba siendo objeto de una broma de muy mal gusto. Incluso levantó la cabeza varias veces en el vestíbulo del edificio donde vivía en busca de cámaras ocultas.

Era imposible que Teresa le hubiese invitado, y sin embargo sus dedos sujetaron la invitación; clásica y de muy buen gusto. Y probablemente carísima. Completamente diferente a lo que habría elegido él si fuese a casarse, o la Teresa que él conocía. Se dijo que había sido un error, que era imposible que él estuviese invitado a la boda; probablemente Teresa y su prometido, el abogado súper importante, habían encargado la organización del evento a una empresa privada y les habían entregado su agenda sin comprobarla antes. Cualquier explicación le parecía menos descabellada que la posibilidad de que Teresa lo hubiese invitado por voluntad propia. Sí, seguro que había sido un error, se repitió de camino a capitanía montado en su bici.

Pero, ¿y si no lo era?

¿Y si Teresa le había mandado la invitación a posta? ¿Por qué lo había hecho? ¿Para restregarle por las narices que se iba a casar con un hombre que era todo lo que él no era? Rico, ambicioso, un triunfador.

«Fiel», le susurró una voz en su mente.

Pedaleó con más fuerza y sacudió la cabeza. Tonterías, lamentar el pasado no servía de nada. Él era feliz con la vida que llevaba, días atrás incluso se lo había dicho a Cecilia. A Pedro le encantaba su vida, una vida libre y sin ataduras. Él siempre presumía de poder coger una maleta y desaparecer sin decirle nada a nadie.

«Pero a veces la independencia está sobrevalorada y lo que de verdad sucede es que estás solo y no le preocupas a nadie.»

Esa había sido una de las frases que Teresa le había dicho años atrás cuando rompieron. No había vuelto a verla desde entonces, y tampoco había podido hablar con ella, a pesar de que no había tardado demasiado en arrepentirse de sus actos.

Quizá la invitación se la habían mandado por error, o quizá Teresa se estaba vengando de él de algún modo retorcido que no lograba comprender. Al final Cano llegó a la conclusión de que tal vez ese era el modo que tenía el destino de decirle que tenía que zanjar para siempre su relación con Teresa. Y eso solo lo conseguiría disculpándose con ella.

Por eso mismo, y no porque tuviese ganas de verla, se compró el primer billete que encontró con destino a Barcelona y le pidió vacaciones al capitán. Sí, lo hizo en el orden equivocado, pero Teresa siempre lo afectaba de ese modo. Le bastaba con pensar en ella, para que su mente se pusiese patas arriba. Prueba de ello era que apenas una hora y media después de hablar con el capitán estaba embarcando en un avión de una compañía *low cost* con destino a Barcelona.

Cano odiaba volar.

Odiaba los aviones.

Odiaba los aeropuertos.

Y odiaba las grandes ciudades.

Y allí estaba él, sentado en la fila 13 (nada más y nada menos) en el asiento 3D de un vuelo que iba hasta los topes porque al parecer el Barça jugaba un partido muy importante.

La parte buena fue que llegó a Barcelona según el horario previsto y que pudo salir del aeropuerto sin problemas. Su único equipaje consistía en una maleta que había conseguido pasar todos los filtros de las azafatas de tierra y no había tenido que embarcar, así que tan pronto como puso un pie en la terminal, se dirigió hacia la salida.

Lo primero que hizo al llegar a la calle, aparte de repetirse a sí mismo que no iba a volver a Cádiz sin hablar con Teresa, fue coger un taxi y pedirle que lo llevase al hotel. Si iba a tener que enfrentarse a Teresa, no iba a hacerlo vestido con unos vaqueros viejos y una camiseta de una academia de buceo.

Se duchó y se vistió, no se puso traje, una cosa era estar dispuesto a que ella lo humillase y otra muy distinta vestirse para hacer el ridículo. Pedro buscó unos vaqueros negros y la camiseta gris piedra que Cecilia siempre le decía que le favorecía, aunque él no pudiese entenderlo, y se vistió. Antes de abandonar el hotel cogió también su cazadora y la dichosa invitación de boda. Era curioso el caos que había causado en su vida aquel ridículo trozo de papel.

Miró el reloj y supuso que Teresa estaba a punto de salir del trabajo y se dirigió hacia allí.

Sí, Pedro tenía la dirección del trabajo de Teresa, y la de su piso, y todos sus teléfonos. No, ella no se lo había dado, él había tomado prestada dicha información del móvil de Cecilia. No era culpa suya que su amiga fuese tan despistada y se dejase el aparato desatendido por todas partes. Él sencillamente había anotado esos datos por si Cecilia algún día los perdía; eso era exactamente lo que le había dicho a su conciencia.

Barcelona estaba preciosa en esa época del año, así que fue andando; el hotel no quedaba lejos y caminar le iría bien para despejarse y calmarse. Cruzó una esquina junto con un grupo de ejecutivos y pensó que Teresa encajaba allí, pero unos metros más adelante se cruzó con un grupo de surfistas y se dijo que quizás él también encajaba. Siguió avanzando y un semáforo rojo los obligó a detenerse a todos; a Cano, a los ejecutivos y a los surfistas.

Cano se quedó mirando a su alrededor y se dio cuenta de que a pesar de sus diferencias más que evidentes circulaba cierta armonía entre los distintos grupos. Encajaban. Cerró los ojos al notar un nudo en el estómago; había sido un estúpido al pensar que esos dos estilos de vida eran excluyentes e irreconciliables. Sí, podía justificar su intransigencia con su juventud, pero nada podía justificar lo que le había hecho a Teresa.

—¿Cano? —una voz que lleva años oyendo solo en su imaginación lo sacó de su ensimismamiento—. ¿Eres tú?

Pedro se dio media vuelta despacio y se encontró frente a frente con Teresa. Estaba guapísima y se la veía feliz. Estaba sonriendo y, aunque llevaba el pelo recogido se le había soltado un mechón por el viento. O porque había corrido hacia él al verlo. Iba vestida con un traje chaqueta que le resaltaba mucho la figura, a pesar de que a ella no le hacía falta, y del cuello seguía colgando una delgada cadena de oro con un delfín al final.

Él había tenido otro igual.

Cano perdió la capacidad de hablar y de razonar y de lo único que fue capaz fue de mirarla embobado en medio de la calle. Teresa siempre estaba preciosa cuando sonreía, y lo último que él había visto de ella años atrás eran sus lágrimas. Casi se había olvidado de cómo era.

La sonrisa de Teresa era una sonrisa trampa. Ella siempre parecía estar muy seria y uno podía creer que nunca sonreía. Pero vaya si lo hacía, la sonrisa de Teresa era contagiosa, de esas que empiezan en los labios y terminan en los ojos. Y su risa, su risa era...

—¿Cano?

—Hola, Teresa —carraspeó él en busca de su voz.

—Hola —respondió ella.

Los dos se miraron sin saber si abrazarse o darse un beso. Al parecer, y sin decirse nada, ambos coincidieron en que lo de darse dos besos, uno en cada mejilla, habría sido una estupidez en su caso.

Al final no hicieron nada. Cano se puso las manos en los bolsillos y ella se tocó nerviosa el pelo.

—¿Qué casualidad encontrarte por aquí? —Teresa fue la primera en reaccionar—. ¿Qué estás haciendo en Barcelona?

—He venido a hablar contigo.

Teresa retrocedió y lo miró confusa.

—¿Conmigo? ¿Por qué? ¿Sobre qué?

Cano sonrió.

Esa era su Teresa, la chica de las mil preguntas por minuto. Probablemente por eso era tan buena en su trabajo.

—¿Podemos ir a alguna parte? —le preguntó Cano.

—He quedado aquí dentro de cinco minutos —le dijo ella mirando primero el reloj y después a su alrededor.

Cano asintió y asumió que iba a tener que preguntárselo allí mismo.

—He recibido esto —sacó la invitación del bolsillo posterior de los vaqueros.

—Oh, Dios mío.

—A juzgar por tu cara, deduzco que no querías mandármela.

—No —reconoció ella con suma honradez—. Debí de darles la lista de contactos sin editar —sacó el móvil y se dispuso a llamar—. Tengo que averiguar a quién más se la han mandado por error.

Cano pensó que debería sentirse aliviado, pero descubrió que en realidad estaba furioso.

A Teresa, que medio minuto atrás le había sonreído como si de verdad se alegrase de verlo, le importaba un rábano que él siguiese allí plantado delante de ella. Él había ido de Cádiz a Barcelona para hablar con ella, y ella no se dignaba prestarle atención durante cinco minutos.

La fulminó con la mirada y ella se dio cuenta y colgó.

Teresa le aguantó la mirada y Cano recordó todas las veces que habían discutido cuando salían juntos porque ella prestaba más atención a los libros que a él. A los trabajos en grupo que a él. A cualquier cosa antes que a él.

—¿Solo has venido para preguntarme si de verdad te había mandado la invitación?

—No, no he venido solo por eso —dijo Cano—. Hace tiempo que quiero hablar contigo.

—¿Sobre?

—¿De verdad no podemos ir a otra parte? —insistió él.

—No, he quedado, si me hubieses llamado...

—No me habrías cogido el teléfono —terminó Cano y vio que ella se sonrojaba sin negarlo.

—¿De qué quieres hablar?

—Quiero decirte que lo siento —esperó a que Teresa comprendiese a qué se estaba refiriendo exactamente—. Lo siento. Me comporté como un cretino egoísta, como un imbécil. Te hice mucho daño cuando no te lo merecías y me arrepiento de...

—No lo digas, Pedro —le ordenó ella con lágrimas en los ojos—. No te atrevas a decírmelo ahora. —Una risa triste se escapó de sus labios—. Ni te imaginas la de veces que soñé con que me pedirías perdón, pero ya no. Tú hiciste lo que hiciste y los dos seguimos con nuestras vidas.

—Fui un estúpido —proclamó, y apartó la mirada antes de añadir—: lo hice adrede.

—¿Qué has dicho? —le preguntó ella.

—Quería que me pillases, creía que lo nuestro me estaba ahogando y tú eras demasiado perfecta, nunca hacías nada mal. Y a tu lado me hacías sentir completamente inútil, tú siempre podías con todo. En mi mente me convencí de que si de verdad me necesitabas tan poco, entonces no te importaría que me fuese con otra.

—Podía con todo porque creía que tenía el mejor novio del mundo. ¿Sabes una cosa, Pedro? —se secó furiosa una lágrima—. No tienes derecho a decirme esto. Me fuiste infiel. Te acostaste con otra en nuestra cama y ahora mismo acabas de confesarme que lo hiciste allí para que te pillase y te dejase porque según tú yo era demasiado perfecta y tú no ibas a dejarme, ¿es eso, no?

—Sí, es eso.

—Pues no acepto tus disculpas, ni tus explicaciones, o lo que sea que hayas pretendido venir a darme con este viaje. Vete, Pedro, vuelve a Cádiz o adonde sea que estés ahora viviendo en completa y suma libertad, sin ninguna mujer a tu lado que te ate a nada.

—Tenía miedo, Teresa. Tú eras la primera persona que me hacía sentir eso y me asusté.

—Yo también tenía miedo, Pedro, y también fuiste el primero que me hacía sentir esas cosas, pero no por eso corrí a acostarme con el primer tío bueno que me encontrara por el pasillo de la facultad.

—No he podido dejar de pensar en ti.

—No me mientas.

—Es cierto.

—Pues entonces lo siento por ti, Cano.

—Tengo dos semanas de vacaciones —la sorprendió él—. He pensado que podría quedarme aquí y estar contigo.

—Te has vuelto loco —afirmó Teresa con convicción.

—Seguro que hay escuelas de buceo interesadas en contratar gente, o incluso podría preguntar en el puerto.

—¿De qué diablos estás hablando, Pedro?

—Quiero volver a intentarlo, Teresa. Ahora ya no tengo miedo.

—Genial, me alegro por ti. Felicidades. ¿Quieres que te dé un diploma?

—¿Qué te pasa, Teresa?

—¿¡Qué qué me pasa!? Apareces de la nada después de llevar no sé cuántos años sin vernos y sin hablarnos y me dices que me fuiste infiel adrede para que te dejase, ah sí, y que yo era... demasiado... —hizo el gesto de comillas con los dedos— perfecta. ¿Y encima pretendes que te dé otra oportunidad? ¿Ahora?

—Ahora es cuando me he dado cuenta —confesó él avergonzado de sí mismo y apretando los puños.

—No es cierto, Pedro. Lo único que pasa es que has recibido la invitación y te has sentido como un niño al que su madre le dice que va a tirar un juguete con el que lleva años sin jugar y justo entonces le entran unas ganas incontenibles de volver a jugar con él.

—No es cierto —repitió sus mismas palabras.

—¿Ah, no? Entonces, dime una cosa. Si no hubieses recibido esta invitación —se la arrebató de los dedos—, que ya te he confirmado que te mandé por error, ¿habrías venido a verme?

Pedro se quedó petrificado.

—Justo lo que creía... —dijo Teresa malinterpretando su reacción—. Ese de allí es mi prometido —señaló un coche—. Vuelve a casa, Cano.

Cuando Pedro reaccionó Teresa ya se había montado en

el coche del señor abogado. Había tardado tanto tiempo en responder porque de repente se dio cuenta de que aunque no hubiese recibido esa maldita invitación, habría hecho lo que fuese para impedir que Teresa se casase con otro hombre. Y ahora ya era demasiado tarde.

9

En la posada del fracaso,
donde no hay consuelo ni ascensor,
el desamparo y la humedad
comparten colchón.

JOAQUÍN SABINA,
¿Quién me ha robado el mes de abril?

Por culpa de la inesperada visita de Cano, Sebastián no pudo ver a Cecilia antes de que ella se marchase. Le sorprendió comprobar que Cecilia no estaba esperando a Cano, y le sorprendió todavía más que ella no le pidiese también vacaciones para acompañar a su... ¿qué eran Cano y Cecilia? A pesar de los múltiples indicios de lo contrario, algo le decía a Sebastián que no eran pareja. Muy amigos sí, y eso ya le anudaba el estómago, pero no amantes. ¿Qué le sucedía a Cano? Él no le había preguntado el motivo de aquellas inesperadas vacaciones porque era evidente que el joven lo estaba pasando mal, y porque no era asunto suyo. A Sebastián siempre le había gustado creer que se ganaba la confianza de sus hombres, y la verdad era que trabajaba muy duro para obtenerla, pero hacía muy poco tiempo que había llegado a Cádiz y todavía no le había dado a Cano, ni a ningún miembro del resto de su equipo, motivos para confiar en él. A diferencia de en otras ocasiones de su vida, en las que había tenido que empezar desde cero, allí contaba con el apoyo de Domingo, y Cecilia no le había contado a nadie nada acerca de su pasado y, aunque en el sentido personal le dolía que ella no hablase de él, tenía que reconocer que en el sentido profesional no le ayudaría demasiado que alguien averiguase cómo había sido su vida antes de convertirse en el capitán Sebastián Nualart.

Sebastián tenía diecisiete años y once meses cuando lo arrestó la policía y fue aquel mes que le faltaba para cumplir los dieciocho años lo que le salvó de ir a la cárcel, al menos en España. Ese mes y un juez que creía en dar segundas oportunidades. Sebastián llevaba más de dos años rondando las peores compañías posibles; había conocido a Julián delante de la puerta del instituto y por desgracia se unió a la pandilla que lideraba aquel bueno para nada. En esa época la familia Nualart vivía en Madrid, la madre de Sebastián, Antonia, era la cocinera de un colegio público, y Miguel, su padre, taxista. Sebastián y Miguel discutían a diario, a todas horas en realidad. Así que Sebastián había optado por pasar las menos horas posibles en casa. Tenía la sensación de que allí molestaba, que no era bienvenido. Ahora sabía que había sido un estúpido. Lo único que quería su padre era lo mejor para él, si bien es verdad que al señor Nualart no se le había dado nada bien ni hablar de sus sentimientos ni demostrarlos. La situación era insostenible y Antonia apenas soportaba ver a su hijo mayor, al que en su mente ya había convertido en un delincuente de la peor calaña. La única obsesión de Antonia era mantener a su precioso José Antonio y a la pequeña Gabriela lo más lejos posible de Sebastián. Miguel seguía creyendo que Sebastián podía redimirse, y por eso existía una tensión más que palpable en el matrimonio, pero al mismo tiempo se peleaba con Sebastián cuando lo veía porque le ponía furioso ver cómo un chico inteligente como él desperdiciaba dicha inteligencia en gamberradas cada vez menos inocentes.

Los pequeños robos, las ruedas reventadas, las papeleras quemadas fueron dejando paso a delitos mucho más graves hasta que Julián dio con el plan perfecto; robarían a los taxistas que conocía Sebastián. No tendrían ningún problema. Sebastián pararía al taxista y le distraería un segundo, Julián u otro de sus amigos se colaría en el vehículo y amenazaría con una navaja al conductor, y acto seguido se irían de allí con todo el dinero.

Les arrestaron tras el primer robo. Afortunadamente. Todo salió mal desde el principio, Sebastián estaba tan nervioso que antes de empezar dejó que Julián le convenciese de que probase la cocaína que había comprado. Estuvo enganchado dos años. El día del robo, Sebastián, que había jurado que él no llevaría ninguna navaja, fue el primero en apuntar con una al taxista, un hombre que conocía desde pequeño y que le miró con cara de lástima. Javier, así se llamaba el taxista, les plantó cara y Julián, que iba colocado, le apuñaló por la espalda. Javier murió tres semanas más tarde. Julián era un viejo conocido de la policía y terminó en la cárcel. A Sebastián era la primera vez que lo arrestaban y gracias a su abogado de oficio, un hombre de sesenta años que casi como si fuese un milagro consiguió demostrar que Sebastián había sido hasta el momento un buen chico, no fue a la cárcel. Pero cualquier condena que le hubiese impuesto aquel juez habría sido mejor que la que le impusieron sus padres.

La familia Nualart se mudó a Cádiz. Antonia consiguió que la escuela en la que trabajaba la trasladase a la que tenían en la otra ciudad y Miguel, a través de un muy buen amigo, encontró trabajo como chófer de una empresa local. Miguel y Antonia le dijeron a Sebastián que ya no le consideraban hijo suyo y que, dado que estaba a punto de cumplir dieciocho años, ya no tenían el deber de cuidarlo, así que le echaban de casa. Sin embargo, si él quería quedarse, tenía que cumplir con unas condiciones; nada de drogas, le harían un análisis sorpresa siempre que ellos lo considerasen necesario, tenía que encontrar trabajo, no iban a pagarle ninguna clase de estudios, y nada de interactuar con José Antonio o Gabriela. Sus hermanos no existían para él.

La reacción de sus padres le dolió, pero no tanto como la de José Antonio. Su hermano tardó casi un año en volver a dirigirle la palabra, y casi dos en volver a mirarlo con cariño. Gabriela, por suerte, era muy pequeña, y con sus tres años nunca dejó de sonreírle.

Sebastián jamás olvidaría lo solo que se sintió cuando llegó a Cádiz. José Antonio tenía en esa época quince años y enseguida se acostumbró al nuevo colegio, donde se convirtió en el alumno más brillante que habían tenido jamás. Gabriela se pasaba el día en la guardería o en el colegio en el que trabajaba Antonia, que era el mismo al que asistía José Antonio. Miguel, el padre, pasó de ser un chófer más a ser el conductor del director y propietario de la empresa, don Ignacio Ruiz-Belmonte, un hombre poderoso y respetado por la comunidad, con el que entabló una especie de amistad. Era como si la familia Nualart siempre hubiese estado en Cádiz, como si todos hubiesen encontrado un lugar donde encajar. Todos excepto Sebastián.

Llevaba tres meses en Cádiz y seguía pasándose las noches en vela mirando el techo de su dormitorio y apretando los puños para no llorar y para no salir a buscar algo que lo hiciese sentirse bien. Quizá debería irse, hacer una maleta con las pocas pertenencias que le quedaban y largarse de allí. Probablemente todos serían más felices. «No, tengo que quedarme, aunque solo sea para estar con José y Gabriela.» En algún momento, no podía precisar cuándo exactamente, a Sebastián había dejado de importarle recuperar el cariño de sus padres, pero no había sucedido lo mismo con el de sus hermanos.

Eso era lo único que le impulsaba a seguir adelante. Hasta el día que conoció a Cecilia.

Era una tarde del mes de abril, hacía más calor del esperado y el cielo amenazaba tormenta. Sebastián había ido a un restaurante del puerto en el que buscaban a un friegaplatos y cuando salió por la puerta de servicio la vio de rodillas junto a un amarre. Ella estaba mirando al mar y él pensó que iba a caerse al agua.

—Ten cuidado —le dijo Sebastián, pero ella pareció no oírle.

—Están bailando —dijo Cecilia.

—¿Quién?

—Los cangrejos, mira. —Tendió una mano sin volverse y Sebastián pensó que esa chica era sin duda algo peculiar. ¿Quién le tendía la mano a un extraño sin mirarle antes?—. Vamos, ven.

Sebastián cogió la mano y dejó que ella tirase de él hasta quedar de rodillas a su lado. Tenía razón, pegados al muro del muelle, casi ocultos por las algas, había dos cangrejos bailando.

—¿De verdad crees que bailan? —le preguntó él.

—Claro —afirmó ella, y cuando los cangrejos se separaron giró la cabeza y le miró—. ¿Cómo te llamas?

—Sebastián, ¿y tú?

—Cecilia, pero no me gusta mi nombre.

—¿Por qué no? —le preguntó él con una sonrisa y sintiéndose bien por primera vez en mucho tiempo. Esa niña era la primera persona que no le trataba como si fuese un apestado.

—Tiene demasiadas «ces» —le explicó como si fuese evidente.

—Ah.

—¿Crees que volverán?

—¿Quiénes?

—Los cangrejos.

—No lo sé, pero si les veo te aviso —le prometió él.

—Gracias, Sebastián. ¿Te quedarás aquí vigilando? Yo tengo que volver dentro, seguro que mis padres me están esperando. Hemos venido a comer.

—Sí, me quedaré vigilando. Soy el nuevo friegaplatos —le dijo sintiéndose orgulloso de haber conseguido el trabajo con solo una entrevista.

—¡Qué bien! A mí no me dejan entrar en la cocina —se lamentó ella tras felicitarle—. Intentaré escaparme otra vez antes de irnos. —Se puso en pie y se frotó las rodillas para limpiarse el vestido—. Hasta luego, Sebastián.

—Hasta luego, Ce.

Cecilia no pudo volver a escabullirse de sus padres, pero meses más tarde ella y Sebastián volvieron a encontrarse. En esa ocasión, él iba camino de un taller mecánico en busca de una moto que pudiera permitirse y ella caminaba por la calle con una sonrisa de oreja a oreja y un cubo colgado del brazo.

—¡Sebastián! —ella le reconoció primero y le saludó efusivamente.

—¡Ce! —Aunque no habían vuelto a verse, Sebastián tenía que reconocer que se había acordado más de una vez de la chica de los cangrejos—. Hola.

Sebastián cruzó de acera para ir adonde estaba ella y al detenerse frente a Cecilia no pudo evitar sonreírle. ¿Por qué ella era la única persona que le causaba ese efecto? En el restaurante todos decían que él era el tipo más antipático y antisocial que había pasado nunca por allí.

—Hola, Sebastián. ¿Has visto a nuestros cangrejos?

—No lo sé, todos se parecen tanto que no logro distinguirlos —dijo él sintiendo una extraña sensación al tener aquel vínculo con ella. El resto del mundo no parecía querer tener nada que ver con él—. Deberías venir un día a saludarlos.

—Lo haré, cuando mis padres vuelvan a llevarme al restaurante. ¿Sigues trabajando allí?

—Sí, aunque estoy buscando otro trabajo. ¿Qué llevas en el cubo?

—Mi regalo de cumpleaños. Dos peces nuevos para mi pecera.

—¿Hoy es tu cumpleaños?

—Fue ayer, cumplí dieciséis años.

—Felicidades.

—¿Tú cuántos años tienes?

—Casi diecinueve —contestó él—. ¿Por qué querías dos peces?

—Porque uno solo se habría aburrido.

—Claro —dijo Sebastián con una sonrisa.

—Tengo que irme —dijo ella levantando el cubo.

—Por supuesto, me ha gustado mucho volver a verte, Ce —confesó él sincero.

—Y a mí, Sebastián. —Dio un par de pasos y se detuvo de repente—. Mira, sé que probablemente te parezco rara, así que si quieres puedes negarte y te prometo que no me enfadaré, pero en el colegio estamos haciendo un trabajo sobre el mar y yo le he prometido a la maestra que haría mi parte sobre los cangrejos.

—Suena original, seguro que te pondrá un diez, pero, ¿qué tiene que ver conmigo?

—¿Te gustaría acompañarme a tomarles unas fotos? —le preguntó sonrojándose—. No sé a quién pedírselo, y a ti parecieron gustarte.

—¿A qué colegio vas? —le preguntó él serio.

—Al Rafael Alberti —dijo Cecilia levantando una ceja.

A Sebastián se le hizo un nudo en el estómago al escuchar el nombre del colegio al que asistía José Antonio y en el que trabajaba la madre de ambos.

—Yo me llamo Sebastián Nualart —esperó unos segundos para que ella reconociese el nombre—. Sí, José Antonio es mi hermano, probablemente estudia contigo.

—Vamos a la misma clase.

Sebastián asintió y maldijo al destino por ser tan cruel. Ahora ella cambiaría la cara y dejaría de hablarle como si fuese un ser humano.

—Entonces seguro que habrás oído a hablar de su hermano mayor. Del delincuente. O drogadicto, no sé qué versión circula por el colegio. No te preocupes, Cecilia, no le diré a nadie que te conozco, en realidad ni sé tu apellido.

—Ruiz-Belmonte Ávila —ofreció ella.

—¡Mierda! Mi padre es el chófer de tu padre —farfulló—. Me voy.

Cecilia levantó la mano con la que no sujetaba el cubo y la colocó en el antebrazo de Sebastián para detenerle.

—¿Lo eres?, ¿un delincuente, un drogadicto? —le preguntó mirándole a los ojos.

—Ahora no —respondió él sincero y diciéndose que no le temblaba la mandíbula. Cecilia era la primera que se lo preguntaba, la primera que no daba por sentada la respuesta—. Pero he sido ambas cosas —se obligó a añadir.

Cecilia apartó la mano y Sebastián se preparó para lo que iba a ser una educada pero irrefutable despedida.

—¿Te va bien quedar mañana a las siete de la mañana?

Sebastián apagó las luces, se levantó el cuello del abrigo, de noche refrescaba un poco, y salió del edificio. Fue paseando hacia su casa, y dio un pequeño rodeo para pasar justo por delante de donde había visto bailar a dos cangrejos por primera vez en su vida, el mismo lugar en que casi había besado a Cecilia unos días atrás. Se quedó allí un rato pero no permitió que los recuerdos lo embargasen y reprendió la marcha.

Abrió la puerta del vacío y frío apartamento y fue directamente a su dormitorio. Se sentó en la cama y cogió una de las dos fotografías que le habían acompañado durante esos doce años. Era de Cecilia, se la hizo unos días antes de su cumpleaños, ella estaba ensimismada leyendo uno de sus libros y él aprovechó para hacérsela sin que le viese. No había pretendido ocultárselo, Sebastián quería revelar el carrete y enseñársela más tarde, pero entonces llegó aquella terrible noche que los separó ¿para siempre? No lo sabía, pero estaba claro que no podía seguir en aquel limbo. Él había vuelto para recuperarla y no iba a lograrlo sin hablar con ella, sin decirle la verdad, sin tocarla. Quizá Cecilia se enfadaría. Nada de quizá, seguro que se enfadaría cuando él rompiese aquella especie de tregua que habían establecido en el trabajo, pero un enfado sería preferible a tanta indiferencia.

10

La vida no es un trozo de papel,
es el canto de una hoja que te corta sin querer.
Es la pena y la alegría. Un camino por hacer.

ANTONIO FLORES,
El coraje de vivir

Sebastián se despertó temprano y, aunque nada le hubiese gustado más que ir a casa de Cecilia y hablar con ella, había quedado con sus hermanos y no iba a darles plantón. A él le había costado mucho recuperar el cariño y el respeto de José Antonio, y había luchado muy duro durante esos años para mantener a sus hermanos cerca, a pesar de la distancia, así que no iba a defraudarlos ahora. Habían quedado para salir los tres a navegar y luego irían a comer. Él se había encargado de todo, había alquilado el velero y había reservado la mesa en el restaurante. Sería la primera vez que navegaban juntos, y la verdad era que una parte de Sebastián estaba impaciente por demostrarles a sus hermanos que, en lo que se refería a los barcos y a la mar, sabía lo que se hacía. Otra parte de él sabía que a sus hermanos no tenía que demostrarles nada, tanto Gabriela como José Antonio le habían dejado claro que le querían tal como era. Y que habían echado mucho de menos a su hermano mayor. Después de esa horrible noche, Sebastián se preguntó qué sabían exactamente José Antonio y

Gabriela sobre su partida. ¿Qué les había contado su madre? A lo largo de todas las cartas que compartieron durante todo el tiempo que no se vieron, ninguno de los dos le preguntó jamás por qué se fue. Y él no se lo contó. Ahora, si de verdad quería que sus hermanos formasen parte de su vida, no iba a tener más remedio que contárselo. Pero todavía no.

Vestido con unos vaqueros, camiseta negra y jersey, se dirigió a su casa. Aunque estaba bastante lejos, no tardó demasiado en llegar. Sus pies, y su ánimo, estaban impacientes por pasar unas horas con sus hermanos. Llamó a la puerta, a pesar de que Gabriela había insistido en darle una llave, y esperó a que le abriesen. Su hermana le abrió y le reprendió por no haber entrado sin más.

—No hace falta que llames, esta también es tu casa —afirmó Gabi.

Sebastián pensó que probablemente su madre no estaría de acuerdo.

—¿Estás lista?, ¿y José Antonio? —preguntó omitiendo hacer un comentario acerca de la llave.

—Solo me faltan los zapatos, pero José Antonio no está. Le han llamado esta madrugada del hospital. Al parecer una de sus pacientes ha sufrido una grave recaída.

—Vaya, lo siento. ¿Sabes si volverá a tiempo? —preguntó Sebastián desde la cocina sirviéndose una taza de café.

—No lo sé, probablemente sí. Si no, seguro que llamará.

En aquel preciso instante ambos oyeron girar el picaporte de la entrada.

—Hola —los saludó José con cada de cansado—, me temo que no podré acompañaros. Tengo que volver al hospital. Me he escapado solo para ducharme.

Sebastián sirvió otra taza y se acercó a su hermano.

—No te preocupes por eso ahora, siéntate. —Le ofreció el café—. Tómate esto, te irá bien. ¿De verdad tienes que volver?, ¿no puede ocuparse otro doctor?

José aceptó la taza y dio un sorbo, y después la dejó furioso en la mesa.

—Joder, no hay derecho. Llevaba años con los análisis limpios, ¿por qué ha tenido que tocarle precisamente a ella?

—¿Una paciente tuya ha recaído? —le preguntó Gabriela masajeándole los hombros.

—Sí, la señora Ávila. Fue una de mis primeras pacientes, y de verdad creía que se había curado.

A Sebastián se le empapó la espalda de un sudor helado y se sujetó al respaldo de la silla que tenía delante.

—¿La señora Ávila?, ¿la madre de Cecilia? —añadió con la garganta seca.

—Sí, ¿la conoces? —preguntó José, pero por suerte enseguida se olvidó del tema—. No se lo merece, ni ella ni sus hijas. No después de todo lo que han pasado.

«¿Qué han pasado? ¿José se refería al cáncer o les había sucedido algo más? ¿Cecilia también había estado enferma?» No podía preguntárselo, y no podía quedarse allí quieto ni un segundo más.

—Te acompaño al hospital, así no tendrás que conducir. Cuando termines me llamas y vendré a buscarte.

Muestra del cansancio de José fue que no se quejó y que sencillamente asintió. Gabriela, que había dormido bien y era muy lista, sí que se dio cuenta de que el ofrecimiento de Sebastián era muy extraño, y miró a su hermano mayor enarcando una ceja. Aunque no dijo nada hasta que José fue a ducharse.

—Conoces a Cecilia —afirmó Gabi sin rodeos y sin disimulo.

—Sí, la conocí hace años —no especificó nada más.

—Ya —dijo Gabi—, creía que solo la conocía José. Estudiaron juntos en el colegio.

—Lo sé. —Sebastián quería preguntarle a Gabriela si entre Cecilia y José había sucedido algo, de hecho, sentía tantos celos que incluso le dolía el estómago, pero no se atrevió. Se dijo a sí mismo que si entre Cecilia y su hermano hubiese sucedido algo, uno de los dos se lo habría dicho.

—Yo las vi un día en el hospital, a ella y a su hermana Alexia. José estaba hablando con ellas y le daba la mano a...

—Ya estoy listo —los interrumpió José Antonio apareciendo de repente con el pelo todavía mojado y aspecto renovado—. ¿Nos vamos?

—Claro —convino Sebastián a pesar de que se moría de ganas de exigirle a Gabriela que terminase la frase—. ¿Dónde están las llaves del coche? Yo he venido andando.

—Toma. —Su hermana pequeña se las dio—. Está aparcado en la parte de atrás. Es el mismo trasto viejo de antes, así que trátalo con cariño.

—Por supuesto —le prometió Sebastián con una sonrisa—. ¿Quieres venir tú también o prefieres esperarte aquí? No tardaré demasiado, y si quieres luego podemos ir a comer juntos.

—Te esperaré aquí. No tengas prisa, tengo una novela a medias y me quedaré leyéndola. Llámame si te retrasas, ¿vale? No quiero tener que preocuparme por los dos.

José se agachó y le dio un beso en la mejilla a su hermana, así que Sebastián lo imitó. Le dio un vuelco el corazón cuando Gabriela le sonrió por el gesto. Había echado mucho de menos a sus hermanos, casi tanto como a Cecilia.

Durante el trayecto hasta el hospital, José cerró los ojos y recostó la cabeza en el asiento del coche. Sebastián le dejó dormir, consciente de que quizás aquellos minutos serían los únicos que su hermano podría descansar. Llegaron y aparcó en la zona de visitas. José bajó del vehículo y miró a Sebastián un segundo antes de hablarle.

—Supongo que quieres acompañarme arriba.

—Si no te importa —dijo Sebastián al ver que José no iba a permitirle que se anduviese con tonterías.

—Cecilia y Alexia se han pasado toda la noche en vela al lado de su madre. No sé por qué diablos quieres verla, y ahora no tengo tiempo de preguntártelo, pero tarde o temprano tendrás que contarme la verdad, ¿de acuerdo?

—De acuerdo.

—Y no voy a permitir que causes una escena en el hospital. ¿Está claro?

—Clarísimo. —Iba a añadir que él jamás haría eso, pero su hermano se lo impidió.

—Sé que no eres de esos, pero tenía que decirlo.

—Lo entiendo —afirmó Sebastián sintiéndose algo mejor al comprobar que su hermano tenía buena opinión de él.

José se volvió hacia el hospital y empezó a andar, y Sebastián dedujo que la conversación había terminado y que podía seguirlo. Su hermana había dado en el clavo apodándolo Doctor Maligno; José realmente imponía mucho respeto.

Llegaron a la planta oncológica y José saludó a un par de compañeros de trabajo. Pasó junto a una pequeña recepción llena de enfermeras y cogió un par de carpetas y una bata. Sin decirle ni una palabra, le pasó las carpetas a Sebastián para que se las sujetase mientras él se uniformaba.

—Antes de ir a ver a la señora Ávila tengo que hacer mi ronda —le explicó a Sebastián recuperando las carpetas—. La sala de espera está al fondo de ese pasillo. Si Cecilia no está allí, tendrás que irte a casa. No puedes pasar a las habitaciones.

—Por supuesto que no. Gracias, José —dijo Sebastián sincero.

José asintió y se dirigió a cumplir con su trabajo y Sebastián respiró hondo un par de veces para calmarse un poco antes de ver a Cecilia. «Quizá no esté», se dijo a sí mismo mientras se acercaba a la sala de espera, pero a juzgar por los latidos de su corazón, que siempre se aceleraba cuando notaba cerca la presencia de Cecilia, sí que estaba. Se detuvo frente a la puerta de cristal y lo que vio amenazó con llenarle los ojos de lágrimas. Cecilia estaba sola, sentada en una horrible butaca forrada de terciopelo marrón, con los antebrazos apoyados en los muslos y sujetándose la cabeza con las manos.

—Hola —le dijo él a falta de algo mejor para hacerle saber su presencia.

Cecilia levantó la cabeza sobresaltada y le miró como si no creyese lo que estaban viendo sus ojos. En cuanto se dio cuenta de que él estaba allí de verdad, durante un segundo se alegró de verle, pero entonces recordó que él la había abandonado muchos años atrás y que ahora no tenía ningún derecho a estar allí.

—¿Qué estás haciendo aquí? —le preguntó a la defensiva.

—Me he enterado de lo de tu madre —le explicó Sebastián dando un paso hacia delante a pesar de que Cecilia no le había invitado a entrar. Apretó los puños para contener las ganas que tenía de cogerla en brazos. Si no se hubiese ido, ahora podría acariciarle el pelo y darle un beso, y decirle que todo iba a salir bien, que no se preocupase. Podría ir a la cafetería y traerle un café, y de noche, en casa, porque evidentemente vivirían juntos, le daría un masaje y la consolaría cuando llorase. Y le haría el amor antes de acostarse solo para recordarle que la amaba y que si se tenían el uno al otro podían hacer frente a cualquier cosa. Sebastián vio todas esas cosas con tanta claridad en su mente que tuvo que morderse la lengua para no gritar de rabia. Él se había ido y tenía que vivir con las consecuencias. Aunque jamás se hubiese imaginado que fuesen tan duras de soportar.

Cecilia tenía la mirada perdida. Sebastián estaba allí. A su lado. En el hospital. Años atrás, cuando a su madre le diagnosticaron el cáncer por primera vez, ¿cuántas veces había deseado que él estuviese allí con ella? ¿Cuántas veces había suplicado a Dios y al destino que, por favor, Sebastián la llamase o la escribiese? Demasiadas. Aquella vez lo habían superado solas, ella, Alexia y su madre, y ahora volverían a hacerlo.

Pero no podía mirarlo, porque si le miraba y veía que él la miraba con lástima, o algo mucho peor, con ternura o con cariño, rompería a llorar. Y preferiría morir antes que llorar delante de Sebastián Nualart.

—¿Estás bien, puedo hacer algo por ti? —le preguntó él nervioso, impaciente por hacer cualquier cosa, lo que fuera, con tal de ayudarla.

Aquella pregunta sacó a Cecilia de su ensimismamiento y la puso furiosa. De repente le fue imposible retener toda la rabia y el resentimiento que llevaba sintiendo, y conteniendo, desde que Sebastián había reaparecido en su vida.

—Vete —le ordenó mirándole a los ojos—. Vete de aquí.

—No —balbuceó él—. Cualquier cosa menos eso, Ce.

—No me llames Ce —dijo ella entre dientes—. Vete de aquí —le repitió poniéndose en pie.

—No. —Sebastián apretó la mandíbula y se mantuvo firme—. No pienso dejarte sola.

—¿Ah, no? —le preguntó ella sarcástica acercándose un poco a él—. ¿Por qué no? Hace doce años lo hiciste sin ningún problema. Vete de aquí o pediré que te echen. —Se detuvo justo delante de Sebastián.

—Cuéntame cómo está tu madre —le suplicó mirándola a los ojos—. No puedes quedártelo todo dentro, Cecilia. Seguro que todavía sigues creyendo que tú sola puedes salvar al mundo —le dijo y levantó una mano para acariciarle la mejilla.

El gesto amenazó con llevarse por delante las pocas fuerzas que le quedaban a Cecilia.

—No me toques. —Le apartó la mano con una de las suyas y después le golpeó el torso para que retrocediese—. No podría soportarlo, ahora no. Vete de aquí. —Le dio otro empujón.

—Por Dios, Ce, ven aquí —susurró él emocionado abrazándola con todas sus fuerzas. Ella apenas se resistió un segundo y se puso a llorar desconsolada en sus brazos.

Le había echado tanto de menos que cuando Sebastián la abrazó rompió a llorar. A los dieciocho años había creído que mientras estuviese en los brazos de Sebastián, no le sucedería nada malo. Le encantaba oír los latidos de su corazón y entonces creía que con cada uno repetía su nombre. Cecilia sabía perfectamente que no debería abrazarlo, y no tenía ninguna intención de perdonarle, ni ahora ni nunca. Ni siquiera quería saber por qué se había ido. Pero al parecer su cuerpo estaba demasiado cansado y había decidido hacer caso omiso de su cerebro porque bastó con que Sebastián la atrajese contra su torso para que se olvidase del daño que le había hecho.

Cecilia no dejaba de temblar y de llorar, y Sebastián podía notar cómo los dedos que se aferraban a su espalda se abrían y cerraban nerviosos. A él se le desgarró el corazón y buscó desesperado el modo de consolarla. Le acarició el pelo y fue repitiéndole una y otra vez que estuviese tranquila. Poco a poco, Cecilia fue calmándose y recuperando la respiración. Cuando dejó de llorar, siguieron abrazados durante unos minutos y él se mantuvo en silencio, temeroso de decir algo que pudiese romper aquel momento. Sebastián notó cómo Cecilia tomaba aliento y acto seguido separaba un poco la cabeza para apoyar la frente en su torso. Daría lo que fuese para que ella no decidiese soltarlo, pero lo hizo.

—Lo siento... —se disculpó Cecilia—. No debería haberme...

—No, no digas nada —la detuvo él.

El ruido de unas suelas de goma rechinando por el suelo de mármol advirtió a Sebastián.

—Señorita Ruiz-Belmonte —dijo una enfermera—, su madre ya está de nuevo en el dormitorio. El doctor irá enseguida a verlas con el resultado de las pruebas.

—Enseguida voy —dijo Cecilia.

La enfermera se fue y Cecilia se dio media vuelta para coger el abrigo y el bolso que había abandonado en una de las sillas de aquella horrible sala de espera.

—¿Dónde está Alexia? —preguntó Sebastián poniéndose las manos en los bolsillos. Quería acompañar a Cecilia y estar con ella, pero no quería aprovecharse de su estado vulnerable.

Cecilia se colgó el bolso de un hombro y dobló el abrigo para pasarlo por entre la tira del mismo. Después, se frotó la cara para eliminar el rastro del llanto, aunque solo sirvió para que le quedasen los ojos más rojos, y se pasó una mano por el pelo.

—Vete, Sebastián, por favor —le pidió de nuevo, pero ahora en voz baja y con la garganta llena de lágrimas—. Vete. —Tomó aire y se obligó a mirarle a los ojos. —No quiero volver a verte.

—Ce... —No sabía qué decir. Era imposible que le estuviese echando de su lado. «No me quiere. No me necesita.» La idea de que efectivamente había vuelto demasiado tarde adquirió por fin certeza en su cabeza.

—Adiós, Sebastián.

Pasó por su lado sin mirarlo y se dirigió hacia la habitación en la que estaba ingresada su madre.

11

Vivir,
con el alma aferrada
a un dulce recuerdo,
que lloro otra vez.

CARLOS GARDEL,
Volver

Sebastián se fue del hospital como un autómata y por fortuna condujo hasta la casa de sus hermanos sin causar un accidente. Había perdido a Cecilia. Había llegado demasiado tarde. Sí, ella había llorado entre sus brazos, pero probablemente esa reacción se debía a la presión y al estrés que había soportado durante toda la noche. «Se habría abrazado a cualquiera, tú sencillamente estabas allí. Y te aprovechaste. Eres un cretino. Un egoísta. Y probablemente eso es exactamente lo que ha pensado Ce.» Sebastián no se engañaba a sí mismo, sí, había ido al hospital con la esperanza de encontrarse con ella, pero de verdad estaba preocupado por Patricia Ávila, en las pocas ocasiones que había coincidido con la madre de Cecilia, ella siempre había sido muy buena con él. Siempre le había tratado bien y no como el delincuente juvenil que en esa época se suponía que era.

Aparcó el coche y fue en busca de Gabriela con la esperanza de que su hermana consiguiese animarle, y recordarle que había gente dispuesta a darle una segunda oportunidad.

Probablemente tendría que conformarse con recuperar el cariño de sus hermanos, porque cada vez era más evidente que no podría lograr lo mismo con el de Cecilia. Esta vez utilizó la llave para entrar en casa y se encontró con Gabi sentada en el sofá con la nariz pegada a las páginas de un libro.

—¿Qué estás leyendo? —le preguntó, pues ella ni siquiera le había oído entrar.

—¡Ah, hola, Sebastián! —Cerró la novela de un salto—. Me has asustado.

—Lo siento —se disculpó él encogiéndose de hombros—, debería haber llamado al timbre.

—No digas tonterías, Seb, no te pega. —Gabriela se puso en pie y estiró los brazos. Estaba todavía con las manos apuntando al techo cuando vio el rostro de su hermano—. ¿Qué te ha pasado? ¿Te encuentras bien?

Sebastián supuso que no era tan bueno como creía disimulando y levantó la comisura de los labios en un gesto burlón. Le había gustado oír el apodo con el que Gabriela le había bautizado de pequeña, cuando todavía no había aprendido a hablar y Sebastián había resultado ser un nombre demasiado largo y demasiado difícil de pronunciar.

—No, la verdad es que no —confesó.

—¿Es por Cecilia?, ¿cómo está su madre? —Gabriela dejó la novela encima de la mesilla que había frente al televisor y se acercó a su hermano.

—No lo sé —carraspeó incómodo—. ¿Tienes hambre, quieres que salgamos por ahí?

Su hermana se quedó mirándolo unos segundos a los ojos. José había hecho lo mismo antes y, a decir verdad, a Sebastián empezaba a irritarle que sus dos hermanos tuviesen el don de ver dentro de él. Porque no tenía ninguna duda de que era eso exactamente lo que estaban haciendo.

—Iré a cambiarme —respondió enigmática dándose media vuelta.

Gabriela reapareció quince minutos más tarde, se había puesto unos vaqueros y un jersey, y se había peinado, ahora llevaba una diadema que le apartaba la melena negra de la cara.

—¿Adónde quieres ir? —Sebastián dejó la novela que había cogido para ojear mientras esperaba.

—Por qué no paseamos un rato. El barrio ha cambiado mucho desde que te fuiste —apuntó Gabriela haciendo referencia por primera vez a los años que Sebastián no había estado.

—Claro, tú mandas.

Gabriela le cogió por el brazo y tiró de él hacia la puerta.

—Vamos, paseemos un rato. Creo que te llevaré al restaurante preferido de papá. Lo abrieron unos años después de que te fueras.

Gabriela guio a Sebastián por las calles que él apenas había tenido tiempo de conocer durante los tres años que había permanecido allí y que sin embargo ahora recordaba con absoluta claridad. Gabi tenía razón; no parecían las mismas. Habían cambiado mucho, igual que él, igual que su hermana, igual que Cecilia.

—Papá solía traernos aquí de vez en cuando, a mí y a José Antonio —le explicó Gabriela al pasar por una plaza.

—¿Y mamá?

Gabriela se detuvo y obligó a Sebastián a hacer lo mismo. Esperó a que su hermano girase el rostro y entonces clavó los ojos en los de él.

—No sé qué pasó cuando te fuiste, yo solo tenía seis años, pero la relación entre mamá y papá cambió a partir de entonces. Creo que ambos intentaron ocultarlo, fingir que todo seguía igual que siempre, pero no era así.

Gabriela reanudó la marcha y Sebastián la siguió atónito.

—Apenas se hablaban —siguió su hermana—, y papá la miraba como... —buscó el modo de explicarlo— como si le hubiese traicionado. O decepcionado. Y ella le miraba como si hubiese tenido todo el derecho del mundo a hacerlo. No sé, Seb, quizá tuviste suerte de no estar aquí.

—No digas eso —le pidió sincero.

—No, es verdad. Papá se fue apagando, marchitando, y cuando murió —tragó saliva—, ¿te he contado alguna vez que yo fui la primera en verlo? —Miguel Nualart había muerto de un infarto mientras estaba descansando en una de las habitaciones para empleados de la empresa en la que trabajaba—. Cuando le vi, sonreía, como si se sintiese aliviado. Y mamá, bueno, mamá nunca fue muy cariñosa, pero con los años se fue amargando, endureciendo. Nunca he conocido a una mujer más enfadada con el mundo que ella.

—¿La ves a menudo?

—¿A mamá? No. —Gabriela dio una patada a una piedra que se encontró por el camino e intentó ocultar el dolor que evidentemente le causaba la indiferencia de su madre—. Después de que papá muriese, empezó a salir con gente del trabajo. Y un mes más tarde ya había conocido a Ramón.

—El hombre con el que vive ahora.

—Sí, creo que incluso se casarán. La verdad es que siento lástima por él. Le conocí hace tiempo y me pareció un buen hombre. Es mayor que mamá y ella hace con él lo que quiere. ¿Sabes qué es lo más curioso?

—¿Qué?

—A papá le echo mucho de menos. Papá lleva seis años muerto pero todavía hay días en que pienso que me gustaría contarle algo, como el día que llegaste. —Miró a Sebastián y sonrió—. Pero a mamá no. Mamá vive a dos horas de coche de aquí. Podría verla cada semana, si yo o ella quisiésemos, pero ni siquiera siento la necesidad de llamarla. ¿Le has dicho que has vuelto?

—No —contestó Sebastián apretando la mandíbula.

—Es aquí. —Gabriela se detuvo frente a la puerta de un restaurante de aspecto familiar.

«Sí, seguro que a papá le gustaba venir aquí.»

Los dos hermanos entraron y la camarera saludó efusivamente a Gabriela, y después los acompañó hasta una mesa algo apartada.

—Así podréis estar tranquilos —dijo la muchacha—, dentro de un rato echan un partido de fútbol y esto se pondrá imposible.

—Gracias, Manuela —dijo Gabriela.

Sebastián vio que encima de la barra de la entrada había colgado un enorme televisor y entendió el comentario de la joven.

—Gracias —dijo él también. Sebastián había vivido en dos buques transatlánticos y en tres puertos internacionales y en todos esos sitios el fútbol era quizá lo único que poseía suficiente poder de convocatoria como para reunir a toda la tripulación en el mismo lugar al mismo tiempo.

Gabriela y Sebastián se sentaron y él abrió la carta.

—No te molestes —le aconsejó Gabi—, el padre de Manuela nos preparará lo que le dé la gana.

—Ah. —Devolvió el menú a su sitio.

—Bueno, Seb, yo te he contado lo de papá y mamá, así que ahora te toca a ti.

Sebastián notó que le sudaban las manos. Quizá Gabriela debería presentarse a las oposiciones de la policía. Sería letal en los interrogatorios.

—¿Yo? —intentó fingir que no la entendía.

—Sí, tú, Sebastián. Elige, ¿qué prefieres contarme? ¿Por qué te fuiste? —enumeró cada pregunta con un dedo de la mano—, ¿por qué has vuelto?, o, ¿por qué te tiembla la mandíbula cada vez que se menciona el nombre de Cecilia Ruiz-Belmonte?

Sebastián pasó el dedo por el borde de la copa vacía que tenía delante. Un camarero se acercó en aquel instante y les sirvió agua, y Sebastián se la bebió. Gabriela no dijo nada y esperó paciente a que su hermano decidiese qué quería contestarle.

—No puedo contarte por qué me fui —empezó con la cabeza agachada y la mirada todavía fija en la copa. Un segundo más tarde, como si en su fuero interno hubiese llegado a un acuerdo consigo mismo, la levantó y miró a su hermana—. Todavía no. Antes debo contárselo a otra persona.

—A Cecilia.

—Sí, a Cecilia —afirmó Sebastián a pesar de que Gabriela no se lo había preguntado. Su hermana no lo había dudado ni un segundo—. Y por eso mismo tampoco puedo contarte porque... —se sonrojó un poco y Gabriela pareció sentirse bastante satisfecha consigo misma— porque me afecta oír su nombre —hizo una pausa—. Pero lo que sí puedo contarte es por qué he vuelto —añadió Sebastián sorprendiéndola. Y a él le gustó coger desprevenida a Gabi—. Al menos en parte.

—¿Por qué has vuelto? —le preguntó Gabriela cogiéndose las manos. Estaba nerviosa. Ella y Sebastián se habían escrito muchas cartas a lo largo de los años, y en las cien primeras Gabriela le había pedido infinitas veces que volviese, que fuese a verlos. Y él siempre había hecho caso omiso a esas peticiones. Hasta que ella dejó de pedírselo.

—He vuelto porque quería recuperaros. A los tres. A ti, a José y a Cecilia.

—A mí y a José nunca nos perdiste.

«No estés tan segura.»

—Me he pasado doce años sin veros, Gabi. No estaba aquí cuando José terminó sus estudios universitarios, ni cuando tú aprendiste a ir en bici. Ni cuando te rompiste la pierna, ni cuando José...

—No importa, Seb. —Gabriela vio la rabia contenida de su hermano y le colocó una mano encima de las de él—. Ahora estás aquí. Y no vas a marcharte, ¿no?

—No —le prometió solemnemente mirándola a los ojos—, no voy a marcharme.

—Tú y Cecilia, ¿estabais enamorados? —le preguntó con cautela. Sebastián no dijo nada, pero asintió y su hermana se atrevió a seguir—. Entonces, si antes la querías y ahora has vuelto por ella, ¿por qué no estáis juntos?

—No es tan sencillo.

—¿Por qué no?

—Porque no.

—Vamos, Seb, no me trates como si fuese una niña pequeña. Cuéntamelo. Es evidente que Cecilia siente algo por ti, si no, ¿por qué te ha esperado todos estos años?

—Cecilia no me ha esperado.

—Por supuesto que te ha esperado —afirmó Gabriela—, yo no la conozco demasiado bien pero...

—Cecilia no me ha esperado porque no hemos estado en contacto durante estos doce años.

—Joder, Sebastián. Perdón —añadió al ver que su hermano enarcaba una ceja al escuchar el taco—. ¿Te has pasado doce años sin hablar con ella? —Vio que Sebastián asentía y abrió los ojos de par en par—. ¿Y tampoco la has llamado? —Las cejas iban a salirle de la cabeza—. Pero al menos te despediste de ella, ¿no?

—No.

—Joder. Lo siento. —Estiró los pies por debajo de la mesa y miró a su hermano con cara de preocupación—. Tienes razón. Seb. No es sencillo. Tú mismo me has dicho que has vuelto por ella...

—Y por vosotros... —la interrumpió para puntualizar ese importante detalle. Por nada del mundo querría Sebastián que su hermana pensase que solo había vuelto por Cecilia.

—Lo sé, Sebastián, pero nosotros nos hemos escrito durante estos años y hemos hablado por teléfono unas cuantas veces, aunque la verdad sigo sin entender por qué te negaste a visitarnos. En fin, lo que quiero decir es que si me lo hubieras hecho a mí, creo que te haría caminar por encima de clavos ardiendo antes de perdonarte. Cien veces.

Sebastián sonrió y pensó que Cecilia probablemente ni así le perdonaría.

Comieron sin volver a hablar del tema, Gabriela le contó anécdotas sobre ella y José y cuando llegaron a los postres, Manuela fue a charlar con ellos. Sebastián se rio más veces que en los últimos siete u ocho años juntos, y para cuando volvieron a casa casi se había olvidado de que probablemente jamás sería feliz.

Unas horas más tarde, Sebastián y Gabriela estaban sentados en el sofá jugando a la brisca, y riéndose el uno del otro, cuando llegó José Antonio. Exhausto. Destrozado. Y con cara de que las cosas iban mal. Muy mal.

—¿Ha sucedido algo? —le preguntó Gabriela poniéndose en pie de un salto—. ¿Te encuentras bien?

José se desplomó en el sofá justo al lado de Sebastián. Echó la cabeza hacia atrás y cerró los ojos. Estuvo varios segundos en silencio, probablemente meditando si debía contarles a sus hermanos lo que sabía.

—La señora Ávila no saldrá de esta —dijo tras decidir que sus valores humanos valían más que el secreto profesional. Se frotó los ojos con las palmas de las manos y soltó una maldición antes de abrirlos y mirar a su hermano mayor—. He echado a Cecilia del hospital y la he mandado a su casa. Alexia se ha quedado con su madre. Esta tarde me he acordado de algo —dijo José cambiando repentinamente de tema y quedándose en silencio.

—¿De qué? —preguntó Sebastián convencido de que José todavía no había terminado de decir todo lo que quería.

—La mañana después de que te fueras, Cecilia vino a buscarte y cuando le dije que no estabas... —se frotó la cara cansado—, mira, yo solo tenía dieciocho años y probablemente no me daba cuenta de muchas cosas, pero te aseguro que vi cómo se le apagaban los ojos.

—Yo tuve que irme.

—Todavía no nos has contado por qué —le recordó José refiriéndose a él y a Gabriela—, pero nosotros podemos esperar, ¿no? —Desvió la mirada un segundo hacia la hermana de ambos y vio que esta asentía—. Cecilia y yo nos hicimos amigos cuando su madre enfermó por primera vez, y no sé si debería contarte esto, pero sé que esta noche no puede estar sola. Nadie debería estarlo en un momento así. Yo dormiré un poco y volveré al hospital; cuando me he ido, Alexia estaba dormida, pero quiero estar allí cuando se despierte —afirmó poniéndose en pie y sin explicarle por qué quería estar con la hermana de Cecilia cuando esta se despertase—. Lamento haberte chafado el fin de semana, Gabi.

Gabriela le dio un abrazo a su tosco hermano y un beso en la mejilla.

—Vete a dormir, Doctor Maligno, te despertaré dentro de ¿tres horas?

—Dos y media.

—José Antonio —lo llamó Sebastián—, gracias. Otra vez.

José asintió y entró en su dormitorio después de farfullar:

—Nos vemos mañana.

12

Y despertar a tu lado
en cada amanecer,
hacer rodar mis labios
sobre tu piel.

DUNCAN DHU,
A tu lado

Sebastián no recordaba nada del trayecto hasta casa de Cecilia. Había conducido con un único objetivo en mente; llegar allí para abrazarla. Estaba convencido de que ella le echaría de allí de una patada, o de que ni siquiera le abriría la puerta. Pero tenía que intentarlo. Aunque ella no estuviese dispuesta a perdonarlo, ni tan solo a escucharlo, él tenía que volver a intentarlo. Y José Antonio tenía razón, nadie tenía que estar solo en momentos tan difíciles como el que Cecilia estaba atravesando. «Probablemente a ella le gustaría estar con Cano», le dijo la voz de su conciencia, «pero Cano no está. Y yo sí».

Aparcó con movimientos bruscos, furioso por tener que perder el tiempo con aquellas banalidades y corrió hacia la puerta. Llamó dos veces seguidas y acto seguido una tercera sin obtener respuesta. Volvió a llamar y el loro de Cecilia graznó y Sebastián vio luz a través de una ventana.

—¡Cecilia, abre la puerta!

Nada.

—¡Cecilia, abre la puerta, por favor!

Nada. Sebastián apoyó las manos y la frente en la puerta y tuvo la sensación de que ella estaba haciendo lo mismo al otro lado.

—Abre la puerta —le pidió en voz más baja que antes—. Por favor. Solo quiero asegurarme de que estás bien. Luego me iré. Te lo prometo.

—¡Cómo te atreves a prometerme nada! —le gritó ella abriendo la puerta hecha una furia.

—Cecilia —susurró Sebastián. Era obvio que había estado llorando, tenía los ojos rojos e hinchados y en las mejillas todavía podían verse los senderos que habían dibujado las lágrimas—. ¿Puedo pasar?

—¡Cómo te atreves a prometerme nada! —repitió ella sujetando la puerta con firmeza—. Dímelo. La última vez que me prometiste algo no tuviste ningún problema en romper la promesa. Oh, veo que no te acuerdas, por qué será que no me extraña.

Sebastián entrecerró los ojos y la observó un instante y al verle los ojos comprendió que la expresión echar chispas por los ojos podía tener un sentido literal.

—Me acuerdo. La noche de tu cumpleaños —vio que la había sorprendido y aprovechó aquella pequeña ventaja—, la noche que nos besamos —añadió para ver cómo reaccionaba y, aunque Cecilia no dijo nada, apretó los dedos con los que sujetaba la puerta y se sonrojó—, te prometí que a la mañana siguiente iría a buscarte a tu casa. Esa no ha sido la única promesa que he roto en mi vida, pero sí la que más me ha dolido.

—¿Dolido? Nadie lo diría, capitán —se burló Cecilia.

—¿Has estado bebiendo?

—Eso, lo que me faltaba. No, capitán, no he estado bebiendo, sencillamente no estoy de humor para tus tonterías.

—«Porque necesito estar enfadada, si no volveré a ponerme a llorar y tú volverás a abrazarme.»

—¿Tonterías? ¿Le llamas tontería a que tu... —tragó saliva— a que yo me preocupe por ti?

—No, tienes razón, no es una tontería. Es una gran estupidez.

Sebastián respiró hondo y se recordó que no había ido allí a discutir con ella, a pesar de que era más que evidente que Cecilia estaba buscando pelea.

—¿Puedo entrar? Aunque no me importa que me insultes en medio de la calle, no creo que quieras que se te llene la casa de mosquitos. Y tu loro nos está mirando mal —añadió tras mirar por encima del hombro de Cecilia.

Cecilia se lo pensó unos segundos y al final dio un paso hacia atrás y le indicó que pasase.

—Adelante, ¿quieres tomar algo? —le preguntó sin tener ninguna intención de servirle nada. Cerró la puerta y se acercó al loro—. Traidor —murmuró antes de tapar la jaula con una sábana.

—No, gracias.

Cecilia caminó hasta el sofá pero no se sentó, estaba demasiado tensa como para sentarse y fingir que Sebastián había ido a visitarla como haría cualquier amigo.

—¿De qué quieres hablar? —le preguntó directamente. Cuanto antes se fuese Sebastián, antes podría meterse en la cama y echarse a llorar.

Sebastián también se quedó de pie y se acercó a ella tanto como pudo, pero no como quiso. Había algo en los hombros de Cecilia que le advirtió que no toleraría que diese ni un paso más hacia ella.

—¿Por qué no me dijiste que tu madre había tenido cáncer? —le dijo cuando ella todavía le estaba dando la espalda.

—¿Y cuándo se supone que tendría que habértelo contado? —Cecilia se dio media vuelta y él vio que mantenía los puños cerrados, como si solo así pudiese contener las ganas de pegarle—. ¿Cuándo se supone que tenía que haberte contado que mi madre tenía cáncer y que un mes más tarde de que se lo diagnosticaran mi padre, mi fabuloso padre, se fue a vivir con su amante húngara? Dime, Sebastián, cuándo. ¿Durante una de tus inexistentes llamadas de teléfono? ¿O quizá podría haberte respondido a una de esas cartas que nunca llegué a recibir? ¡Ah, no, ya sé! ¡Podría habértelo dicho en uno de los miles de correos electrónicos que nos hemos escrito!

—¿Tu padre os abandonó?

—Oh, sí. Mi padre, el respetadísimo señor Ruiz-Belmonte, tenía una amante desde hacía años. Y cuando mi madre dejó de ser la anfitriona perfecta, decidió que no tenía tiempo para nosotras.

—Lo siento.

—No te atrevas a decirme nada más, Sebastián. Tú no estabas aquí cuando te necesité, así que nada de lo que digas ahora importa.

—Lo siento.

Ella dio un paso hacia él y levantó el rostro. Estaba furiosa, dolida, enfadada con la vida y con el destino por haberle dado unas cartas de mierda para jugar esa partida.

—No tienes derecho a sentirlo —dijo entre dientes mirándolo a los ojos. Tenía los ojos brillantes y le temblaba la mandíbula.

—Vamos, pégame —dijo Sebastián al ver que ella abría y cerraba nerviosa la mano.

Ambos se quedaron en silencio, mirándose, a la espera de la reacción del otro. Cecilia no tenía ninguna duda de que si le pegaba, Sebastián aguantaría estoico, y de que luego ella se sentiría todavía peor de lo que se sentía ahora. A su madre no le gustaría verla así. «No metas a mamá en esto», se aconsejó a sí misma. Al final, Cecilia cerró los ojos y retrocedió un poco. Se dio media vuelta de nuevo y se acercó a la ventana.

Era de noche pero había luna llena y podía ver el mar, las olas moviéndose al ritmo de las notas de una lenta melodía que solo ellas podían oír. Apoyó la frente en el cristal y durante un segundo recordó lo sola que se sintió diez años atrás cuando a su madre le diagnosticaron cáncer por primera vez.

—Esa mañana fui a tu casa —empezó con una voz que apenas identificaba como propia—. José Antonio me dijo que te habías ido y que habías dejado una nota diciendo que no volverías. Tu hermano había estado llorando, así que le consolé y le dije que probablemente te habías discutido con tus padres y que volverías más tarde. Y de verdad lo creía así, pero entonces vi a tu padre y supe que te habías ido de verdad. Me despedí de ellos y días más tarde, cuando volví a ver a José en una terraza, hice como si nada.

—Yo tuve...

—Déjame terminar. No podía decirle a nadie que te echaba de menos. Tú siempre habías insistido en mantener en secreto lo mucho que nos veíamos.

—Cecilia...

—Yo nunca le conté a nadie lo de esa noche, al principio me callé porque una parte de mí estaba convencida de que te pondrías en contacto conmigo y me contarías dónde estabas y por qué te habías ido. Y no quería meterte en ningún lío. Pero cuando se hizo evidente que no ibas a llamarme ni a escribirme, no se lo conté a nadie porque me daba vergüenza haber sido tan estúpida como para enamorarme de ti. Me engañé a mí misma y me dije que solo había sido una tontería, un encaprichamiento, pero el día que le diagnosticaron cáncer a mi madre... —se le quebró la voz—. Jamás te he necesitado tanto como ese día. Me pasé toda la noche llorando, creo que fue entonces cuando me di cuenta de verdad que no sabía ni dónde estabas ni cómo encontrarte. Estaba en Madrid, pero me tragué el orgullo y busqué el número de tu hermano para preguntarle por ti.

Sebastián se puso detrás de ella y levantó despacio una mano, la acercó al hombro de Cecilia decidido a abrazarla, pero las palabras de ella le detuvieron.

—Le pregunté a José si sabía algo de ti y me dijo que os escribíais a menudo. «Está en Chile», me dijo, «haciendo submarinismo». Le pregunté incluso si en alguna de esas cartas preguntabas por alguien de aquí, o si tenías intención de volver algún día. José me dijo que no, que nunca preguntabas por nadie y que no volverías porque estabas muy feliz «navegando a todas horas». Le di las gracias a José y volví a casa. Ese día me juré a mí misma que te olvidaría para siempre, Sebastián. Y lo he logrado, así que no quiero oír tus excusas. —Se volvió y le empujó en el pecho—. No quiero que te intereses por mí. —Otro empujón—. No quiero que vengas a preguntarme cómo estoy. —Otro—. Ni que preguntes por mi madre o por mi hermana. No quiero nada de ti. Nada. Así que ahora que has visto que no estoy hecha un mar de lágrimas y que no necesito ningún hombro sobre el que llorar, puedes irte tranquilo. —Se apartó de él y se acercó de nuevo al sofá—. Vete y no vuelvas, Sebastián.

—No me has olvidado. No del todo —farfulló él con los pies clavados en el suelo.

—Por supuesto que te he olvidado —insistió ella—. ¿Acaso creías que iba a esperarte? ¿Así sin más? Solo tenía dieciocho años, Sebastián, y probablemente tú solo querías pasar un buen rato.

Esa última frase consiguió hacer reaccionar a Sebastián, que se puso en movimiento y caminó hasta Cecilia.

—No te burles de nosotros, Ce. Tú no eres así.

—¿Ah, no? Hace doce años que no sabes nada de mí, Sebastián. Te fuiste y perdiste la oportunidad de conocerme. Ahora tú y yo no somos nada.

—No digas eso. Insúltame, grítame, pero no finjas que lo nuestro no existió.

—Fuiste tú el primero que actuó como si no existiese. Como si lo nuestro, como si yo —se le rompió de nuevo la voz y se odió por ello—, no importase—. Se sentó en el sofá y cogió un cojín para abrazarlo.

—Tú importabas. —Se arrodilló delante de ella—. Importas. Eres lo único que importa.

—No, Sebastián. Si te hubiese importado, no te habrías ido. No sé qué diablos pretendes demostrar ahora, pero sea lo que sea, no me interesa. Ya te lo he dicho, te he olvidado. —Se obligó a vaciar el rostro de emoción y le miró a los ojos—. Vete, Sebastián.

Aquella mirada helada le hirió incluso más que las palabras de Cecilia.

—No me has olvidado —insistió él.

—Esto no es ningún juego, Sebastián, no te lo estoy diciendo para retarte a nada. Eso es lo que quiero que entiendas. Tú y yo ya no somos nada. Nunca lo fuimos.

Sebastián seguía en el suelo y en esa posición los ojos le quedaban a la misma altura que los de Cecilia. Ella estaba triste, dolida, y muy preocupada por su madre, él lo sabía porque a pesar de las palabras de ella, Sebastián la conocía mejor que nadie en el mundo. Y a pesar de todo, a pesar de las preocupaciones y de la soledad, Cecilia insistía en querer pasar sola por eso. Ni hablar, él ya le había fallado una vez. No volvería a abandonarla una segunda, aunque ella insistiera en que hiciese exactamente eso. Respiró hondo y la miró a los ojos una última vez antes de tomar una decisión. Si se equivocaba, entonces probablemente recibiría la bofetada que Cecilia no le había dado antes. Sebastián colocó ambas rodillas sobre el suelo y levantó las manos. Ella debió de creer que iba a levantarse porque se echó un poco hacia atrás, pero entonces él la cogió por los hombros y la atrajo hacia él sin darle tiempo de reaccionar.

La besó.

Suerte que ya estaba en el suelo, si no, dudaba que sus piernas le hubiesen mantenido en pie. Estaba besando a Cecilia después de pasarse doce años echándola de menos, soñando con ella —y con sus besos—, cada noche. Cecilia era igual y completamente distinta a como la recordaba. Ya no era una chica de dieciocho años, ahora era una mujer de treinta, y las diferencias físicas eran más que evidentes. Ahora tenía las facciones más marcadas y poseía una elegancia de la que había carecido de adolescente, aunque había perdido su dulzura. Pero seguía oliendo igual y su piel seguía siendo la más suave que Sebastián había tocado jamás. Y sus corazones seguían acompasando sus latidos.

Sebastián la estaba besando. Cecilia tardó medio segundo en reaccionar. Cuando comprendió lo que iba a suceder, iba a ponerse furiosa, a abofetearle. Pero cuando notó los labios de él encima de los suyos se olvidó del rencor y sencillamente reaccionó. Se había pasado incontables noches despierta preguntándose cómo sería besar a Sebastián de mayor, y ahora por fin lo sabía. Devastador.

Los labios de él no le pidieron permiso para seducirla, sencillamente la conquistaron y demolieron cualquier obstáculo que ella hubiese podido interponer. Le acarició la lengua con la suya, le mordió el labio inferior y la intoxicó con su sabor. Y todo sin dejar de sujetarle el rostro con las manos. Tiró de ella hasta hacerla bajar del sofá, aunque Cecilia llevaba ya varios minutos en el suelo cuando se dio cuenta de que se había movido, y siguió besándola y besándola. Sebastián encadenaba un beso tierno y de disculpa con uno de pasión y de lujuria, para luego volver a besarla con delicadeza. A Cecilia nunca nadie la había besado así, ni siquiera el Sebastián de doce años atrás. Ella estaba tan afectada por esos besos, por los recuerdos que evocaban y por los deseos que despertaban en su interior, que no sabía qué hacer con las manos. Se moría de ganas de tocarlo, de palpar todas y cada una de las diferencias que habían ido apareciendo en el cuerpo de Sebastián con el paso del tiempo. Pero no se atrevió y se contentó con dejarlas encima de los hombros de él. Notó que la piel de él quemaba, o quizás eran sus manos, y sintió que no podía respirar.

—¿De verdad crees que no somos nada? —le preguntó él besándole la mandíbula, y luego el cuello y el hombro. Se detuvo allí y le susurró la pregunta al oído. Cecilia no respondió, pero como tampoco se apartó, Sebastián decidió atrapar el lóbulo entre los dientes y luego soltarlo. Entonces sopló despacio y observó fascinado cómo a ella se le ponía la piel de gallina. Ella siguió en silencio, así que él se apartó un poco para poder mirarla a los ojos—. ¿Cecilia?

Ella lo miró. No podía pensar. Su madre estaba en el hospital y aunque esta vez saliera de allí, no sería por mucho tiempo. Doce años atrás, Sebastián se había ido sin despedirse de ella. Le había roto el corazón y había destrozado la confianza en sí misma. Y había vuelto también sin decirle nada. ¿Qué quería? ¿Volvería a desaparecer sin decir ni una palabra? ¿A ella le importaba? Tenía treinta años y había tenido unas semanas horribles. Hoy sin duda había sido uno de los peores días de su vida. Estaba cansada de pensar, de analizar todas las posibilidades y de ponderar todas las consecuencias de sus actos. Se merecía una noche libre. Y quizá si se acostaba con Sebastián por fin podría olvidarle de verdad, porque a pesar de lo que le había dicho, jamás le había olvidado. Y a Cecilia no le hacía falta ir a un psicólogo para que le dijese que sus relaciones nunca funcionaban porque ella jamás permitía que un hombre se acercase tanto a su corazón como se había acercado Sebastián. Él era el listón con el que comparaba a los pocos que lo habían intentado. Sí, quizás el mejor modo de exorcizar a Sebastián de su vida sería acostándose con él. «O sencillamente te sientes sola porque sabes que mamá va a morir.»

—¿Cecilia? ¿Estás bien? —le preguntó él preocupado acariciándole el rostro.

—Sí —afirmó ella tomando una decisión.

—Yo, te he echado tanto de menos, Ce —confesó él emocionado mirándola—. Me he imaginado tantas veces cómo sería volver a verte. Hablar contigo. Besarte, tocarte. Esa noche, después de que...

—No. —Levantó una mano y le tapó los labios—. Ahora no. Esta noche no, Bastian.

A él le sorprendió la actitud de ella y apartó la mano.

—Está bien, como quieras —dijo tras tragar saliva—. Será mejor que me vaya.

—No, quédate. —Le cogió por una muñeca y le miró a los ojos—. Quédate, Sebastián, pero no hablemos del pasado. Tú y yo acabamos de conocernos hace unas semanas en el trabajo y nos gustamos. ¿Qué hay de malo en eso?

Sebastián se quedó mirándola unos segundos. Sabía perfectamente lo que le estaba pidiendo Cecilia, y una parte de él comprendía la necesidad que ella tenía de desconectar, de no pensar en todo lo que le había sucedido. Y a otra le dolía que no quisiera que él formase parte de su vida. Cecilia estaba dispuesta a reconocer que entre ellos dos existía una fuerte atracción física, e incluso estaba dispuesta a hacer algo al respecto, pero eso no implicaba que estuviese dispuesta a reconocer que había algo más. Si aceptaba seguirle el juego, ¿conseguiría que ella le diese la oportunidad de explicarse, de pedirle perdón? Probablemente no. Pero si la rechazaba, seguro que Cecilia no volvería a acercarse a él. Maldita fuera por ponerle en esa situación. Maldita fuera por utilizar la pasión que sentían en su contra. Iba a decirle que no. Lo suyo era para siempre. Él así lo había creído la primera vez que la vio y seguía creyéndolo ahora. No iba a jugársela a cambio de acostarse con ella... por tentadora que fuese la idea. Pero entonces vio que a Cecilia le temblaba el labio y que le brillaban los ojos. A pesar de sus palabras, Cecilia le estaba ofreciendo mucho más que su cuerpo, aunque quizá ni ella misma lo sabía. «Y te ha llamado Bastian. Es la primera vez que te llama así desde que has vuelto.»

—Nada, no tiene nada de malo —dijo. Se puso en pie y la cogió en brazos. Vio que ella volvía a mirarle sorprendida y le dio un beso largo y profundo para demostrarle que la había entendido.

—Mi dormitorio —susurró ella cuando él se apartó un poco, y escondió el rostro en el recoveco del cuello de él—. Mis reglas.

Sebastián asintió y caminó con pasos firmes hacia la dirección que ella le indicó. Entraron en el dormitorio y Cecilia se dirigió hacia un armario, lo abrió, y de él sacó un corsé. Lo sujetó entre los dedos con fuerza y Sebastián vio que la tela parecía suave por el uso.

—No voy a justificarme —le dijo Cecilia mirándolo a los ojos sin vergüenza—. No lo he hecho nunca ante nadie y no pienso hacerlo contigo. —Tragó saliva y levantó las manos para enseñarle el corsé—. Tengo que ponerme esto.

—¿Por qué? —no pudo evitar preguntar Sebastián.

—Mis reglas, ¿recuerdas? Si no estás de acuerdo, puedes irte —lo retó con la mirada convencida de que Sebastián se iría.

Se quedó.

Nada ni nadie iban a echarlo de allí esa noche. Solo Ce. Y ella tendría que insistir.

—Tienes que ponerte el corsé —repitió Sebastián desviando la mirada del rostro de Cecilia al corsé durante unos segundos.

—Exacto. —Antes lo llevaba día y noche, incluso había llegado a ponérselo para dormir, pero a base de mucho esfuerzo había conseguido desprenderse un poco de la seguridad que le proporcionaba esa prenda. Excepto en las raras ocasiones en que tenía relaciones sexuales. Las pocas parejas que había tenido creían que se trataba de un juego, de un fetiche, y al principio les resultaba muy erótico. Hasta que descubrían la verdad y echaban a correr. O hasta que ella dejaba de llamarlos.

El corsé no solo la protegía, sino que también la hacía sentir segura, en pleno control de la situación.

—¿Te lo pones tú o quieres que te lo ponga yo? —la pregunta de Sebastián la sacó de su ensimismamiento y, aunque pareciese muy obvia, era el primero que se la hacía.

—Yo —contestó tras humedecerse los labios.

Solo con pensar en que se lo pusiese él sintió un nudo en el estómago... y por eso decidió que no iba a permitírselo.

—De acuerdo —aceptó Sebastián de pie frente a la cama sin moverse. No sabía por qué pero tenía la sensación de que Cecilia no quería que se le acercase en aquel momento—. ¿Alguna regla más? —«Son barreras, Sebastián», se dijo a sí mismo, «y si quieres derribarlas todas antes tienes que saber dónde están».

—Enseguida vuelvo... —dijo Cecilia y llevando el corsé en la mano se encerró en lo que Sebastián supuso que sería un baño.

Dios santo, Sebastián nunca se había sentido tan culpable por haberse ido como en aquel instante. Cecilia no le había explicado a qué venía eso del corsé, pero Sebastián tenía el horrible presentimiento de que tenía mucho que ver con él, o al menos con el modo en que él había desaparecido de su vida. Quizá debería irse, le dijo su conciencia, pero entonces sus entrañas lo obligaron a quedarse. Si se iba de allí ahora, Cecilia lo interpretaría como otro abandono, o quizás incluso como algo mucho peor. Quizá creería que la estaba juzgando, y sentenciando. No, tenía que quedarse y demostrarle a Cecilia que nada de lo que pudiera hacer o decirle iba a hacerle cambiar de opinión.

Oyó que se abría la puerta del baño y sus ojos buscaron a Cecilia convencido de que ella aparecería vestida como siempre con el corsé en la mano dispuesta a echarlo de allí.

Se le paró el corazón y dejó de respirar.

13

And What I am to you is not real
What I am to you, you do not need
What I am to you is not what you mean to me
You give me miles and miles of mountains
And I'll ask for the sea

DAMIEN RICE, *Volcano*

CECILIA

—Dios, Ce, cariño...

Miré a Sebastián y vi que le temblaban las manos y me imaginé que era de las ganas que tenía de tocarme. Levanté el rostro y busqué los ojos de él y los encontré decididos.

En aquel instante supe que Sebastián no se movería ni haría nada antes de que yo le diese permiso. Respiré hondo y dejé que aquella sensación me tranquilizase.

No debería acostarme con Sebastián y al mismo tiempo no podía evitarlo.

El día que supe que había vuelto a Cádiz supe que íbamos a hacerlo. Nos lo debíamos, era el único modo de que pudiésemos olvidarnos el uno del otro.

Me humedecí los labios antes de hablar.

—Necesito llevar el corsé —deslicé los dedos por los corchetes de delante. Había elegido el primero que me compré, el único que no me había puesto estando con un hombre—. Yo...

No quería contarle por qué lo utilizaba, no quería darle esa clase de poder porque Sebastián no era ningún estúpido y se daría cuenta de que él, incluso estando lejos, había estado siempre presente en mi cama. No podía soportar la idea de que lo supiese, pero tampoco podía soportar que creyese que mi corsé era una cuestión sexual. Era mucho más que eso.

—Chisss... —se acercó a mí y me puso un dedo en los labios—. No digas nada. No importa. Tú solo dime lo que necesitas.

Lo miré a los ojos y en ellos no encontré ningún reproche, ni tampoco la reprobación o la lascivia que había encontrado en otros. No, Sebastián no me estaba juzgando, y me estaba diciendo la verdad. El corsé no le importaba, no le parecía un juego sexual, a decir verdad lo había mirado solo un segundo. El resto del tiempo me había estado mirando a los ojos.

Tragué saliva y volví a hablar.

—Necesito tener el control. Puedes tocarme, pero no intentes llevar la iniciativa —repetí de memoria lo que siempre decía.

—¿Puedo besarte?

Tuve que pensármelo. En toda mi vida me había acostado con cinco hombres, y uno era ese turista inglés. A pesar de la sofisticación que sin duda me proporcionaba el corsé, era relativamente inexperta. Y nunca dejaba que me besasen. Lo había decidido años atrás. Me parecía demasiado íntimo, demasiado hipócrita cuando lo único que sucedía entre ese hombre y yo era un intercambio físico. Pero Sebastián ya me había besado.

—No —dije al fin—, pero si yo te beso a ti, puedes devolverme el beso.

Sebastián levantó una mano y me apartó un mechón de pelo del rostro.

—Entiendo que te refieres a los labios —me susurró al oído—. ¿Qué me dices del resto del cuerpo?

—¿Puedo besarte aquí, por ejemplo? —detuvo la boca a escasos milímetros de mi cuello.

—Sí —gemí sin poder evitarlo—. Pero si me aparto, no me retengas.

—Claro —aceptó él dándome un sencillo beso en el cuello. Noté cómo toda la piel del cuerpo se me iba poniendo de gallina, centímetro a centímetro.

—Voy a desnudarte —le dije para retomar el mando.

Y él dio un paso hacia atrás y volvió a mirarme a los ojos.

—Estate quieto y no te muevas.

—No me moveré.

—Y no digas nada.

Sebastián asintió con la cabeza.

Me acerqué a él y el deseo que vi en los ojos de Sebastián casi me paraliza. Nunca había visto nada parecido. No era solo deseo, el deseo en sí mismo nunca me había afectado. En los ojos de Sebastián había algo más. Me negué a analizarlo. Él había venido a casa para hacerse el héroe, para hacerme olvidar que me había abandonado y yo lo único que quería era olvidar todo lo que me estaba pasando. Me habría servido cualquier hombre, pero sin duda pocos, o ninguno, podían compararse a Sebastián.

Me repetí a mí misma que cualquiera habría podido ocupar su lugar, pero los ojos de él no iban a permitirme que me engañase de esa manera.

—Cierra los ojos —le ordené.

Él los dejó abiertos.

—Cierra los ojos —repetí.

Sebastián siguió sin cerrarlos.

Me aparté de él, ya le había quitado la camiseta y le había desabrochado el cinturón y el botón de los vaqueros. Sentía un cosquilleo en las palmas de las manos del vello negro que a él le cubría el torso y todavía notaba en ellas el rastro del calor que desprendía su piel.

—Si no los cierras —me obligué a decirle—, tendrás que irte.

Vi que resoplaba por la nariz y apretaba la mandíbula.

—Quítate el corsé y cerraré los ojos —me dijo sin ocultar lo excitado que estaba ni lo furioso que se sentía.

—No. Tú no tienes derecho a pedirme nada. Mis reglas. Ya te lo he dicho, si no te gustan, te vas.

Me temblaban las rodillas y el corazón me latía a mil por hora. Jamás me había sentido tan poderosa como en aquel instante. Ese hombre, el único hombre que me había hecho sentir algo para luego arrebatármelo todo, estaba a mi merced. Podía echarlo de allí sin más, y él se iría. ¿Por qué no me producía ninguna satisfacción saber eso? ¿Por qué me sentía culpable por obligar a Sebastián a comportarse de esa manera? Así era yo y él no era nadie para cuestionármelo.

—Cierra los ojos —volví a ordenarle por mi bien.

—Está bien —dijo tras soltar el aliento.

Los cerró y yo suspiré aliviada.

—Con una condición —añadió Sebastián en cuanto lo toque.

—¿Cuál? —Él no me vio pero enarqué una ceja. Seguro que iba a pedirme algo romántico, algo dulce para que yo me emocionase y cambiase de opinión acerca de escucharlo.

—No me beses en los labios.

Me cogió tan desprevenida que me tropecé con sus pies y si Sebastián no me hubiese sujetado por los codos me habría caído.

Maldito fuese. ¿Creía que iba a hacerme retroceder? ¿Seguía considerándome una niña inocente que echaría a correr con el rabo entre las piernas?

—De acuerdo —le dije—. Nada de besos.

Le bajé la cremallera del pantalón y deslicé los vaqueros

por esas piernas que parecían dos pilares. Sebastián tenía el cuerpo de un guerrero, o así era como yo siempre me los había imaginado cuando todavía creía en ellos.

Le recorrí el torso con las manos y lo noté temblar. Él se había mantenido quieto hasta entones pero cuando le clavé las uñas en los pectorales fue como si un tiburón se lanzase al ataque. Colocó las manos en mis nalgas y me levantó en brazos. Sin abrir los ojos, eliminó la distancia que nos separaba hasta la cama y nos tumbó en ella. Se colocó él debajo, pero creo que lo hizo para amortiguar el golpe y no porque yo le hubiese dicho que no quería que tomase la iniciativa.

Quedé sentada a horcajadas encima de él y noté lo excitado que estaba. Le quité los calzoncillos y vi que se mordía el labio inferior. Sebastián había dicho que nada de besos, pero eso no me impidió lamerle la zona que había quedado marcada por los dientes. Él se estremeció y con una mano se aferró a la cintura del corsé y movió las caderas hacia arriba. Apenas nos habíamos tocado y los dos estábamos muy excitados. Al menos yo nunca me había sentido así, como si mi piel no pudiese contenerme.

Pensé en apartarle la mano, pero me gustaba sentir sus dedos flexionándose sobre mi cintura. Era increíble que un hombre como él temblase solo de deseo.

Yo solo llevaba el corsé y podía sentir su erección creciendo y temblando debajo de mí, sería tan fácil cogerla entre las manos y guiarla hacia mi interior. Esa noche doce años atrás habría dejado que él me hiciese el amor, pero ahora no estoy dispuesta a permitírselo.

—¿Qué quieres, Sebastián? —le dije—. Pídemelo.

—Me dirás que no —contestó él entre dientes.

—Prueba. —Deslizó una mano entre los dos y le rodeó la erección con los dedos.

—No —insiste él.

—Pídemelo o pararé —lo amenacé.

—Haz conmigo lo que quieras.

Dios mío.

Me temblaron las manos y me excité todavía más. Más que en toda mi vida.

—Lo que quieras, Ce —repitió él.

—¿Por qué, Sebastián? —Empecé a acariciarlo con más fuerza y me incliné para susurrarle al oído—. ¿Porque quieres que te perdone?, ¿porque crees que así veré lo arrepentido que estás y accederé a escucharte? ¿Por eso puedo hacerte lo que quiera?

Estaba furiosa, no iba a permitir que él convirtiese lo que estábamos haciendo en algo más profundo. No podía. Ahora ya tenía demasiado con lo de mamá, Sebastián no iba a jugar de nuevo con mi vida y con mi corazón. Mi cuerpo podía quedárselo durante un rato, utilizarlo incluso, pero eso era todo.

—No —dijo él apretando la mandíbula.

Estaba a punto de eyacular e intentaba contenerse. Era el hombre más atractivo que había visto nunca, el primero al que yo le hacía algo así (aunque él seguro que creía lo contrario).

—Dímelo, Sebastián —le lamí la oreja.

No era un beso.

El sabor de su sudor se me subió a la cabeza.

—Dímelo —repetí mordiéndole el lóbulo.

Él bajó la mano que tenía en la cintura hasta posarla sobre mi sexo y suspiró cuando encontró con los dedos la prueba de que yo también estaba excitada.

Yo me estremecí.

Nuestras manos se rozaron. Yo seguí moviendo la mía alrededor de su erección y él dejó inmóvil la suya, sintiendo mi calor, haciéndome temblar.

—Contéstame.

—Porque soy tuyo, por eso puedes hacer conmigo lo que quieras.

Tuve mi primer orgasmo al escuchar esas palabras y notar que él eyaculaba entre mis dedos. Los temblores que sacudieron mi cuerpo parecían no tener fin y me derrumbé encima de él.

Y Sebastián me abrazó por encima del corsé y recorrió la cinta de la espalda con los dedos sin intentar aflojarla.

14

Oh I, I just died in your arms tonight
It must've been something you said
I just died in your arms tonight
Oh I, I just died in your arms tonight
It must've been some kind of kiss

CUTTING CREW,
I just died in your arms tonight

SEBASTIÁN

Cuando estaba en Chile y me torturaba con imágenes de Cecilia con otros hombres siempre me imaginaba que ella era feliz. Sí, yo era un bastardo y me gustaba torturarme, pero prefería tragarme un cubo de clavos oxidados a pensar que Cecilia no era feliz. Dios mío. Si pudiera darme una paliza me la daría. ¿De verdad Cecilia no podía hacer el amor sin ese corsé? Cuando la vi salir del baño me pareció la mujer más sensual que había visto en toda mi vida, joder, si casi me corro solo con verla. Primero pensé que lo del corsé era un juego, yo me había pasado doce años en el ejército rodeado de hombres que fanfarroneaban continuamente sobre sus conquistas, así que podía afirmar que conocía, al menos en teoría, todas las variantes de sexo posible.

Había mujeres y hombres a los que les gustaba que les

dominasen, otros a los que gustaba someterse. Otros que disfrutaban compartiendo la cama con múltiples parejas al mismo tiempo de uno u ambos sexos. La lista seguía y seguía y si yo no hubiese estado enamorado probablemente una o dos opciones me habrían tentado.

Pero lo del corsé de Cecilia no encajaba en ninguno de esos juegos sexuales. Le había visto los ojos cuando me dijo que lo necesitaba y esa era la palabra exacta. Lo necesitaba.

¿Por qué?

Yo quería desnudarla y abrazarla, quería decirle que conmigo no necesitaba protegerse de nada ni ocultar ninguna reacción, pero me bastó con verla para saber que no iba a escucharme.

En cuanto me tocó y empezó a desnudarme, dejé de pensar.

Al notar las manos de Cecilia en mi piel después de llevarme tantos años imaginándomelas, no pensé en nada y mi cuerpo y mi mente perdieron absolutamente el control y se lo entregaron a ella con los ojos cerrados. Literalmente.

Nunca me había sentido así, como si mi piel no pudiese contenerme.

Habría hecho cualquier cosa por Cecilia, cualquier cosa que me pidiese. Menos cerrar los ojos, recuerdo que pensé, pero al final incluso hice eso.

Yo que me moría por verla y por besarla.

Sonreí con tristeza, sí, había tenido el orgasmo más intenso de toda mi vida y la mujer que amaba ni siquiera me había besado.

Patético.

Mierda.

No tendría que haberlo permitido, tendría que haberme negado a cerrar los ojos, a darle la excusa perfecta para que se distanciase de mí.

Cecilia se había quedado dormida encima de mí, sus labios me rozaban el cuello y su melena me cubría el hombro izquierdo. Yo seguía acariciándole la espalda con la mano derecha y ella de vez en cuando se movía con suavidad. Si estuviésemos juntos de verdad, si nos hubiésemos reconciliado. Joder, si como mínimo fuésemos amantes de verdad, la despertaría con besos y le haría el amor tal como estábamos. Yo volvía a estar excitado y el calor que desprendía el sexo de Cecilia me indicaba que ella también lo estaba. Sí, yo levantaría las caderas y la penetraría. La haría mía y la besaría cuando los dos alcanzásemos el orgasmo. Le arrancaría ese maldito corsé con los dientes y le dejaría claro que si bien era cierto que yo era suyo, ella era mía.

Mierda.

Tenía que dejar de pensar en eso o mi erección terminaría por despertar a Ce, y no sabía cómo reaccionaría. Joder. Después de lo que habíamos compartido debería sentirme más unido a ella, en cambio tenía la horrible sensación de que nuestra relación no había cambiado lo más mínimo o de que incluso había empeorado.

Mierda.

Debería irme. Ella estaba tan dormida que podría quitármela de encima sin ningún problema y escabullirme de la cama. Pero no, al parecer mi corazón no ha sufrido bastante y estoy dispuesto a quedarme y a soportar lo que sea que ella quiera decirme cuando despierte a cambio de dormir unas horas más a su lado.

Quizás esté equivocado. Quizá cuando Cecilia despierte me dará un beso y me dirá que está dispuesta a escucharme.

Sí, y los cerdos saldrán volando.

Aparté a Cecilia para que estuviese más cómoda y fui al baño. No tardé demasiado porque ahora que había decidido que iba a quedarme no quería que ella se despertase. Al salir busqué los calzoncillos y volví a ponérmelos. Me senté en la cama y me quedé mirándola.

Era preciosa.

Me fijé que tenía las tiras del corsé marcadas en la espalda. Me había dicho la verdad, esa prenda no se la ponía para dar un poco de emoción a sus juegos de cama. Acaricié el corsé y noté que la tela estaba gastada. Se me anudaron las entrañas y tuve ganas de matar a todos los hombres que lo hubiesen tocado.

¿Cuántos habían sido?

No tenía derecho a ponerme celoso, lo sé, pero me importaba una mierda. Solo con imaginarme a Cecilia compartiendo ese corsé con alguien que no fuese yo se me nublaba la vista y la mente. ¿Y si se encontraba con un loco que creía que a ella le iba el sadomasoquismo y le hacía daño? Iba a tener que hablar con ella. A partir de ahora, yo sería el único al que ella acudiría, tanto si llegaba a perdonarme como si no.

¿Pero qué estoy diciendo?

Sacudí la cabeza y pensé en el dolor que iba a tener que soportar.

Si Cecilia nunca llegaba a saber la verdad sobre mi partida, nunca estaríamos juntos. Al menos como yo quería estarlo.

¿Era capaz de estar con ella como esa noche, de darle placer, lo necesitase como lo necesitase, y luego seguir con vida sin que Cecilia formase parte de ella o yo de la suya?

No.

Antes prefería volver al ejército. O a la cárcel.

Me tumbé en la cama y me dije que no me dormiría. Iba a pasarme toda la noche buscando el modo de entender a Cecilia y de eliminar las barreras que ella se empeñaba en interponer entre los dos. Corsé incluido, por *sexy* que me hubiera parecido.

Si era sincero conmigo mismo, y tenía la mala costumbre de serlo, lo que me había hecho Cecilia me había parecido la experiencia más erótica de toda mi vida. Y me moría de ganas de hacérselo yo a ella.

Quizás esa era la clave.

Quizá tenía que demostrarle a Cecilia que conmigo podía perder el control, que podía entregarse a mí igual que yo me había entregado a ella.

Pero la siguiente pregunta era ¿cómo?

Si Cecilia se negaba a salir a cenar conmigo, ¿cómo diablos iba a convencerla para que se entregase completamente a mí en la cama?

El corsé era la clave. Tenía que averiguar qué significaba exactamente.

Yo le había hecho mucho daño a Cecilia, más de lo que yo mismo me había atrevido a imaginar durante todos esos años, y si ahora ella quería hacérmelo a mí, yo iba a permitírselo.

Cualquier cosa con tal de encontrar el modo de recuperarla para siempre.

Cerré los ojos.

—Te oigo pensar —dijo Cecilia sorprendiéndome. Creía que estaba completamente dormida.

—Vuelve a dormirte —dije yo porque todavía no estaba dispuesto a hablar de lo que acababa de suceder.

—Si quieres, puedes irte —me dijo entonces ella.

Giré el rostro y vi que había tensado los hombros, a pesar de que intentaba fingir que no le importaba.

—Quiero quedarme, si no te importa —le dije yo. Quizá sí que íbamos a tener que hablar.

—Quédate.

—Me quedo.

Pasamos un par de minutos en silencio.

—¿Vas a quitarte el corsé? —en cuanto las palabras salieron de mi boca, me arrepentí de haberlas dicho.

—No.

—De acuerdo. Buenas noches.

Otros minutos de silencio.

—¿Quieres hablar de lo de tu madre? —me mordí la lengua. ¿Por qué no podía quedarme callado?

—No.

—De acuerdo —repetí como un imbécil—. Buenas noches.

Esta vez aguanté tres minutos.

—Si quieres, mañana puedo acompañarte al hospital.

Cecilia no me contestó y creí que se había quedado dormida. Gracias. Así al menos me había ahorrado otro ridículo.

Estaba despierta.

—El corsé no te molesta —dijo ella como para sí misma.

—No, no me molesta —afirmé yo innecesariamente.

—Eres el primero.

Cerré los puños y ella lo notó. Mierda.

—Solo he estado con cinco hombres —apuntó sin comentar que había presenciado mi ataque de celos—. Tú eres el sexto y el primero que ha visto este corsé.

—¿Con los otros te acostaste sin corsé? —le preguntó furioso y con unas ganas incontenibles de arrancarles la cabeza y todas las extremidades, todas, a esos tipos.

—No, solo me he acostado con un hombre sin corsé. El primero. Pero en esa ocasión ni siquiera me desnudé —me explicó Cecilia—. Fue el verano que te fuiste, antes de ir a la universidad.

—Comprendo.

Mierda. Mierda. Mierda. Mierda.

—No tienes derecho a estar celoso.

—Lo sé —me obligué a decir—. Sigue con lo que me estabas contando.

—Con los otros cuatro me acosté con otro corsé. Tengo varios. Este no lo había visto nunca nadie, excepto la señora que me lo vendió, por supuesto.

—Gracias —me sentí tan aliviado por ese detalle que la palabra se me escapó de lo labios.

Cecilia no reaccionó. Todavía hoy no sé si no la oyó o si decidió ignorarla.

—¿Fueron relaciones estables?

—No, ninguna lo fue. Digamos que los hombres soléis malinterpretar mis necesidades. El primer día quizás os hace gracia pero a la larga he comprobado que prefiero estar sola.

—Yo sé interpretar tus necesidades —afirmé acariciando el corsé.

—De eso es de lo que quería hablarte. —Cecilia se tumbó de lado y se quedó mirándome. Nunca la había visto tan segura de sí misma, tan fuerte—. Pero antes de que digas nada, tienes que dejarme terminar.

—Claro.

—Hasta hace un rato creía que el sexo no me gustaba. Oh, vamos, borra esa cara de satisfacción —me dice con razón—. Es evidente que tú tienes mucha más experiencia que los hombres con los que he estado y que yo me siento mucho más atraída hacia ti de lo que me sentía hacia ellos.

La segunda mitad de la frase es lo único que evita que me ponga furioso porque Cecilia haya dado por hecho que he estado con tantas mujeres.

—¿Adónde quieres llegar?

—Si estás dispuesto a seguir mis reglas, no veo por qué no podemos ser amantes. Eso no implica que quiera saber por qué te fuiste, o que me crea que has vuelto por mí. Sencillamente quiere decir que quiero seguir explorando el aspecto físico de nuestra relación.

—Y mientras tú exploras —le digo sin poder evitar la nota de sarcasmo—, ¿te tengo que ser fiel? Tú tienes tus reglas, y yo también tengo las mías. La fidelidad es una de ellas.

—Para mí también. Por mi parte puedes estar tranquilo, en doce años he estado con cuatro hombres, eso da un resultado de un hombre cada tres años, así que no tienes de qué preocuparte.

Si va a utilizarme sexualmente no pienso darle la satisfacción de que sepa que yo he estado con la misma cantidad de mujeres y que vomité al terminar. Mientras ella se acostaba con un tipo llevando corsé.

Genial.

—¿Y qué es lo que quieres explorar exactamente? —le pregunté para ver si así contenía los celos que iban a estrangularme.

—Esto —movió las manos y nos señaló a ambos.

—Quieres que nos acostemos llevando siempre el corsé y quieres que yo te obedezca. ¿Es eso?

—Sí, en principio sí —me dijo mordiéndose el labio inferior.

Esta es la mía. Cecilia está pensando algo más. Tardé tres años en darle su primer beso y sé perfectamente que está pensando algo más.

—De acuerdo, con una condición.

—Tú y tus condiciones.

—Tú y tus reglas —contesté yo.

—Dímela.

—La próxima vez que estemos juntos, yo te diré lo que tienes que hacer. Tú puedes llevar el corsé, incluso puedes vendarme los ojos, pero yo te diré lo que tienes que hacer.

La vi dudar y seguí defendiendo mi idea. Si conseguía que aceptase, habría derribado ya una barrera, por pequeña que fuese.

—¿Podré llevar el corsé? —Ella no se daba cuenta, pero había empezado a confiar en mí.

—Podrás llevar el corsé.

—¿Y podré vendarte los ojos?

—Podrás vendarme los ojos.

—Entonces, de acuerdo. Pero nada de hablar del pasado.

—Tranquila, nada de hablar del pasado —repetí. El pasado ya no me importaba tanto, siempre y cuando ella estuviese dispuesta a darme un futuro.

—Nuestra relación sigue igual, Sebastián —me dijo Cecilia reduciendo mi euforia—. El día que quiera volver a... —se sonrojó— a acostarme contigo, te lo diré, pero hasta entonces tú sigues con tu vida y yo con la mía.

Oh no, si no ponía punto y final a esa conversación, tarde o temprano Cecilia se arrepentiría de haberme pedido que fuésemos amantes.

—Tengo sueño, Cecilia —le dije comportándome adrede como si no me importase—. Creo que ya hemos dejado claro lo que ambos queremos. Acepto tus reglas y tus condiciones. Buenas noches.

Cecilia se me quedó mirando y en sus ojos vi clarísimamente lo confusa que le había dejado mi respuesta. Me moría de ganas de abrazarla, de decirle que no pasaba nada, y de darle un beso, pero si de verdad quería ganármela, tenía que aguantar. Me tumbé de lado y esperé.

—Buenas noches, Bastian.

15

Love me tender,
love me true,
all my dreams fulfilled.
for my darlin' I love you,
and I always will.

ELVIS PRESLEY,
Love me tender

—Imbécil. Imbécil.

Sebastián se despertó con los gritos de *Magnum*, el loro de Cecilia, quien al parecer no tenía muy buena opinión del invitado de su ama.

—Imbécil. Imbécil.

A Sebastián no le hizo falta abrir los ojos para saber que Cecilia no estaba en la cama. Ni tampoco en casa. No debería haberse quedado dormido. Anoche, cuando aceptó la absurda proposición de Cecilia, sabía perfectamente que ella volvería a cerrarse en banda a la primera oportunidad. «Pero la deseabas tanto que no pensaste en las consecuencias.» Se sentó en la cama, furioso consigo mismo y con ella. Con él por no haber sabido encontrar el modo de acercarse a Cecilia y por haber sido tan presuntuoso como para creer que podía volver después de todo ese tiempo y que todo seguiría igual. Y con ella por haber intentado negar lo que una vez habían significado el uno para el otro. Y por haber intentado reducir lo que sentían a una mera reacción física. «Anoche no tuviste ningún problema con eso.»

—Maldita sea —farfulló pasándose las manos por la cara.

—Imbécil. Imbécil —los graznidos del loro parecieron burlarse de él.

—Sí, soy un completo imbécil. —Se puso en pie y recogió la ropa que estaba esparcida por el suelo del dormitorio de Cecilia.

Una vez que estuvo vestido, y sintiendo que había recuperado algo de dignidad, observó el dormitorio. Anoche, con las luces apagadas y cegado por los sentimientos que ella le había obligado a ocultar, Sebastián no le prestó ninguna atención a la casa. Pero ahora estaba solo y era de día, y allí no había nadie dispuesto a impedirle que curioseara a sus anchas. La cama era de metal blanco y las sábanas, que ahora estaban arremolinadas en el suelo, tenían un delicado estampado de flores silvestres. En una esquina había un sofá antiguo con dos enormes almohadones y junto a él una lámpara de pie y varios libros amontonados en el suelo. Al lado, una taza de té. Cerca de la puerta había un tocador repleto de fotografías en marcos distintos y que extrañamente coordinaban entre sí. Sebastián se acercó y cogió uno. En la fotografía estaban Cecilia y Alexia en la playa, debían de tener ocho y cinco años respectivamente y se reían mientras hacían un castillo de arena. Sebastián dejó el marco y cogió otro. En este estaba Patricia, la madre, soplando las velas de un pastel de aniversario. El padre de Cecilia no aparecía en ninguna fotografía. Ni siquiera en las de cuando ella era pequeña, era como si le hubiese borrado de su vida. «Igual que ha hecho contigo.» Otra fotografía captó su atención y la levantó. En ella aparecía Cecilia, Cano, y otra joven. Era evidente que estaban en alguna especie de fiesta universitaria, y los tres estaban muy sonrientes. Pedro Cano estaba en medio de las dos y las rodeaba por los hombros. «Le odio», pensó irracionalmente. Dejó el marco y contuvo las ganas de aplastarlo contra la mesa. Salió del dormitorio y se negó a oler el perfume que había encima del tocador y que le recordaría a ella.

En el salón lo que más destacaba era la estantería llena de libros. Los había de todas clases, desde novelas de acción a grandes clásicos, aunque los que más sobresalían eran los de biología y de fauna marina. La jaula de *Magnum* estaba al lado de la ventana y el loro no había dejado de mirarlo desde que entró.

—Imbécil —repitió el loro.

Sebastián sonrió y se acercó a la jaula.

—Hola, *Magnum*, encantado de conocerte. Soy Sebastián, aunque supongo que puedes seguir llamándome Imbécil.

—Sebastián —dijo el loro—. Imbécil —añadió.

—Sí.

Sebastián entró en la cocina y vio que encima de la mesa había una taza de café. El detalle le habría gustado, si no fuera porque junto a ella había una nota con su nombre. Probablemente Cecilia había cogido la taza para apoyar la nota y asegurarse así de que él la viera.

Bueno, de nada servía ignorar lo evidente. Caminó hasta la mesa y cogió la nota. La leyó en voz alta:

—Sebastián —«Bueno, al menos me ha llamado por mi nombre»—, siento mucho lo de anoche. No debería haber sucedido. He ido al hospital. Volveré tarde y espero que entonces te hayas ido. No hace falta que vuelvas más tarde, hoy no me apetece verte. Creo que será mejor que olvidemos lo sucedido. —Apretó la nota entre los dedos y tragó saliva antes de continuar—. El acuerdo de anoche solo habría servido para que nos hiciéramos más daño. Espero que lo entiendas.

Sebastián hizo un ovillo con la nota y la lanzó furioso al suelo. Se pasó las manos por el pelo y respiró hondo varias veces para contener la rabia y la sensación de impotencia que le embargó. Cuando creyó tener ambas emociones bajo control fue soltando poco a poco el aliento y se agachó para recoger la nota. Vació la taza de café helado y la limpió, y la dejó secándose en el escurreplatos. Después regresó al dormitorio de Cecilia. Sacó las sábanas de la cama y fue en busca de la lavadora. Esa no era su casa, a pesar de que él le había contado a ella que de mayor quería vivir en un lugar exactamente igual a aquel, pero si ella quería borrar la noche anterior, iba a ayudarla a conseguirlo. Él no iba a poder. Dios, si en doce años no había sido capaz de olvidar ningún detalle, ni siquiera el más ridículo, ni muerto conseguiría olvidar que por fin habían estado juntos. «No tienes ninguna posibilidad de olvidar que le has hecho el amor, aunque ella solo te ha utilizado para sentirse viva y olvidar durante unas horas lo de su madre.» Sebastián encontró la lavadora y puso las sábanas dentro. «Vete de aquí, Sebastián.» Volvió al salón, se despidió de *Magnum*, y se fue de casa de Cecilia.

Durante el camino de regreso a su apartamento, Sebastián fue sintiéndose más y más dolido. Él podía comprender perfectamente que Cecilia estuviese enfadada con él por cómo se había ido doce años atrás. Igual que también podía comprender lo preocupada que ella estaba por su madre. Pero lo que no podía comprender, por más vueltas que le diese, era que ella no quisiese escucharlo. Cecilia ni siquiera le había dado la oportunidad de explicarse, de contarle lo que le había sucedido. «¿Tanto me odia? Si hubiese sentido algo por mí, querría saber por qué me fui.» Se maldijo por enésima vez por haber tomado siempre la decisión equivocada y cuando llegó a su casa se desnudó y se puso la ropa de deporte para salir a correr. Correría por el puerto hasta cansarse, hasta que le doliesen todos los músculos del cuerpo y quizás así olvidaría que había pasado la noche durmiendo al lado de Cecilia.

Cecilia llegó a la habitación de su madre y vio que todavía no se había despertado. Alexia estaba cabeceando en la incómoda butaca que había al lado de la cama del hospital, y se acercó a su hermana para despertarla con cuidado.

—Ya estoy aquí —le dijo en voz baja—. ¿Cómo ha pasado la noche?

—Bien —contestó Alexia adormilada—. ¿Y tú?

—Bien —contestó Cecilia obligándose a no pensar en Sebastián dormido en su cama—. ¿Por qué no te vas a casa un rato? Necesitas descansar.

—Me iré cuando haya venido el médico —le prometió Alexia—. ¿Qué hora es?

—Las ocho y media, seguro que no tardará.

Veinte minutos más tarde el doctor Nualart y un enfermero entraron en la habitación de Patricia Ávila. Y si a José Antonio le sorprendió encontrar allí a Cecilia, lo disimuló a la perfección.

—Buenos días, Cecilia, Alexia —saludó a ambas hermanas con una sonrisa serena antes de acercarse a su paciente, que poco a poco iba abriendo los ojos—. Buenos días, señora Ávila, ¿cómo se encuentra?

—Patricia, ya te dije que me llamaras Patricia. Me has visto desnuda.

José Antonio le sonrió a esa mujer que siempre le había sorprendido por su valentía y su sencillez y accedió a su petición.

—Está bien, Patricia, ¿cómo te encuentras?

—Bien. Cansada. Resignada —enumeró. Y entonces añadió—: Preocupada.

José Antonio repasó los resultados que tenía en la carpeta e hizo unas anotaciones después de que el enfermero le tomase la temperatura y la presión a Patricia.

—Las dos primeras las entiendo —le dijo el médico—. Las dos últimas, no estoy seguro.

—Sé que no voy a salir de esta —señaló Patricia con voz firme, a pesar de que le tembló ligeramente el labio inferior—. Y me parece bien. He tenido una buena vida, y estos últimos años con mis hijas han sido todo un regalo. Pero estoy preocupada por ellas, míralas, las dos están solas en el mundo. Al parecer lo que hizo su padre las ha convencido de que los hombres no son de fiar y tienen miedo de arriesgarse a estar con alguien.

—¡Mamá! —exclamó Alexia mortificada—, al doctor no le interesan esas cosas.

—En realidad sí que me interesan, Alexia —puntualizó José Antonio mirando a la menor de las hermanas a los ojos.

—Pero seguro que ahora tenemos que hablar de los resultados de las pruebas de ayer, ¿no, José? —intercedió Cecilia al ver el intercambio de miradas entre José Antonio y Alexia.

—Sí, así es. —José Antonio carraspeó y volvió a abrir el expediente—. Las pruebas lamentablemente han confirmado lo que ya nos temíamos. El cáncer se ha extendido por el hígado y el páncreas. Dado tu historial, Patricia, me temo que ahora lo único que podemos hacer es intentar paliar el dolor. Podríamos hacerte más pruebas, o mandarte a Barcelona para ver si alguno de los tratamientos más avanzados que practican allí todavía está a tiempo de conseguir alguna mejoría.

—Pero tú crees que será en vano —apuntó Patricia dándole la mano a Cecilia, que había ido a sentarse en la cama a su lado.

—Será doloroso, y los resultados son poco probables, pero podríamos intentarlo.

—No —dijo con firmeza—, prefiero quedarme aquí y estar con mis hijas. Disfrutar de mis últimos días, semanas, o meses, del tiempo que me quede. ¿Tendré que quedarme en el hospital?

—No, no sería necesario. Podría darte la medicación y, si

os parece bien, a mí no me importaría pasarme por vuestra casa.

Alexia también se acercó a la cama y se sentó en un extremo, justo a los pies de su madre.

—Os dejaré solas para que lo habléis. —José Antonio se puso en pie—. Volveré más tarde para ver cómo estás, y entonces hacemos planes según lo que decidáis. ¿De acuerdo?

—Gracias, doctor —le dijo Patricia mirándole a los ojos.

—Gracias, José —repitió Cecilia también mirándole.

Alexia no dijo nada y se limitó a asentir. Tenía los ojos llenos de lágrimas y se veía incapaz de hablar.

—Volveré más tarde —repitió José Antonio dirigiéndose a la puerta. El enfermero le siguió, y probablemente fue lo único que evitó que José Antonio se quedase allí a consolar a esas tres mujeres. A él nunca le había resultado fácil comunicar esa clase de noticias, a ningún médico con corazón le resultaba agradable decirle a una persona que la medicina no podía hacer nada por él o por ella, pero en ninguna otra ocasión le había resultado tan difícil como aquella. Por Alexia. Ella no lo sabía, cómo iba a saberlo. Ella siempre había sido la niña más guapa del colegio, la más divertida, la más atrevida. De mayor se había convertido en una mujer impresionante, libre, sin ataduras. Una mujer capaz de conquistar el mundo. Y él siempre había sido un empollón. El niño más torpe del colegio, el más reservado. En la universidad apenas había apartado la nariz de los libros y de mayor, Dios, si incluso su hermana le llamaba Doctor Maligno. José Antonio sabía que era imposible y se había conformado con admirar a Alexia desde lejos, pero cuando la vio intentando contener las lágrimas, estuvo a punto de mandar todas aquellas explicaciones tan lógicas a paseo y de ir a su lado para abrazarla.

Sebastián se pasó el resto del domingo solo. Después de correr durante horas, se dio una ducha de agua caliente y al terminar se sentó en el sofá de su apartamento a leer informes retrasados del trabajo. Llamó a Gabriela para ver cómo estaba y su hermana debió de detectar algún tipo de advertencia en su voz porque no le preguntó cómo habían ido las cosas con Cecilia. Una parte de él quería llamar a Cecilia y discutirse con ella, decirle claramente lo que pensaba de la maldita nota que le había dejado esa mañana, y sin embargo se contuvo. No serviría de nada, como mucho para empeorar todavía más las cosas entre los dos. El día llegó a su final y llegó el momento de ir a la cama, pero Sebastián no lo hizo. Le molestaba tener que acostarse solo después de haber pasado una única noche con ella. Se quedó sentado en el sofá, leyendo y tomando notas. Cualquier cosa con tal de no pensar en que Cecilia había vuelto a rechazarlo.

El lunes por la mañana se vistió cuando apenas asomaba el alba y fue el primero en llegar a capitanía. Márquez y Domingo llegaron poco después y lo saludaron animadamente. Ambos le preguntaron por su fin de semana y Sebastián les respondió que había estado trabajando en su casa. «No voy a decirles que Cecilia me ha utilizado y que yo accedí a sus condiciones como un estúpido adolescente.» Fue llegando el resto de la gente y para evitar más preguntas incómodas, Sebastián se refugió en su despacho. Llevaba allí media hora cuando la vio frente a su puerta. Cecilia estaba allí y quería hablar con él.

—¿Puedo pasar? —le preguntó ella y a juzgar por su expresión nadie diría que apenas un día antes había dejado que él la besase.

—Por supuesto, pasa —contestó él obligándose a actuar como ella.

—Necesito tomarme unos días libres —dijo Cecilia sin dilación—. Mi madre sale hoy del hospital.

—Tómate todos los que necesites —accedió él.

—Sé que Cano no está, y no quisiera...

—No te preocupes por eso ahora —le aseguró Sebastián.

—Hace unas semanas te negaste a firmarme la excedencia —le recordó ella.

—Era distinto —se defendió él furioso—, y lo sabes perfectamente.

—Vaya, si hubiese sabido que bastaba con que me acostase contigo...

—Basta, Cecilia —le pidió él apoyando las manos en la mesa—. ¿Quieres discutir conmigo? ¿Es eso lo que buscas?

Sí, pensó ella, quería discutirse con él. El domingo por la mañana, cuando se despertó abrazada a él, se quedó mirándolo un rato. Sebastián estaba completamente dormido y ella aprovechó para abrir la luz y observarlo. Durante unos segundos incluso se permitió imaginarse cómo sería despertarse junto a él cada día, acurrucada entre sus brazos. Y fue feliz. Pero entonces recordó que por culpa de él había estado sola durante muchísimo tiempo, que por culpa de él, y de su maldito padre, era incapaz de confiar en los hombres y en el amor, y de que por culpa de él no podía dejar de preguntarse por qué se había ido. Ella no quería saberlo porque no quería perdonarle. El rencor era prácticamente lo único que la había empujado a seguir adelante. Aquel razonamiento le había parecido perfectamente lógico hasta que llegó al hospital y vio que su madre se estaba muriendo. Recordar su propia mortalidad sirvió para que se diese cuenta de lo sola que estaba. Y Sebastián solo había empeorado las cosas siendo tan comprensivo y amable, así que sí, quería discutir con él. Quizás así no tendría ganas de pedirle que la abrazase.

—¿Qué más quieres de mí? —le preguntó él al ver que ella seguía mirándole en silencio—. ¿Quieres que firme tu maldita excedencia? —Buscó por entre los papeles—. Aquí está —la cogió y la firmó—. Ponle la fecha que quieras.

Cecilia cogió el papel y lo miró atónita.

—Ya te dije que no quería nada de ti, y lo aceptaste. —Era como un perro en busca de pelea.

—Lo sé —convino él aguantándole la mirada y mordiéndose la lengua. Por más que ella lo provocase, no quería discutir con Cecilia. Solo serviría para que los dos saliesen heridos.

—Volveré el jueves, he contratado a una enfermera para que esté con mi madre y quiero instalarla en casa. Cumpliré con lo que acordamos y me quedaré tres meses —añadió antes de guardarse el papel que le había firmado Sebastián en el bolsillo trasero de los vaqueros.

—De acuerdo. Si necesitas más días...

—No. Vendré el jueves.

—Si necesitas algo más...

—Se lo pediré a mis amigos —sentenció Cecilia, y no hizo falta que añadiese que él no formaba parte de aquel selecto grupo.

—Está bien, Cecilia. Tú ganas, no volveré a decirte que puedes contar conmigo. A partir de ahora solo somos compañeros de trabajo. Nada más —concedió él abatido y derrotado.

—Vendré el jueves —repitió ella al irse.

—¿Por qué quieres renegar del acuerdo de anoche? —le preguntó de repente Sebastián, se había prometido a sí mismo que no lo haría, pero notaba que Cecilia se le estaba escapando de entre los dedos y estaba dispuesto a todo.

—Me parece que lo he dejado bastante claro en la nota, Sebastián. Terminaríamos haciéndonos más daño del que ya nos hemos hecho. Míranos, somos incapaces de tener una conversación normal.

—Lo único que te pido es que me escuches, Ce. Sí, cometí un error, pero ¿no crees que ya me he arrepentido lo suficiente? ¿No crees que ya me has castigado bastante?

—Ese es el problema, Sebastián. Yo no quiero castigarte, y me da igual lo mucho que te arrepientas. Lo único que quiero es seguir con mi vida.

—De acuerdo. —Levantó las manos en el aire—. ¿Cómo fue eso que dijiste ayer? Tú sigues con tu vida y yo con la mía, hasta el día en que te apetezca echar un polvo con un tío al que no le importe que te pongas un corsé y que no le dejes hacer nada.

Cecilia lo abofeteó.

—Sabía que no debía compartir eso contigo —le dijo entre dientes.

Él la sujetó con fuerza por los antebrazos. Estaba furioso con él por haber tardado tanto en volver y permitir que Cecilia construyese ese muro prácticamente infranqueable a su alrededor, con ella por insistir en mantenerlos separados ahora que por fin podían estar juntos. Y con sus malditos instintos y su maldita impaciencia que le hacían perder la cabeza cuando la tenía cerca y veía que la estaba perdiendo de nuevo.

—Eso no vas a compartirlo con nadie más. ¿Me oyes? Si pudiera mataría a los cuatro tipos que te han visto de esa manera, pero no puedo y sé que tendré que aprender a vivir con ello.

—Vaya, menos mal que yo no soy como tú, no tendría tiempo de ocuparme de tanta gente.

—Ah, no, no te atrevas a fingir que no estás celosa. Sí, antes de conocerte había estado con muchas...

—Ya lo sé —lo interrumpió Cecilia porque no quería que continuase, ella siempre había odiado a esas mujeres sin rostro, pero una noche, unas semanas antes de cumplir los dieciocho años, él insistió en contarle su pasado—. No puedo ni imaginarme con cuántas has estado durante estos años.

—Cinco.

Cecilia enarcó una ceja.

—Cinco y vomité al terminar. ¿Satisfecha? ¿Esa es la única parte que te interesa de los doce años que no nos hemos visto? ¿O ese corsé que te impide sentir algo en el cuerpo también te constriñe los recuerdos?

Sebastián vio que Cecilia retrocedía un poco y supo que había dado en el clavo.

—Suéltame.

—A no, ahora no estamos en tu dormitorio y aquí, por si lo has olvidado, mando yo.

—Suéltame —repitió Cecilia porque era incapaz de pensar en otra palabra.

—No sé cuándo empezaste a ponerte ese corsé, pero sé que conmigo no te hace falta.

—Ni se te ocurra insinuar que tú y solo tú —se burló— puedes curarme. No estoy enferma, Sebastián. El corsé sencillamente me permite evadirme, tú deberías entenderlo mejor que nadie.

—Oh, así que ahora recurres a atacarme con mi viejo problema con las drogas. Vaya, Ce, tengo que estar acercándome mucho a la verdad.

—Estás loco.

—No, loca lo estás tú si crees que voy a permitir que me eches de tu lado sin darme una oportunidad.

—No te la mereces.

—Es posible que tengas razón, pero voy a cogerla de todos modos.

—¿Qué quieres? Dímelo ya de una vez para que pueda irme.

—Está bien. Una noche. Dame una noche, ven a mi casa. Esta noche, tráete tu corsé si te hace falta.

—Vete al infierno, Sebastián. Sí, hemos echado un polvo, y sí, reconozco que no estuvo nada mal. Gracias. Pero eso no te da derecho a nada y mucho menos a pedir una noche más, con o sin corsé —añadió sarcástica—. Suéltame de una vez,

Sebastián. Nunca he llegado a odiarte, no hagas que empiece ahora.

Sebastián la soltó.

—No sé qué hacer para acercarme a ti —confesó él abatido.

—Nada, no puedes hacer nada.

16

I think you're so mean — I think we should try
I think I could need — this in my life
I think I'm just scared — I think too much
I know this is wrong it's a problem I'm dealing.

MATCHBOX 20, *If you are gone*

Cecilia centró todos sus esfuerzos, y sus pensamientos, en ocuparse de su madre. Tal vez si no pensaba en Sebastián ni una sola vez terminaría por desaparecer por completo de su vida, como una especie de Mago de Oz pero al revés. Claro que en realidad ella no quería que Sebastián desapareciese, lo que quería era que los dos fuesen personas distintas, con pasados distintos, vacíos de resentimientos. Consciente de que aquello era imposible, Cecilia no tuvo más remedio que conformarse con echar los recuerdos de Sebastián de su mente siempre que este insistía en colarse en ella.

Sebastián se maldijo mil veces por haberle pedido esa estupidez a Cecilia. Se había comportado como un cretino y ella había hecho bien en abofetearlo. ¿Por qué diablos le había dicho esa soberana tontería? «Dame una noche», recordó con una mueca de dolor. Vaya gilipollez. Tendría que haberle pedido lo que de verdad quería; hablar con ella, que lo escuchase, aunque solo fuera durante diez minutos. Pero no, le pidió que volviese a acostarse con él, e incluso le insinuó que él sabría cómo tratarla. Se frotó agotado la frente. En su defensa, Sebastián podía decir que todavía seguía aturdido por haber dormido con ella, que su cuerpo y su mente todavía no se habían hecho a la idea de por fin habían hecho el amor con Cecilia. Y por culpa de aquella metedura de pata ahora iba a tener que pasarse varios días sin verla. Aunque probablemente sería mejor así, a él también le iría bien pensar en todo lo que había sucedido desde su regreso a Cádiz, y estaba claro que si tenía a Cecilia cerca, su mente hacía de todo menos pensar.

Una tarde, días después, cuando Sebastián volvía de una reunión en el ayuntamiento, descubrió que a pesar de que creía lo contrario, el destino todavía era capaz de sorprenderlo. Le bastó con meter un pie en capitanía para saber que esa tarde no iba a terminar como él tenía previsto. Nada más lejos de la realidad.

—Tiene visita, capitán —le dijo Márquez levantándose de su silla.

—Sí, ya veo —confirmó Sebastián al adivinar una mujer sentada en su despacho. La puerta de cristal traslúcido le permitía ver la silueta sin llegar a identificarla—. ¿Quién es?

—Su madre.

Sebastián flexionó los dedos y apretó la mandíbula para no levantar las cejas y evitar así que Márquez se diese cuenta de lo inesperada, y nada deseada, que era esa visita.

—Gracias, Márquez. Tenga —le entregó la carpeta que llevaba en una mano—, si no le importa, ¿podría echarle un vistazo a estos documentos que me ha entregado el alcalde? Me temo que están anticuados.

—Por supuesto, capitán.

—Gracias.

Sebastián asintió y se dirigió hacia su despacho. Abrió la puerta y la cerró a sus espaldas sin decir nada, aprovechando esos segundos para observar a Antonia, la mujer que se había encargado de arrebatarle el futuro. Seguía siendo una mujer atractiva, siempre lo había sido, pero su cuerpo desprendía una rigidez que en el pasado le había pasado desapercibida, aunque Sebastián supuso que siempre había estado allí. Iba impecablemente vestida, de lo que dedujo que su nueva pareja además de adorarla, tenía mucho dinero. Probablemente eso le aseguraría cierta felicidad al pobre desgraciado.

—Vaya, reconozco que no esperaba volver a verte nunca más —dijo por fin Sebastián ansioso por terminar con esa visita cuanto antes.

Antonia se volvió despacio y lo estudió sin disimulo. Sebastián no pudo evitar sentir una punzada de satisfacción al ver que ella abría los ojos con admiración. Sí, había crecido mucho en los últimos años y tenía un aspecto imponente; empezando por su altura y terminando por el poder que desprendía su cargo.

—Yo tampoco, Sebastián —confesó ella poniéndose en pie—. Veo que la vida te ha tratado bien.

—No gracias a ti —sentenció él—. ¿Qué quieres? ¿Por qué diablos has venido? —le preguntó sin disimulo y sin rodeos, después de lo que había sucedido doce años atrás, jamás volvería a cometer el error de confiar en esa mujer.

—Me llamó una vecina y me dijo que habías vuelto —empezó Antonia sin ninguna prisa—. Me pareció tan exagerado todo lo que me contaba que decidí venir a comprobarlo por mí misma. Veo que no mentía.

—Bien, ya me has visto. Ahora vete. —Cogió el picaporte con la intención de abrir la puerta, pero esperó porque sabía que su madre todavía no había dicho la última palabra.

—No sé por qué estás tan enfadado, Sebastián, si no hubiese sido por mí, ahora no estarías aquí.

Sebastián cerró los ojos un segundo y se obligó a recordar que no podía gritarle ni echarla de allí a patadas.

—¿Qué quieres, Antonia?

—Nada, solo quería saludarte. —Él enarcó una ceja y le dejó claro que no la creía—. Y también quería proponerte que enterrásemos los viejos rencores. Es evidente que a ti te ha ido muy bien —lo señaló con una mano para recalcar lo que era obvio—, José Antonio y Gabriela ya son mayores y yo he empezado una nueva vida.

—En otras palabras, tienes miedo de que diga algo y pueda echarte a perder tu futuro —dijo Sebastián—. No te preocupes, puedes estar tranquila. No me importa lo más mínimo lo que hagas con tu vida, pero si te atreves a volver aquí, o a acercarte a mis hermanos o a alguien que me importe, cambiaré de opinión y me aseguraré de demostrarte la buena memoria que tengo.

—Oh, vamos, Sebastián —dijo ella como si nada a pesar de que él vio el miedo en sus ojos—. Tú no tienes hijos, cuando los tengas te darás cuenta de que hice lo que tenía que hacer.

Sebastián sintió arcadas al ver que su madre seguía sin arrepentirse lo más mínimo de lo que había hecho; le había destrozado la vida, y a juzgar por lo que le estaba diciendo, volvería a hacerlo sin dudarlo.

—No, no tengo hijos. Y no sé si algún día llegaré a tenerlos, pero te aseguro, Antonia, que jamás le haré a ninguno lo que tú me hiciste a mí.

—El mundo es un lugar muy cruel, Sebastián.

—¿A mí me lo estás contando? —le preguntó sarcástico—. Tú misma te aseguraste de demostrármelo, me he pasado los últimos doce años en el infierno por tu culpa.

—Ya veo que no lo entiendes. Tu padre tampoco lo entendió nunca. Ni al final.

—Sí, él tenía corazón.

—Él era débil, si esa noche él hubiese estado allí, te habría ayudado. Y ahora tu hermano no sería médico, tu hermana... vete a saber qué habría pasado con tu hermana, y tú probablemente estarías muerto. Hice lo que tenía que hacer.

—Vete de aquí. —Esta vez abrió la puerta sin importarle que alguien pudiese oírles—. Vete de aquí y no vuelvas nunca más.

Antonia cogió el bolso que había dejado encima de la mesa de Sebastián y alzó orgullosa la barbilla.

—Sé que no me crees, Sebastián, pero me alegro de que hayas triunfado en la vida.

—Oh, eso sí que me lo creo, pero solo porque sé que te encanta presumir. Te alegras porque ahora puedes decir que tu hijo mayor es capitán y no un simple mecánico. Ahora estarías encantada de ir a comer conmigo a cualquier parte, pero cuando más te necesitaba me diste la espalda. Me echaste de casa.

—Tenía que proteger a mis hijos.

—Yo también era tu hijo, madre —dijo entre dientes—. Tenías que proteger tu reputación, tus ansias de grandeza. Tu futuro. El mío y el de José Antonio, o el de Gabriela, jamás te ha importado.

—Veo que ha sido una completa pérdida de tiempo venir a verte.

—Coincido plenamente contigo.

—Supongo que puedo confiar en tu discreción —le pidió Antonia deteniéndose junto al marco de la puerta.

—Si te refieres a la policía o al juez, te aseguro que nadie se enterará jamás de lo que sucedió, pero solo puedo prometerte eso. José Antonio y Gabriela se merecen saber por qué me fui.

—Adelante, Sebastián, cuéntaselo. A ver a quién creen... —añadió con una sonrisa envenenada—. Que tengas un buen día.

Después de la visita de su madre, Sebastián solo podía definir su estado como catatónico. Se quedó en el despacho hasta muy tarde, intentando en vano pensar en otra cosa, centrarse en el trabajo. Cuando Márquez entró para decirle que se iba, igual que los demás, Sebastián le dio las buenas noches y le dijo que él todavía tenía cosas que hacer. Cuáles, no lo sabía, pero sabía que no podía salir de allí en aquel estado o haría alguna locura, como por ejemplo ir a casa de Cecilia. A la una de la madrugada por fin reaccionó y se obligó a ponerse en pie y a salir de allí. Le dolían los brazos y las piernas de las horas que llevaba sentado sin moverse, pero agradeció sentir las pequeñas punzadas de dolor. Caminó sin rumbo fijo, atraído inconscientemente por las luces de un bar que veía a lo lejos. Entró y como un autómata se sentó en la barra.

No recordaba la última vez que había bebido, un ex adicto debe mantenerse alejado del alcohol, pero supuso que hacía mucho tiempo. Tal vez demasiado.

—Un whisky doble —le pidió al camarero nada más sentarse en la barra. Se lo bebió de un trago en cuanto se lo sirvió y pidió otro.

—¿Sebastián?

Él cerró los ojos al oír esa voz: Cecilia. ¿Acaso el destino no se había ensañado lo bastante con él?

—De todos los bares de todas las ciudades del mundo, ella ha tenido que entrar en el mío —dijo acercándose el vaso a los labios pero sin beberlo.

—*Casablanca* —reconoció ella—. Siempre te gustó esa película.

—¿Qué estás haciendo aquí? —le preguntó él sin mirarla.

—Alexia me ha arrastrado hasta aquí —le explicó.

—¿Y cuando me has visto no has podido contener las ganas de acercarte a mí? —El alcohol le volvía sarcástico.

Cecilia tragó saliva y tuvo que reconocer que Sebastián tenía algo de razón al provocarla. Ella le había dicho que no quería verlo, y sin embargo corría a su lado nada más verlo entrar en un bar. La verdad era que Cecilia había tardado varios minutos en asimilar que el hombre que acababa de entrar era Sebastián. Al principio creyó que su mente le estaba jugando una mala pasada y que ahora, además de pensar en él, empezaba a verlo por todas partes. Ella estaba sentada en el otro extremo de la barra, esperando a que Alexia volviese de bailar con su última conquista para poder irse.

—No, no es eso —confesó Cecilia—. No estaba segura de que fueses tú.

—En carne y hueso —dijo Sebastián levantando el vaso como si fuese a hacer un brindis—. Y ahora que lo sabes, ya puedes irte. Hoy no me veo capaz de discutir contigo.

Debería irse, sería lo mejor, pensó Cecilia, pero no podía dejar a Sebastián en ese estado. Era evidente que a él le había pasado algo, y no iba a cuestionarse por qué le importaba tanto ayudarlo.

—¿Puedo sentarme?

—Haz lo que quieras —farfulló él. La segunda copa seguía entera en su mano.

—¿Vas a bebértela? —le preguntó Cecilia tras ocupar el taburete que había junto al de Sebastián.

—Todavía lo estoy pensando. Hace años que no bebo. Una copa me quema por dentro pero puedo soportarla, pero dos... —La dejó encima de la barra—. No me gusta lo que siento cuando tomo la segunda.

—¿Te encuentras mal?

Sebastián se rio sin humor.

—¿Mal? Me encuentro jodidamente bien. Si bebo dejo de pensar en ti y en todo lo que está mal en mi vida y me entran ganas de chutarme y de sentir de nuevo esa increíble sensación de poder. De libertad. —Oyó que ella se quedaba sin respiración y recordó que, a pesar de que nunca le había ocultado a Cecilia su anterior adicción a las drogas, nunca había hablado tan brutalmente del tema con ella—. Pero bueno, supongo que no quieres hablar de eso.

—No, si quieres —no pudo contenerse y le tocó el antebrazo con una mano. Apartó los dedos al ver que él la fulminaba con la mirada—, si quieres, podemos hablar de eso.

—¿Por qué iba a querer?

—No sé, quizá te iría bien hablar con alguien. Pareces muy alterado.

—Esto tiene gracia —dijo Sebastián—, llevo semanas queriendo hablar contigo. Suplicándotelo, en realidad. Y tú te has negado en redondo, y ahora me dices que quizá me iría bien hablar con alguien. ¿Sabes una cosa, Ce? Vete de aquí antes de que decida tomarme la segunda copa —le ordenó mirándola a los ojos.

—No voy a irme. Y tú no vas a tomarte esa copa.

Sebastián apartó la mirada y apretó la mandíbula durante unos segundos, igual que los dedos de la mano. Pasaron unos instantes en silencio y poco a poco Sebastián fue aflojando la tensión que le recorría todo el cuerpo.

—Está bien, hablemos —concedió Sebastián—, pero como si nuestra vida no estuviese sacada de un culebrón.

—¿Qué quieres decir? —le preguntó Cecilia intrigada.

—Imagínate que tú y yo hubiésemos roto como dos personas normales. No sé, tal vez nos habríamos ido a Madrid y tú te habrías dado cuenta de que no te gustaba de verdad. O te habrías enamorado de otro.

—O tal vez tú —añadió ella.

Sebastián la miró como si estuviese loca pero no le llevó la contraria.

—O tal vez yo —accedió—. Tal vez habríamos sido novios un par de años y luego nos habríamos separado. ¿Qué me dirías si me vieras ahora?

—¿Si hubiésemos roto como dos personas «normales» y nos encontrásemos en un bar por casualidad? —le preguntó Cecilia para asegurarse de que lo había entendido bien.

—Exacto, ¿qué me dirías?

—No sé, supongo que te preguntaría cómo estás. —Vio

que él levantaba una ceja y le siguió el juego—. Hola, Sebastián, qué sorpresa encontrarte por aquí, ¿cómo estás?

—Muy bien, Cecilia, ¿y tú? —Le sonrió y Cecilia envidió todas las mujeres que algún día habían recibido una de esas sonrisas—. ¿Vives por aquí?

—Sí, en Santa María.

—Oh, yo antes quería comprarme una casa allí.

—¿Ya no?

—Ahora no tengo ningún motivo para comprarme ninguna casa en ninguna parte.

—Oh, ¿a qué te dedicas, Sebastián? —A Cecilia empezaba a gustarle ese juego.

—Trabajo en el puerto, en capitanía. Soy capitán.

—Impresionante.

—No demasiado, pero supongo que no me va mal. ¿Y tú, qué es de tu vida? ¿Al final has conseguido ser bióloga?

—Sí, me licencié hace años.

—¿Y la fotografía, sigue gustándote?

A ella le dio un vuelco el corazón.

—Sí —contestó cuando pudo deshacer el nudo que se le había formado en la garganta—, pero no puedo dedicarle demasiado tiempo.

—Me gustaría ver tus fotos —dijo él.

—A mí me gustaría enseñártelas.

Volvieron a quedarse en silencio.

—Esto no ha sido buena idea, Ce —declaró Sebastián apoyando el vaso en su frente—. Vete de aquí, por favor. Sé que ha sido idea mía, pero esta noche no creo poder seguir fingiendo que no eres lo más importante que me ha sucedido en la vida.

—Yo, lo siento, Sebastián —dijo Cecilia—. Ojalá pudiéramos ser estas personas.

—Pero no lo somos.

Cecilia bajó del taburete y se acercó a él. Oyó que Sebastián aguantaba la respiración y le quitó la copa de entre los dedos. La dejó encima de la barra y entonces se agachó y le dio un beso en la mejilla.

—Quizás algún día podamos llegar a serlo, Sebastián.

—¿El qué?

—Viejos amigos.

—Lo dudo, pero supongo que hoy tengo que conformarme con eso. —Suspiró—. Gracias, Ce.

—Buenas noches, Sebastián.

17

Si volviera a nacer, si empezara de nuevo,
volvería a buscarte en mi nave del tiempo.

AMARAL, *Cómo hablar*

Sebastián se despertó solo en su apartamento y se dijo que Cecilia lo llamaría más tarde, que era imposible que la noche anterior hubiesen tenido esa conversación tan extraña y tan sincera y que ahora ella desapareciese sin más.

Se equivocó.

Cecilia no lo llamó ni ese día ni ninguno otro, y cuando él se tragó el orgullo y marcó el número de ella (que tuvo que coger de su ficha de personal), no le cogió el teléfono. Intentó calmarse, recordar que tenía que darle tiempo, que su madre estaba enferma, pero no pudo. Estaba muy dolido, y muy cansado. Se negó a seguir analizándolo y recurrió a la misma técnica que le había ayudado a mantener la cordura en el ejército; no pensar en Cecilia. Dejar los buenos recuerdos encerrados en una parte de su mente y de su corazón y confiar en que la recuperaría.

Se pasó la semana completamente sumergido en distintos proyectos de capitanía. Domingo le riñó un par de veces y le dijo que trabajaba demasiado, y él le respondió que no tenía otra cosa que hacer y que le gustaba mantenerse ocupado. Además, Galindo, el antiguo capitán, se había encargado de dejarle mil temas a medias y Sebastián quería reconducir tantos como le fuese posible antes de irse de España. Todavía no lo había decidido del todo, por un lado no quería volver a perder a sus hermanos, pero quizá podría encontrar trabajo en otra capitanía de España lejos de Cádiz, o quizás incluso en un buque, así vería a sus hermanos sin estar cerca de Cecilia.

El jueves, Cecilia se presentó en el trabajo y respondió las preguntas de todos sus compañeros acerca de la salud de su madre. Aceptó los abrazos de Domingo y de Márquez y agradeció las muestras de afecto del resto. Y a Sebastián se limitó a saludarle y a responderle con un «Bien, gracias». El viernes, ella tenía una reunión programada con el centro de recuperación de especies marinas de la bahía y salió de capitanía a primera hora. Sebastián aprovechó entonces para hacer algo que llevaba días deseando hacer.

Sebastián recordaba perfectamente la casa en la que se había criado Cecilia. La había ido a buscar un par de veces a escondidas y en una ocasión había acompañado allí a su padre cuando este trabajaba de chófer del señor Ruiz-Belmonte. Llamó al timbre y respiró hondo, y cruzó los dedos para que no le echasen de allí a patadas.

—Buenos días, ¿en qué puedo ayudarlo? —le preguntó una mujer con uniforme médico. Con toda seguridad sería la enfermera de la que le había hablado Cecilia.

—Buenos días, me llamo Sebastián Nualart y me gustaría ver a la señora Ávila —se presentó él escueto.

—Espere aquí un segundo, por favor —dijo la enfermera, pero antes de que pudiese irse a preguntar, otra mujer apareció en la puerta.

—¿Sebastián, eres tú?

—¿Alexia? —Sebastián había visto a la hermana de Cecilia en un par de ocasiones y le sorprendió que ella le reconociese.

—Eres igual que tu hermano —le explicó ella—, solo que

tú eres un poco más alto. Pasa, pasa. No te preocupes, Maite —le dijo a la enfermera—, ya le acompaño yo. ¿Por qué no aprovechas para descansar un poco?

Maite hizo un gesto afirmativo y se dirigió hacia el dormitorio que le habían asignado. La casa de los Ruiz-Belmonte había visto épocas mejores, pero seguía siendo una construcción impresionante. Y más ante los ojos de Sebastián. O eso había pensado antes, ahora, convertido en un hombre, ya no le afectaba tanto.

—¿Has venido a ver a mamá? —le preguntó Alexia intrigada—. No sabía que os conocíais.

—No demasiado —afirmó sincero.

—Pasa, le encantan las visitas.

Alexia guio a Sebastián por un largo pasillo hasta el dormitorio de su madre. Llamó a la puerta antes de entrar.

—¿Mamá? Tienes visita —le dijo sin terminar de entrar.

—Pues hazla pasar, Alexia. No tengo mucho tiempo, ¿sabes?

—Ahora le ha dado por hacer bromas de mal gusto —le dijo Alexia a Sebastián sin molestarse demasiado en bajar el tono de voz—. Mamá, este es...

—Sebastián Nualart.

—Exacto —dijo su hija sorprendida.

—No me mires así, tengo cáncer, no alzhéimer.

—¡Mamá! —la riñó Alexia—. Si os parece bien, os dejaré solos.

—Claro, no te preocupes, creo que podremos entretenernos un rato sin ti.

—Gracias, Alexia —le dijo Sebastián.

—Bueno, bueno, Sebastián Nualart. Me alegro de que hayas vuelto. Siéntate aquí, a mi lado. —Ella estaba sentada en la cama y señaló una butaca que tenía al lado.

—Gracias, señora Ruiz-Belmonte.

—Ahora es solo Ávila, el señor Ruiz-Belmonte —pronunció «señor» como un insulto— y yo nos divorciamos hace años.

—Lo sé, y lo siento, señora Ávila.

—Yo no, y llámame Patricia. El señor Ruiz-Belmonte resultó ser un cretino y a la gente así es mejor quitártela de encima. En esta vida solo importa la gente que de verdad nos ama y a la que amamos, ¿no crees?

—Sí.

—Me acuerdo de ti, siempre me pareciste un chico muy triste. Nunca sonreías.

—En esa época no tenía demasiados motivos para sonreír.

—¿Y ahora?

Sebastián se encogió de hombros. Esa mujer parecía tener el don de ver dentro de él.

—Permíteme que te dé un consejo, Sebastián.

—Claro —dijo él a falta de otra palabra.

—Lucha por ser feliz, por tener a tu lado a la gente que amas.

—¿Y si esa persona no quiere estar a mi lado?

—¿Por qué no va a querer?

«¿Por qué diablos estaba teniendo esa conversación con la madre de Cecilia?»

—Porque quizá le hice daño en el pasado y ahora no está dispuesta a escucharme —se sorprendió a sí mismo diciendo—. Ni a perdonarme.

—No sé, Sebastián. En mi opinión, si de verdad amas a esa persona, oblígala a escucharte. Esta vida es muy corta como para llenarla de arrepentimientos. Hay cosas por las que vale la pena arriesgarse.

—¿Y cómo sé si vale la pena?

—Mira, eso solo puedes responderlo tú, pero te diré que a pesar de todo lo que me hizo al final, no me arrepiento de haber estado con mi ex marido.

—¿Por qué? —preguntó Sebastián—. Discúlpeme, no es asunto mío.

—No pasa nada, ya te he dicho que no tengo tiempo que perder, así que me gusta que la gente sea directa a mi alrededor. No me arrepiento porque gracias a él tengo a Cecilia y a Alexia. Sí, no te negaré que preferiría que no me hubiese sido infiel, y que el muy cretino pudiera haber sido más cauteloso con el patrimonio de nuestras hijas. Yo no tuve el amor de mi marido, pero he tenido el de mis hijas. Y la verdad es que ha valido la pena. Esa persona de la que hablas, ¿la amas?

—Sí. —«¿Por qué tenía la sensación de que Patricia sabía perfectamente que estaba hablando de su hija Cecilia?» Serían imaginaciones suyas.

—Entonces no te rindas. Créeme, Sebastián, algún día puedes estar en mi situación y entonces, ¿te arrepentirías de no haber hecho todo lo posible para que ella te escuchase?

Sebastián asintió y carraspeó incómodo.

—Me acuerdo de un día que la vi en el puerto, usted iba con sus hijas. Las tres comían helado y estaban riéndose.

—Sí, en verano nos gustaba ir a comprar helado juntas. Había una heladería que vendía sabores rarísimos. Me habría gustado hacerlo con mis nietos. O mis nietas.

En aquel preciso instante nada le habría gustado más a Sebastián que poder prometerle a esa mujer que él llevaría a sus nietas a comer helado por el puerto, pero como no podía se limitó a cogerle la mano.

—¡Qué diablos estás haciendo aquí!

—Cecilia, yo... —farfulló poniéndose en pie—. Lo siento.

—¡Cecilia, dónde están tus modales! —la reprendió su madre.

—No tienes derecho a estar aquí. Vete ahora mismo.

—¡Cecilia! —gritó Patricia escandalizada—. ¿Pero qué te pasa?

—No se preocupe, Patricia. Es culpa mía, tendría que haberle dicho a Cecilia que vendría a visitarla. Gracias por atenderme. Me ha gustado mucho hablar con usted. —Inclinó la cabeza a modo de despedida.

—Y a mí también, Sebastián. Gracias por venir a verme.

Sebastián esquivó a Cecilia, que se había plantado a los pies de la cama, y salió del dormitorio. Con algo de suerte, conseguiría salir de esa casa antes de que ella decidiese seguirle.

—¿Ya te vas, Sebastián? —Alexia lo interceptó y eliminó cualquier posibilidad de que Sebastián saliese ileso de aquella situación—. Cecilia acaba de llegar.

—Lo sé. Gracias por haberme dejado ver a tu madre —le dijo sincero a Alexia—. Me ha gustado volver a verte, Alexia, aunque lamento las circunstancias que lo han propiciado.

—Y yo. Ahora que te tengo cerca —dijo ella cambiando de tema—, no te pareces en nada a José Antonio.

—No, en nada... —afirmó rotundo—. Él es mucho mejor que yo. Créeme.

Alexia lo miró intrigada por el comentario, pero la irrupción de Cecilia evitó que hiciese algún otro comentario.

—¿Por qué has venido a ver a mi madre? —le preguntó Cecilia furiosa.

Sebastián respiró hondo y se volvió para enfrentarse a ella. Por el rabillo del ojo vio que Alexia se escurría por el pasillo para dejarlos solos.

—Es tu madre, y ella siempre me pareció una gran señora. Pensé que, dadas las circunstancias, era lo mínimo que podía hacer —se explicó él.

—Tendrías que habérmelo dicho —le recriminó ella.

—Después de la otra noche no quería que creyeras que era una estratagema para conseguir algo de ti. Solo quería visitarla, presentarle mis respetos e irme. No quería que creyeras que utilizaba algo tan serio como la enfermedad de tu madre para acercarme a ti.

Cecilia lo escuchó con atención pero no dijo nada, así que Sebastián volvió a hablar.

—Mira, ya sé que no quieres saber por qué me fui. Ni por qué volví. Y aunque me duela, sé que no quieres tener nada que ver conmigo. He venido a ver a tu madre porque ella siempre me gustó y porque pensé que quizás a ella le gustaría tener visitas. Lamento si te he ofendido, o si crees que no debería haber venido, pero la verdad es que me alegro de haberlo hecho. —Esperó unos segundos y al no obtener respuesta se dio por vencido—. Está bien. Me voy. Prometo que no volveré a molestarte.

Se dio media vuelta y se dirigió hacia la salida. Tenía ya la mano en el picaporte cuando Cecilia lo detuvo con unas palabras que Sebastián creía que no oiría jamás.

—¿Por qué te fuiste?

Él se quedó inmóvil y cerró los ojos.

—¿De verdad quieres hablar de esto ahora? —le preguntó sin mirarla—. ¿Aquí?

Cecilia se quedó pensándolo y Sebastián se maldijo por haberla hecho dudar. «Seguro que ahora cambia de opinión.»

—No, aquí no. Ven a mi casa dentro de una hora. Quiero ver a mi madre antes de irme.

—De acuerdo. Allí estaré.

En cuanto Sebastián se fue, Cecilia volvió al dormitorio de su madre. Seguro que tanto ella como Alexia se estaban preguntando si se había vuelto loca. Por lo que ellas sabían, Sebastián era su jefe y el hermano mayor del médico de Patricia, y ella le había tratado como si fuese un delincuente y prácticamente le había echado de la casa. Cecilia era consciente de que había sido innecesariamente maleducada con él pero cuando le vio allí sentado, charlando con su madre, sujetándola de la mano, perdió los estribos. Cuanto más se metiese Sebastián en su vida, más le costaría a ella volver a recomponerse cuando él desapareciese. Y desaparecería.

—Cecilia Ruiz-Belmonte Ávila —dijo su madre nada más verla entrar—, ¿puede saberse qué demonios te pasa? Ese chico no se merecía que le tratases así.

Cecilia no pudo evitar sonreír al escuchar a su madre refiriéndose a Sebastián como «chico».

—Lo sé, mamá. Tienes razón. Ya me he disculpado con él. Es que estoy muy nerviosa y su visita me ha cogido desprevenida.

—Ese chico lo está pasando muy mal, Cecilia. Deberías tener más cuidado.

—¿De qué estás hablando? —le preguntó Cecilia a su madre tras escuchar aquel consejo.

—Estoy cansada, niñas —dijo Patricia sin responder a su hija mayor—. Creo que dormiré un rato.

—Claro, mamá. —Alexia fue la primera en reaccionar—. Si me necesitas estaré en el salón.

—Sí, sí, mamá. Descansa un rato. —Cecilia se agachó y le dio un beso a su madre antes de irse.

Patricia Ávila les sonrió y se tumbó a descansar. En el pasillo, Alexia cogió a su hermana del brazo y la llevó a la cocina.

—¿Puede saberse qué estás haciendo? —le preguntó Cecilia.

—Eso mismo quiero saber yo —contraatacó Alexia sirviéndose un vaso de agua—. ¿Qué te pasa con Sebastián? Le he visto la cara cuando le has gritado por haber venido a ver a mamá y te aseguro que jamás había visto a nadie tan angustiado. Antes de que tú llegases, hemos estado hablando un rato y te juro que me ha parecido muy sincero. Si hubiese creído que venía a ver a mamá para curiosear o por algún motivo escabroso, no le habría dejado entrar.

—Lo sé, Alexia. No es culpa tuya, lo que pasa es que tú no sabes toda verdad.

—Quizá, pero sé que ese hombre está enamorado de ti —afirmó su hermana como si nada—. Solo os he visto unos segundos juntos pero me han bastado para saber que ese hombre, a pesar de lo dolido que se sentía por tus insinuaciones, lo único que quería hacer era abrazarte.

—No sabes de lo que hablas.

—Oh, vamos, Cecilia, soy tu hermana pequeña. Reconozco que ignoro los detalles, aunque me gustaría saberlos —añadió con una sonrisa para aligerar algo el tono de la conversación—, pero no tengo ninguna duda de que entre tú y Sebastián hay algo. Él es el chico que te rompió el corazón cuando tenías dieciocho años, ¿no?

Cecilia abandonó cualquier intento de seguir ocultándole la verdad a Alexia y se sentó en una de las sillas que había junto a la mesa de la cocina.

—Sí, ¿cómo lo sabes?

—Cecilia, tenía quince años pero no era idiota. ¿Qué pasó realmente?

—Nada. —«Solo que me dijo que me quería y que estaríamos juntos para siempre»—. Te lo juro. Le vi el día de mi cumpleaños —le explicó— y esa misma noche desapareció sin decirme ni una palabra.

—¿Por qué?

—No lo sé.

—Tuvo que sucederle algo, algo muy grave para dejarte de ese modo.

—¿Cómo estás tan segura?

—¿Cómo es posible que tú no lo estés? ¿Acaso no ves cómo te mira? Dios, Cecilia, cómo puedes estar tan ciega. Y ser tan obstinada.

—¿Por qué estás de su parte?

—No estoy de su parte, estoy de la tuya, Cecilia.

—Pues no lo parece.

—Mira, Cecilia, mamá está enferma. Muy enferma, y a ti y a mí nos esperan momentos muy difíciles. ¿De verdad quieres pasarlos sola?

—Te tendré a ti —le dijo a su hermana mirándola a los ojos.

—Sabes perfectamente que no me refiero a eso —respondió Alexia emocionada—. ¿No crees que te mereces saber la verdad, que los dos os lo merecéis? Yo no sé demasiado sobre el amor, nuestros padres no son que digamos un gran ejemplo a seguir, pero me gusta creer que el día que lo encuentre no seré tan estúpida como para dejarlo escapar por culpa de algo tan absurdo como el orgullo.

—Le he dicho que vaya más tarde a mi casa para hablar. Hasta ahora no le he dejado que me cuente por qué ha vuelto.

—Pues a qué estás esperando. —Alexia se acercó a su hermana y la abrazó—. Vamos, ve a hablar con él.

Sebastián ya iba a irse de casa de Cecilia cuando la vio llegar calle abajo y corrió hacia ella.

—¿Le ha sucedido algo a tu madre? —le preguntó preocupado en cuanto llegó a su lado.

—No... —respondió ella sintiéndose un poco culpable—. Siento el retraso, me he quedado hablando con mi madre y con mi hermana. Y antes de irme he tenido que dejar a *Magnum* instalado.

—Ah, ya me parecía raro no haberle oído —señaló Sebastián sorprendido por la cálida respuesta de Cecilia.

—Sí, lo he llevado a casa de mi madre. A ella siempre le ha hecho gracia, y a *Magnum* le encanta que le mimen. En fin, siento haber llegado tarde. Te habría llamado al móvil, pero me he dado cuenta de que no tengo tu número.

—Si quieres te lo doy —ofreció Sebastián convencido de que se había quedado dormido en el coche y estaba soñando toda aquella conversación—. Y no te preocupes por el retraso, me alegro de que hayas podido hablar con tu madre. Es una señora increíble.

—Sí que lo es.

Llegaron al portal de casa de Cecilia y ella sacó la llave del bolso para abrir la puerta y dejarle entrar.

—Pasa.

—Gracias.

—¿Quieres tomar algo? Yo me prepararé una infusión.

—Lo mismo que tú está bien, gracias.

Cecilia entró en la cocina y abrió un par de armarios en busca de los utensilios necesarios. Pero cuando los tuvo en la encimera se dio cuenta de que no podía seguir con eso y optó por ser sincera.

—¿Por qué te fuiste, Sebastián? Cuéntamelo, y no vuelvas a preguntarme si estoy segura de si quiero hablar de esto ahora. No puedo seguir dudando. Cuéntamelo y quizá después los dos podremos seguir con nuestras vidas.

—De acuerdo. ¿Te acuerdas del día de tu cumpleaños? —Empezó Sebastián algo nervioso. Le temblaban las manos y sentía un horrible nudo en el pecho. Esta era su oportunidad. Su única oportunidad.

—Por supuesto que me acuerdo.

—Aquel fue uno de los días más felices de mi vida.

Cecilia salió de la cocina y se sentó en el sofá del pequeño salón. A juzgar por el rostro de Sebastián, sería mejor que estuviese sentada antes de escuchar el resto. Sebastián la siguió pero no se sentó, sino que paseó por delante de la estantería de Cecilia durante unos segundos.

—Tú cumplías dieciocho años, y yo por fin iba a decirte que estaba enamorado de ti. Llevaba meses esperando ese día. Me desperté pronto y fui al taller para hacer unas horas extra y a la hora de comer fui a comprarte el regalo. —Sebastián recorrió con un dedo los lomos de unos libros. Estaba dándole la espalda a Cecilia, como si necesitase mantenerse alejado de ella para confesarle esa parte—. Le pedí al señor de la tienda que me guardase la cámara de fotos hasta entonces porque tenía miedo de que en casa se me rompiese. Y porque no quería que la viese nadie. Tú y yo habíamos quedado en la playa y las horas se me hicieron eternas. Creo que ese día rompí dos platos en el restaurante. —Volvió a quedarse en silencio durante unos instantes antes de continuar—. Cuando te vi pensé que era el hombre más afortunado de la capa de la tierra solo por poder estar allí contigo, y cuando me sonreíste me pregunté qué diablos había hecho bien en la vida para merecerme tal regalo. Nos besamos e hicimos planes.

—Sé lo que sucedió en la playa —le interrumpió ella cada vez más nerviosa—. Cuéntame qué pasó después de que me acompañases a casa.

—Está bien. —Tomó aire y se apartó de la estantería para acercarse a Cecilia. Se sentó a su lado en el sofá, aunque mantuvo una distancia más que prudencial—. Volví a casa con una sonrisa de oreja a oreja. Era tan feliz. Tú y yo nos iríamos a Madrid, tú estudiarías y yo... En fin. En cuanto aparqué la moto y vi aquel coche destartalado supe que algo iba mal. Muy mal.

Cecilia vio que Sebastián se estremecía y fue como si durante un segundo pudiese palpar el mal presagio que lo embargó a él esa maldita noche.

—¿Qué pasó, Sebastián?

—Aparqué la moto, solía dejarla en ese cobertizo que había cerca de mi casa, ¿te acuerdas? —Siguió sin esperar a que Cecilia le contestase—. Supongo que tendría que haberme dado cuenta antes, pero esas últimas semanas había estado muy ocupado en el trabajo y pensando en tu cumpleaños, y no até cabos hasta que fue demasiado tarde. —Soltó el aire de los pulmones y levantó la cabeza, pero no miró a Cecilia, sino que dejó la mirada perdida hacia el horizonte—. Salieron muy rápido del coche y cuando reaccioné Raúl ya me había dado un puñetazo y me estaba sujetando los brazos.

—¿Raúl?

—Raúl y Julián. Julián era...

—El chico que arrestaron cuando atracasteis juntos a un taxista en Madrid. Me acuerdo. Me lo contaste un día que te encontré furioso y con el labio partido en la parte trasera del restaurante en el que trabajabas. Al parecer unos chicos se habían burlado de ti y te habían insultado.

—Sí. Dios, Cecilia, ¿qué diablos viste en mí?

—Sigue contándome lo que pasó. ¿Quién es Raúl?, ¿y qué querían?

—Raúl es, era —se corrigió—, otro de los chicos de Madrid. A él también lo arrestaron, pero como tenía más de veintiún años fue a una cárcel de mayor seguridad que la de Julián. Había oído rumores acerca de lo que le había sucedido allí dentro, pero cuando lo vi esa noche supe que se habían quedado cortos. Era como un perro rabioso. Después de darme el puñetazo que me partió la ceja, me sujetó con los brazos en la espalda y observé a Julián. Recuerdo que pensé que si Julián le daba la orden, no dudaría ni un segundo en arrancármelos, así que me quedé quieto y esperé a que Julián hablase. Él también había cambiado mucho, estaba más delgado y llevaba la mitad del rostro tatuado. Tenía los ojos inyectados en sangre y la heroína circulaba sin disimulo por sus venas. Estaba fumando, y cuando se acercó me quemó en la mano —la levantó para enseñarle una marca—, solo para divertirse, y para que le prestase más atención, supongo.

—Dios mío, Sebastián —Cecilia tragó saliva horrorizada.

—Al parecer —siguió Sebastián con voz distante—, Julián había conseguido huir de la cárcel y se las había ingeniado para sacar también a Raúl durante uno de los traslados al juzgado. No recuerdo bien los detalles de esa parte —se justificó—. Julián estaba convencido de que yo me había salvado de ir a la cárcel porque lo había delatado, y en su mente yo tenía la culpa de todo lo que le había pasado. Intenté explicarle la verdad, que el juez me había soltado porque era menor de edad y porque era mi primera condena, pero no me creyó. Empezó a insultarme, a decirme que iba a pagárselo, y a golpearme con un puño de acero mientras Raúl me sujetaba y se reía. No sé cuánto rato estuve allí, solo recuerdo que pensé que si esa noche iba a morir, al menos te había besado. Pero eso no fue lo peor. —Sebastián sacudió la cabeza y se quedó unos segundos en silencio—. Raúl me arrastró detrás de un coche donde había una silla y un maletín oculto entre las sombras. Me lanzó encima de la silla y me ató a ella. Julián empezó a decirme que tenía que compensarle por lo que le había hecho, que le debía mucho y que más me valía tenerlo bien presente. No le presté demasiada atención. Hasta que dijo tu nombre.

—Sebastián... —Cecilia se llevó una mano a los labios.

—Me retorcí en la silla y tiré de las cuerdas con las que me habían atado con todas mis fuerzas. Raúl se rio y Julián se acercó a mí con una jeringuilla.

—Oh, no...

—No pude hacer nada —dijo Sebastián—. Durante un segundo pensé que me habían inyectado una dosis letal, pero cuando comprobé que no, deseé que lo hubiesen hecho. Sentí asco de mí mismo, náuseas, repulsión. Euforia.

Cecilia se quedó inmóvil, completamente petrificada. Esa historia era mil veces más horrible que cualquiera de las que ella se había imaginado, y Sebastián todavía no había terminado.

—La euforia fue lo peor —confesó—. Raúl soltó las cuerdas con las que me habían retenido y me quedé allí sentado sin hacer nada. Julián me dijo que se había enterado de que mi padre trabajaba para el tuyo y de que tú y yo éramos amigos. Al menos me consoló que creyese que solo éramos eso. Julián quería secuestrar a tu padre, o atracarlo, o matarlo, sus elucubraciones cambiaban cada segundo, y yo era una pieza vital del plan. El botín lo repartiríamos entre los tres, por supuesto, pero no a partes iguales. Y luego volveríamos a Madrid. La heroína me había hecho efecto, así que no me costó demasiado seguirle el juego. Ese era mi plan —Sebastián sonrió sin humor—: seguirle el juego. Hasta que Julián empezó a hablar de ti y a decir que tal vez podríamos secuestrarte a ti y divertirnos contigo durante unos días. Fue muy gráfico. No recuerdo haberme movido, pero de repente vi que tenía el cuello de Julián entre mis manos y que lo estaba apretando con todas mis fuerzas. Raúl se lanzó encima de mí, pero me lo quité de encima. No sé si fue la droga o el odio, pero tenía la fuerza de diez hombres. Estaba poseído, y no podía dejar de dar puñetazos a Julián, incluso cuando este dejó de resistirse.

—Sebastián... —balbuceó Cecilia.

—Raúl sacó una pistola —continuó él con esa voz tan fría y monótona— y me dijo que me apartase de Julián. Evidentemente, no le hice caso y seguí golpeándolo. —Flexionó los nudillos al recordar la pelea—. Yo creía que Julián estaba inconsciente, pero no era así, y me cogió desprevenido al darme otro puñetazo. Yo me tropecé y caí hacia atrás justo en el mismo instante en que Raúl disparó. —Se quedó en silencio como si estuviese oyendo de nuevo aquel disparo—. Julián cayó al suelo con un agujero de bala en el pecho. La mancha de sangre se extendió por su mugrienta camiseta y empapó el suelo del descampado.

—¡Oh, Dios mío! —Cecilia tuvo arcadas al imaginarse el horror que describía Sebastián.

—Raúl, el muy idiota, se echó encima de mí y empezamos a forcejear. El arma se disparó. Cerré los ojos y pensé que por fin había acabado todo, pero cuando volví a abrirlos vi que seguía vivo y que la sangre de Raúl se me estaba pegando a la ropa. Me lo quité de encima y me quedé allí tumbado en el suelo.

—¿Por qué no llamaste a la policía? Tú no habías hecho nada malo y fue en defensa propia.

—Estaba drogado, Cecilia —dijo Sebastián—. Nadie me habría creído. Además, todavía no he acabado de contarte lo que pasó esa noche.

A Cecilia le dio un vuelco el corazón. ¿Qué más le había sucedido?

—Iba a llamar a la policía. Me incorporé un poco y empecé a pensar. Lo único que tenía que hacer era esperar a que se me pasase el efecto de la droga y llamar a la policía y contarles la verdad. Después te llamaría a ti y juntos saldríamos adelante. —Suspiró abatido—. Ese era mi plan.

—Era un gran plan —susurró Cecilia—. ¿Por qué no lo seguiste?

—Oí unos pasos y al abrir los ojos vi que no estaba solo. De todas las personas que podrían haberme encontrado en ese descampado, probablemente ella era la peor de todas.

—¿Quién te encontró?

—Mi madre.

—¿Tu madre?

—Sí —afirmó Sebastián completamente agotado—. Por suerte, esa noche José Antonio y Gabriela habían ido con mi padre de acampada y en casa solo estaba mi madre. Al parecer no podía dormir y cuando oyó el ruido de mi moto acercándose fue a la cocina a beber un poco de agua. Desde la ventana de la cocina podía verse el cobertizo, así que lo vio todo.

«¿Y no hizo nada?», pensó Cecilia aturdida por el relato.

—Al principio todo fue muy bien —siguió Sebastián—, me curó las heridas y me preguntó si estaba bien. Mi madre llevaba años sin dirigirme más de dos palabras seguidas, así que bajé la guardia y se lo conté todo. Le conté que estaba enamorado de ti y le hablé de nuestros planes.

—¿Y ella qué te dijo?

—Que no me creía. Me dijo que me lo estaba inventando todo para despistarla y que probablemente Julián y Raúl habían ido allí esa noche porque habíamos quedado.

—¿Qué...? —A Cecilia se le rompió el corazón al recordar el daño que le había hecho a Sebastián que su madre le rechazase de aquel modo después de Madrid.

—Sí, me acusó de tomar drogas y de ser un delincuente. Me dijo que nadie me creería, que bastaba con mirarme para saber que Julián, Raúl y yo teníamos planeado algo y que lo que había sucedido en ese descampado había sido una pelea entre animales. Me dijo que la policía me arrestaría y que me condenarían por el asesinato de Raúl, y probablemente también por el de Julián. Al fin y al cabo, yo era el único que seguía en pie de los tres. Y era más que evidente que estaba colocado, todavía tenía la marca de la aguja en el brazo.

—Dios mío, Sebastián. ¿Qué le dijiste?

—Le dije que no era verdad, que me habían golpeado y atado a una silla y que me habían inyectado la droga a la fuerza. Le grité que si de verdad había estado mirando por la ventana tenía que haberlo visto.

—¿Y qué te dijo?

—Que estaba muy oscuro y que no sabía exactamente qué había visto, pero que estaba claro que yo estaba colocado y que había disparado a Raúl. Me recorrió con la mirada y cuando bajé la vista hacia mi ropa vi que la tenía toda manchada de sangre. Ese fue el preciso instante en que comprendí que nadie iba a creerme. Pero aun así me dije que iba a demostrarles a todos que se equivocaban.

—¿Qué sucedió después? —le preguntó Cecilia. Si Sebastián no se había quedado, era porque al final algo le había hecho cambiar de opinión.

—Mi madre se puso furiosa y me dijo que no iba a permitir que le echase a perder el futuro de José Antonio y de Gabriela, pero en especial el de José Antonio. Al parecer mi hermano había ganado una beca para ir a la universidad. Se la habían concedido esa misma tarde.

—Oh, no... —susurró Cecilia.

—Sí, la beca de la empresa de tu padre. José Antonio ganó la beca Ruiz-Belmonte y mi madre me dijo que si tu padre se enteraba de lo nuestro, o de que yo había intentado abusar de ti...

—Tú nunca intentaste abusar de mí —lo interrumpió.

—Mi madre sabía perfectamente que eso era mentira, pero empezó a decir que cuando se supiese que había matado a uno de mis amigos, nadie dudaría de que también era un violador. Y un yonqui. Me exigió que me fuese, de casa y de Cádiz y que no volviese nunca más.

—Dios mío.

—Yo me negué. Le dije que también era mi casa y que quería ver a mi padre y a mis hermanos. José Antonio por fin volvía a hablarme y quería mucho a Gabriela.

—¿Y qué dijo tu madre?

—Mi querida madre se levantó y fue a mi dormitorio, y un minuto más tarde volvió con un paquete de un quilo de heroína y la pistola. Supongo que cuando me ayudó a levantarme del suelo del descampado se la di y que debió de encontrar el paquete de heroína tirado por allí cerca. No lo sé. Se sentó frente a mí y me dijo que tenía dos opciones; podía irme por las buenas a Chile, allí vivía nuestro tío y seguro que me acogería, o por las malas.

—¿Las malas?

—Mi madre amenazó con llamar a la policía y decirles todo lo que había visto. Con mis antecedentes, seguro que me encerrarían y tirarían la llave. Además, la buena de mamá estaba dispuesta a darles la pistola, con mis huellas dactilares, por supuesto, y el quilo de heroína. Y a pedir que me hiciesen un análisis de sangre. En cambio, si me iba sin rechistar, ella no diría nada a nadie y se encargaría de guardar la pistola a buen recaudo. Cuando la policía encontrase los cadáveres de Julián y de Raúl nadie ataría cabos y seguro que lo archivarían como un ajuste de cuentas entre yonquis. Yo podría empezar una nueva vida en Chile sin temor a que me metiesen en la cárcel, siempre y cuando no volviese nunca a España.

—Pero si es tu madre —repitió atónita Cecilia incapaz de comprender el razonamiento de Antonia.

—Al parecer ella solo tenía dos hijos; José Antonio y Gabriela. Yo le había salido mal, así que decidió olvidarme. Y te aseguro que no lo decía en broma, si no me hubiese ido, mi madre habría llamado a la policía y habría hecho que me arrestasen. Además, me impuso varias condiciones; no podía volver hasta que José Antonio hubiese terminado la carrera, y tampoco podía volver a ponerme en contacto contigo de ninguna manera. Si incumplía alguna de esas condiciones, ella llamaría a la policía y les daría la droga y la pistola, y les contaría con pelos y señales cómo la había obligado a ayudarme a huir del país. Si me portaba bien y me iba en silencio, ella permitiría que mis hermanos siguiesen en contacto conmigo, al menos por carta. Aunque jamás podría contarles la verdad, por supuesto.

—¿Y te fuiste sin más?

—No —le aseguró él furioso mirándola a los ojos—, sin más, no. Irme de aquí esa noche fue lo más duro que había hecho en mi vida. —Todavía tenía pesadillas en las que revivía la agonía que sintió al subirse al tren rumbo al aeropuerto—. Pero no tuve elección. No quería perder a mis hermanos, y si no obedecía a mi madre, a ti te perdería tarde o temprano.

—Podrías haberme pedido ayuda. O podrías haberme escrito para contármelo todo y pedirme en la carta que te guardase el secreto. Yo lo habría hecho. Tu madre jamás se habría enterado de que estábamos en contacto.

—No podía correr el riesgo, Ce. No quería que tú y mis

hermanos creyeseis que vendía droga, que era un delincuente. O que había matado a alguien.

Cecilia iba a decirle que ninguno de los tres jamás habría creído tal cosa, pero una parte de ella la obligó a reconocer que Sebastián probablemente tenía razón. En esa época ella y José Antonio eran muy jóvenes, y Gabriela tan solo era una niña. Quizá sí que se lo habrían creído. Era evidente que Sebastián había creído que la amenaza de su madre era real, tanto que incluso había aceptado sus condiciones.

—Un momento —dijo Cecilia de repente—. Tu padre murió hace seis años, y tu madre se fue a vivir a otra ciudad con ese hombre. ¿Por qué no volviste entonces a buscarme? ¿Por qué no te pusiste en contacto conmigo? —Notó que le resbalaba una lágrima por la mejilla y no intentó detenerla.

—Hace seis años yo aún no era capitán y Gabi seguía siendo una niña. Tenía miedo de que mi madre hiciese algo para ponerla en mi contra.

—¿Y a mí por qué no me llamaste ni me escribiste? Yo lo habría entendido. Lo único que tenías que hacer era escribirme y contarme por qué no podíamos estar juntos en ese momento. Yo te amaba, Sebastián. Te habría esperado. Si me hubieses contado lo que pasaba, lo habría entendido y quizás habríamos encontrado el modo de estar juntos. Te amaba, habría hecho cualquier cosa con tal de estar contigo.

«Amaba.»

—Tenía miedo, Ce. Lo siento. Tú y yo éramos muy jóvenes cuando nos enamoramos, y tenía miedo de...

—¿De qué, maldita sea?

—De que no fuese real. Tenía miedo de volver y de ver que me odiabas. O peor aún, que me habías olvidado. Si no volvía, tú seguirías eternamente en mi mente como la chica que me dijo que me quería a la orilla del mar.

—Lo que te sucedió es horrible, Sebastián, y daría mi vida porque no hubieses pasado por algo así, pero sigo sin entender que no confiaras en mí. Dios mío, Sebastián, te habría ayudado, habría estado a tu lado. Yo creía en ti. —Se secó una lágrima de la mejilla—. ¿Sabes el tiempo que me pasé dudando de mí y de mis sentimientos? ¡Años! Por no hablar de las noches que me pasé llorando de lo mucho que te echaba de menos. Eras mi mejor amigo, Sebastián. Y te fuiste sin decirme nada. Y años más tarde, cuando me enteré de que te escribías con tus hermanos, fue como si volvieras a abandonarme en esa playa. Jamás me he sentido tan estúpida como en ese momento.

—Ya te he contado por qué no te escribí.

—Habrías podido encontrar el modo. Dios, Sebastián, eres el hombre más fuerte que conozco. Mírate, hace apenas veinte años eras un delincuente juvenil y estabas enganchado a las drogas y ahora eres capitán de uno de los puertos más importantes de España. Si conseguiste desengancharte y empezar una nueva vida, e incluso convertirte en capitán de la marina, bien podrías haber encontrado el modo de ponerte en contacto conmigo.

—¿Y qué habrías hecho tú? —le preguntó dolido al ver que ella se negaba a comprender la horrible situación por la que había pasado. Sebastián había creído que cuando por fin le contase la verdad a Cecilia, ella entendería lo sucedido—. Dime, ¿qué habrías hecho tú en mi lugar? ¿Habrías sido capaz de permitir que Alexia te viese convertida en una delincuente? Sé sincera contigo misma y dime que no habrías hecho lo mismo.

—¡Doce años, Sebastián! ¡Has tardado doce años en regresar! Maldito seas. Si Galindo no se hubiese jubilado, quién sabe cuándo habrías vuelto.

—No digas eso.

—¿Y qué quieres que diga? Ni siquiera me llamaste para avisarme de que volvías. No perdiste ni un segundo pensando en cómo iba a afectarme verte en el trabajo.

—No he perdido ni un segundo pensando en cómo iba a afectarte eso porque me he pasado todos estos años pensando en ti. Echándote de menos. Queriéndote. Muriéndome por tenerte a mi lado y poder besarte.

—Pues yo me he pasado todo ese tiempo odiándote. Olvidándote. Deseando no haberte besado nunca —dijo con la voz rota.

Sebastián retrocedió abatido. Derrotado.

—Yo... lo siento —le dijo con suma tristeza—. Siento haberte hecho daño.

Cecilia se secó las lágrimas y se negó a reconocer que él también estaba llorando. Él no tenía derecho a sentirse triste y herido. Él sabía lo que estaba haciendo durante todos esos años, era ella la que se los había pasado convencida de que él la había abandonado sin más.

—Será mejor que te vayas, Sebastián. Me gustaría estar sola.

Él abrió los ojos, que por las lágrimas resplandecían como estrellas, e intentó controlar el músculo que le temblaba en la mandíbula. Era evidente que no quería irse, pero accedió a la petición de Cecilia.

—De acuerdo. Me iré. —Se puso en pie y se acercó a la puerta. Él nunca se había imaginado que las cosas pudiesen terminar así entre ellos dos—. Nos vemos mañana. Si necesitas algo...

—No te preocupes. Nos vemos mañana.

—Adiós, Cecilia.

—Adiós.

Cecilia rompió a llorar.

18

Quizá la culpa es mía
por no seguir la norma,
ya es demasiado tarde
para cambiar ahora.

ALASKA,
A quién le importa

Al día siguiente, Sebastián no fue a trabajar. Llamó a Márquez para informarle de que tenía que ir a Madrid para resolver unos asuntos en el Ministerio, y luego llamó a Domingo para pedirle que supervisase un par de temas mientras él no estaba. Desde su llegada a Cádiz que había pospuesto ese viaje, pasearse por las oficinas ministeriales le parecía una absoluta pérdida de tiempo, normalmente resolvían en días lo que podía dejarse zanjado en cuestión de minutos, pero Sebastián comprendía que formaba parte del juego. Lo había aprendido mientras estaba en Chile y viajando por el mundo a bordo de los buques en los que había servido.

Cecilia no le había preguntado nada acerca de lo que había sido su vida durante esos largos y vacíos doce años, y a Sebastián le dolía muchísimo ver que ella no solo no le había perdonado, sino que ni siquiera le había entendido. Tras aquella horrible discusión con su madre, en la que Sebastián por fin asumió que Antonia había dejado de quererle cuando él cometió aquel horrible error en su adolescencia, Sebastián supo que tenía que irse. Si se quedaba, su madre no dudaría en llamar a la policía y en acusarlo de todo lo imaginable. Él iría a la cárcel y perdería a Cecilia, y también a José Antonio y a Gabriela. Sebastián no se hizo ilusiones acerca de la posibilidad de demostrar su inocencia, si la policía llegaba a casa y le encontraban a él con la droga, sumarían dos más dos y lo dejarían listo para sentencia. Su madre tuvo al menos la decencia de llamar a Chile, a Francisco Nualart, un primo tercero o cuarto de la familia con el que seguían en contacto, y le dijo que Sebastián iría a vivir allí. En cuanto terminó la llamada, Antonia le dio algo de dinero y lo echó de casa. Sebastián tuvo el tiempo justo de recoger sus cosas, coger el dinero que había ahorrado, y escribirle una nota a su hermano diciéndole que no le buscase. A lo largo de los últimos meses, él y José Antonio se habían hecho amigos, otra vez, y Sebastián estaba convencido de que su hermano no entendería su partida y que intentaría encontrarlo. Por nada del mundo quería que después del sacrificio que iba a hacer, José Antonio se metiese en un lío por su culpa, así que escribió aquella breve nota de despedida. Los recuerdos de los días antes de coger el vuelo rumbo a Santiago le resultaban algo confusos, era como si su mente hubiese intentado borrarlos, o incluso modificarlos, pero la realidad era que Sebastián se subió a ese avión y dejó atrás la vida que había deseado tener y que durante un breve instante había podido tocar con la punta de los dedos.

En Chile, Francisco resultó ser mucho mejor de lo que Sebastián esperaba. Su tío era un viejo marino retirado muy estricto pero con un marcado código de valores que, sorprendentemente, coincidían muchísimo con los de Sebastián. Y amaba el mar tanto como Sebastián. Francisco nunca le preguntó qué había sucedido en España y le recibió con los brazos abiertos. Tras la primera semana, que Sebastián dedicó a instalarse y a buscar trabajo, Francisco le sugirió que se pasase por la base española y preguntase si podía alistarse en la marina. Al principio, Sebastián descartó la idea por absurda, pero Francisco insistió y una mañana le llevó a hablar con uno de sus amigos que todavía estaba en activo y capitaneaba un buque español que hacía la ruta Galicia-Chile con relativa frecuencia. Tanto Francisco como su amigo insistieron en que no iba a resultarle nada fácil, pero le dijeron que si lo conseguía, tendría una gran carrera por delante en la que siempre podría estar cerca del mar. Y quizás algún día podría volver a España siendo un hombre respetable y con futuro. Fueron unos años muy difíciles para Sebastián, y no solo porque tuvo que estudiar mucho y entrenarse a diario, sino también porque cada día que pasaba echaba más de menos a Cecilia. Y cada día, cada segundo, se planteaba si había tomado la decisión correcta. A pesar de lo que ella había dicho, Sebastián había descolgado el teléfono millones de veces para llamarla y le había escrito muchísimas cartas que al final no se había atrevido a mandar. La amenaza de su madre se había colado por los poros de su piel y vivía bajo el miedo constante de que Antonia la hiciese realidad.

Sebastián desvió la vista hacia la bolsa de viaje que había preparado. Sí, le iría bien ausentarse unos días. Iría a Madrid y resolvería los temas que tenía pendientes, y quizás incluso preguntaría si había alguna vacante en otra capitanía. O en un buque. O quizás incluso en una base militar en el extranjero.

Cuando Cecilia llegó a capitanía y vio que el despacho de Sebastián estaba vacío se preocupó un poco, pero no demasiado. Probablemente tenía una reunión en otra parte y llegaría más tarde. Pero cuando terminó el día sin que Sebastián hubiese aparecido, se dio por vencida y fue a preguntarle a Domingo si sabía algo de él.

—Se ha ido a Madrid —le explicó su amigo.

—¿A Madrid?

—Sí, tardará unos días en volver. Al parecer tenía varios asuntos que tratar con el Ministerio. ¿Necesitas algo? Ya sabes que puedes ausentarte los días que haga falta, Sebastián me dejó claro que eso no era ningún problema.

A Cecilia le reconfortó ver que él había hablado de ella con Domingo, sin embargo, le puso furiosa que Sebastián se hubiese ido sin decírselo.

«Tú le echaste de casa y prácticamente le dijiste que no querías saber nada de él, a pesar de que Sebastián te contó lo más horrible y doloroso que le ha sucedido jamás.»

—No, estoy bien, gracias. Mamá está en casa con Alexia y todo parece ir bien. Ya sé que no puedo hacerme ilusiones —siguió—, pero la verdad es que se la ve animada.

—Tu madre es una mujer muy fuerte, una luchadora. Y no me extrañaría que se estuviese aprovechando de la situación para dejar que sus dos hijas la cuiden y la mimen —sugirió Domingo guiñándole un ojo.

—Gracias, Domingo.

—Oye, ¿por qué no vienes a cenar a casa uno de estos días? A Marce y a los niños les hará mucha ilusión verte.

—Claro, deja que hable con Alexia para organizarme. ¿De acuerdo?

—Ningún problema. ¿Quieres que le diga algo a Sebastián? —le preguntó—. Me dijo que me llamaría por la noche para que le contase cómo había ido el día en capitanía.

—No, no hace falta, pero gracias por el ofrecimiento.

—De nada. —Domingo estiró los brazos—. Creo que me iré a casa, ayer jugamos a futbol con los niños y estoy destrozado.

Cecilia se despidió de Domingo y decidió que ella también se iría. Quizás incluso iría al gimnasio antes de ir a casa de su madre. A ver si así dejaba de pensar en la mirada dolida de Sebastián antes de irse, y en todas las preguntas que ella había querido hacerle acerca de su pasado y que no se había atrevido a preguntarle.

La jornada en el Ministerio fue agotadora y más fructífera de lo que había esperado. Sebastián llegó al hotel y tras ver que tenía piscina interior, se puso el bañador que había metido en la maleta casi por casualidad y fue a nadar. Durante los primeros años de instrucción, Sebastián se convirtió además en submarinista profesional de gran profundidad y era el único de su promoción que podía sumergirse cien metros sin equipo practicando apnea. Estar bajo el agua a esa profundidad era doloroso pero al mismo tiempo reconfortante. Allí, a esa profundidad, el mundo dejaba de existir y solo estaba él, el mar, y su mejor recuerdo. El día que besó a Cecilia. El único día que besó a Cecilia.

Se lanzó a la piscina y nadó hasta que le dolieron los brazos. Y luego, tras comprobar que estaba solo, pues no quería asustar a otro huésped, respiró hondo una única vez y se sumergió en el agua. Se quedó bajo el manto del agua cristalina de la estática piscina del hotel tanto tiempo como le permitieron los pulmones, pensando en ese beso que le había dado esperanza durante un tiempo y que ahora parecía perdido en la profundidad de sus recuerdos y de sus rencores. Salió de la piscina cuando notó que el pecho empezaba a quemarle y se puso el albornoz. Afortunadamente no se tropezó con nadie de regreso a su habitación, probablemente creerían que era un loco por cruzar empapado los pasillos del hotel, y tras abrir la puerta con la tarjeta de plástico se sentó en la cama y descolgó el teléfono. Un timbre.

Dos.

Tres.

—¿Diga?

—Cecilia, soy yo, Sebastián —le dijo serio—. Solo te llamo para decirte que estoy en Madrid.

—Lo sé, me lo ha dicho Domingo —le explicó ella algo confusa, y feliz porque la hubiese llamado.

—Ah, bueno. No quería que creyeses que había vuelto a irme sin decirte nada —se justificó él tras carraspear—. ¿Cómo está tu madre?

—Está bien, tranquila.

—Me alegro. Buenas noches.

—¿Cuándo volverás?

A Sebastián le sorprendió tanto la pregunta que casi le cae el auricular al suelo.

—No lo sé, todavía tardaré unos días. ¿Por qué? —quiso saber esperanzado.

—Por nada. —«¿Por qué le costaba tanto decirle que sentía haber sido tan poco comprensiva con él la otra noche?»

Sebastián cerró los ojos y apretó el teléfono con fuerza. A esas alturas ya debería saber que en lo que se refería a Cecilia no podía hacerse ilusiones.

—Buenas noches, Cecilia.

—Buenas noches, Sebastián. —Y justo antes de colgar añadió—: Gracias por llamar.

Y Sebastián se olvidó de su propio consejo y se hizo ilusiones.

Una semana más tarde, Sebastián seguía en Madrid y Cecilia no sabía qué hacer con sus sentimientos. Él no había vuelto a llamarla, pero a través de Domingo se enteró de que Sebastián había tenido que alargar su estancia porque los altos cargos ministeriales querían presumir del capitán más joven y más condecorado de la marina española en unos actos oficiales. ¿Por qué no le había contado que había ganado tantas medallas? «Porque tú no se lo preguntaste. Le echaste de casa en cuanto terminó de contarte por qué se había ido. Él te abrió su corazón y tú solo pensaste en ti. Sí, Sebastián te dejó sin decirte nada, pero tú te quedaste aquí con mamá y con Alexia, y él se fue solo a otra parte del mundo.» ¿Por qué no volvía? ¿Por qué? «¿Y por qué va a tener prisa por volver?» Su conciencia empezaba a ponerla furiosa, aunque por desgracia, tenía toda la razón del mundo.

Sebastián llegó a Cádiz a las dos de la madrugada y se tumbó en la cama sin desnudarse. Se quedó allí mirando el techo y respirando profundamente. El viaje había sido un éxito, había conseguido renovar las subvenciones de distintos proyectos, incluido el de Cecilia, y había convencido a sus superiores de que invirtiesen el dinero necesario para sacar adelante el programa informático que estaban diseñando Domingo y su equipo para el puerto. Y había estado esos días sin ver a Cecilia y había sobrevivido. Sí, no había sido feliz, y sí, todavía sentía un doloroso vacío en el pecho cuando pensaba en el rechazo y en la indiferencia de ella, pero estaba convencido de que algún día lograría convivir con esa sensación. Sebastián había recibido varias ofertas de trabajo, un par en el sector público, y más de cinco en el lucrativo sector privado; cuatro de ellas en España y ninguna en Cádiz. Eran muy tentadoras, y sería un cretino si no reconociese que una parte de él se había sentido muy redimida al recibir tantos halagos. Y si era sincero consigo mismo, también tenía que reconocer que le habría gustado llamar a su madre y restregarle todos esos éxitos por las narices. Durante doce años lo único que le había impulsado a luchar había sido el amor que sentía por Cecilia, y el rencor que sentía por su madre. Quizás había llegado el momento de desprenderse de ambas cosas. El rencor solo era un lastre, un peso muerto que si seguía llevándolo encima terminaría por hundirle en el abismo. Y el amor no correspondido solo serviría para hacerle desgraciado. Y para amargar cualquier instante de felicidad que pudiese llegar a sentir con otra persona. Se puso en pie y se cambió de ropa para acostarse. Miró la luna que brillaba sobre el mar y decidió que al día siguiente iría a hablar con sus hermanos para contarles la verdad. Ellos dos se merecían el mismo respeto que Cecilia. Sebastián se metió en la cama y rezó para que José Antonio y Gabriela le entendiesen.

—Dios mío, Sebastián. Lo siento —fue la primera frase que le dijo José en cuanto terminó de escuchar el relato de Sebastián—. Lo siento mucho. —Se levantó y lo abrazó con todas sus fuerzas.

Eran las diez de la mañana y los tres hermanos se habían sentado junto a la mesa de la cocina. José no tenía que ir al hospital y Gabriela también se había quedado en casa. Sebastián les había pedido que no dijesen nada hasta que él terminase, y les contó toda la sórdida historia sin apenas mirarlos. Y cuando notó que su hermano le abrazaba casi se puso a llorar.

—Lo siento mucho, Seb —repitió José Antonio—. Te juro que no tenía ni idea.

—Lo sé —le dijo Sebastián devolviéndole el abrazo—. Lo sé, José.

José se apartó y lo miró a los ojos.

—Habría renunciado a la beca —dijo solemne.

Y Sebastián comprendió entonces que nunca había perdido a su hermano, y que jamás lo perdería.

—Gracias —farfulló emocionado.

—Tú eres mi hermano mayor. Siempre me cuidabas, y siempre estabas a mi lado cuando te necesitaba. Yo habría hecho lo mismo por ti —le aseguró José Antonio.

—¿Cómo fue capaz de hacernos eso? —preguntó Gabriela, que estaba petrificada en la silla—. Mamá, ¿cómo fue capaz? —Notó que le resbalaba una lágrima por la mejilla—. Es un monstruo. Dios mío, Sebastián. Tendrías que habérnoslo contado.

—Quizá, pero tenía miedo de que mamá pudiera hacerme algo —confesó sincero.

—Papá lo sabía —señaló Gabriela—, por eso apenas soportaba mirarla. Y por eso siempre llevaba una foto tuya en la cartera.

—¿Papá llevaba una foto mía? —preguntó Sebastián agradecido por el cariño de sus hermanos.

—Sí, y siempre nos pedía que le leyésemos las cartas que nos mandabas. Estaba muy orgulloso de ti —le contó Gabriela.

—¿Por qué no volviste antes? —quiso saber José—. Yo terminé la carrera hace años, y mamá se fue con ese hombre.

Sebastián se encogió de hombros.

—Supongo que tenía miedo de volver. Yo acababa de licenciarme pero seguía siendo un don nadie.

—Tenías miedo de que Cecilia no te perdonase —dijo Gabriela.

—Sí, pero no solo eso, también tenía miedo de que mamá encontrase el modo de hacerte daño a ti, Gabi, tú todavía eras una niña y ella es, al fin y al cabo, tu madre. Y no quería correr ese riesgo. Mamá me dejó claro que estaba dispuesta a todo para echarme de la familia, y no quería que os hiciese daño a ti o a José para conseguirlo.

—¿Y ahora ya estás dispuesto a arriesgarte? —le preguntó José.

—Mamá ahora no puede hacerme nada. Aunque siga en posesión de ese paquete de heroína, nadie creerá que es mío. Hoy en día mi reputación es intachable y si me hacen un análisis de sangre comprobarán que estoy completamente limpio desde hace años. Y en cuanto a Raúl y a Julián —suspiró resignado—, no creo que a nadie siga importándole ese caso. Tú eres un médico respetado —señaló a José— y Gabi está a punto de cumplir dieciocho años. Ya no puede hacernos nada.

—¿Vas a ir a verla? —le dijo su hermano.

—Ella vino a verme a mí. Hace unos días estuvo en capitanía —especificó al ver el rostro estupefacto de sus hermanos—. Es una mujer miserable que ni siquiera se merece mi rencor —aseguró Sebastián—. Le dije que algún día os contaría la verdad sobre aquella noche e insinuó que no me creeríais.

—Yo no quiero volver a verla más —afirmó Gabriela—. Y por supuesto que te creemos —afirmó airada.

—No lo hagas por mí, Gabi. Es tu madre —le recordó Sebastián.

—Y tú mi hermano y por su culpa he tenido que crecer sin ti. Mira, ella tendría que haberte cuidado, tendría que haberte protegido. Se supone que los padres están para eso, ¿no?

—Yo sí iré a verla —afirmó José Antonio dejando atónita a Gabriela—, para decirle que desaparezca de nuestras vidas para siempre. Te has convertido en un gran hombre, Sebastián, y si ella fue incapaz de ver que su hijo mayor era una de las mejores personas que he conocido jamás, entonces no se merece formar parte de nuestra familia.

—Bien dicho, Doctor Maligno —dijo Gabriela abrazando a sus dos hermanos mayores.

Sebastián no pudo contener más la emoción y se abrazó con todas sus fuerzas a José y a Gabriela.

—Dime una cosa, Seb. —José fue el primero en separarse un poco y volver a hablar—. Si volviste por Cecilia y por nosotros, ¿cómo es que no estás con ella?

—Sí, hermanito, ¿acaso no le has contado la verdad? —quiso saber Gabriela.

—Se lo he contado —explicó Sebastián.

—¿Y?

—Está dolida porque no la llamé ni le escribí durante estos doce años. A vosotros os escribí porque sabía que, aunque me resultara muy difícil, podía contener las ganas de veros —confesó Sebastián al ver las cejas enarcadas de José y de Gabriela—, pero con Cecilia no habría podido. Si le hubiese escrito, y ella me hubiese pedido que volviera, habría vuelto. Y no podía correr ese riesgo. —Suspiró abatido—. Y luego supongo que me dio miedo. Había pasado mucho tiempo y pensé que quizás ella me había olvidado. Y no quería averiguarlo con certeza.

—¿Y ahora qué vas a hacer? —le preguntó Gabriela.

—No lo sé. He recibido varias ofertas de empleo que me gustaría comentaros. Si somos una familia, estas cosas tenemos que hablarlas juntos, ¿no os parece?

—Por supuesto —le aseguró José—, pero ¿estás seguro de que quieres irte de Cádiz?

—No, pero quizá sea lo mejor para todos. Para mí y para Cecilia —puntualizó.

—Yo no estoy tan segura —señaló Gabi—. ¿Por qué no hablas con ella?

—Créeme, Gabi. No servirá de nada.

—Estuviste doce años sin decirle nada, Seb —le recordó José—. Y ahora se lo has soltado todo de golpe cuando ella tiene que enfrentarse a la enfermedad terminal de su madre. ¿No crees que deberías darle otra oportunidad? Quizá lo único que necesita Cecilia es algo de tiempo para asimilar las cosas.

Sebastián escuchó a su hermano con atención.

—Me lo pensaré, ¿de acuerdo? —dijo al fin.

—Genial. La verdad es que tanto a mí como a Gabi nos gustaría que te quedases por aquí, capitán. Pero si al final decides irte, lo entenderemos.

19

Al partir un beso y una flor,
un te quiero una caricia y un adiós
es ligero equipaje para tan largo viaje,
las penas pesan en el corazón.

NINO BRAVO, *Al partir*

Pedro Cano volvió a Cádiz con el corazón destrozado pero convencido de que al menos había intentado hablar con Teresa. Lástima que ella hubiese estado demasiado ocupada con su trabajo y con los preparativos de la boda como para hablar a solas con él.

Probablemente Pedro podía haberse pasado semanas regodeándose en lo desgraciado que era, pero cuando llegó al trabajo y se enteró de que la madre de Cecilia volvía a estar enferma, se olvidó de sí mismo y se dispuso a ayudar a su amiga.

—¿Por qué no me llamaste? —le preguntó Pedro a Cecilia mientras tomaban un café en un bar cercano a las oficinas de capitanía.

—Tú ya tenías bastante con lo tuyo —le dijo Cecilia—. Lamento mucho que las cosas con Teresa no hayan salido bien.

Pedro asintió y entrelazó los dedos con los de ella.

—Y yo. Supongo que era pedir demasiado.

—No sé, Pedro. Siempre pensé que tú y Teresa terminaríais arreglando las cosas.

—Le fui infiel, Cecilia. Me pilló en la cama con otra —se obligó a decir Cano. Había tardado años en ser capaz de decir esa frase, se había pasado bastante tiempo justificándose.

—Quizá Teresa necesita tiempo.

—Han pasado seis años, Cecilia. Y Teresa va a casarse con otro, con un importante abogado de Barcelona. Les vi juntos y la verdad es que hacen muy buena pareja. —Pedro suspiró abatido—. Míranos, vaya dos. Es una lástima que lo nuestro no funcionase.

Cecilia se sonrojó al recordar el único beso que Pedro y ella se habían dado. Ella no tenía hermanos, pero si los tuviera y los besara, probablemente sentiría lo mismo que sintió al besar a Pedro. Nada. O mejor dicho, vergüenza, y la inconfundible sensación de que entre ellos no debería existir aquel tipo de relación.

—Sí, bueno, supongo que fue lógico que lo intentáramos. Yo te estaba consolando por lo de Teresa —dijo Cecilia.

—Y yo por lo de tu misterioso desconocido. ¿Por qué no me has dicho nunca quién era?

En aquel preciso instante entró Sebastián en el café y les vio con las manos entrelazadas. Él habría querido irse, desaparecer de allí sin que le vieran, pero Cano le saludó efusivamente.

—Buenos días, capitán.

—Buenos días, Cano. Me alegro de que haya vuelto.

—Y yo me alegro de haber vuelto —afirmó Cano sin soltarle la mano a Cecilia.

—¿Cómo está tu madre, Cecilia? —le preguntó Sebastián al ver que ella se esforzaba por no mirarle.

—Sigue estable, gracias.

—Me alegro mucho —se quedó en silencio un segundo

antes de añadir—: Os veré luego. Domingo me está esperando.

—Hasta luego, capitán —se despidió Cano observando la reacción de su amiga, y en cuanto Sebastián desapareció, le dijo—. Es Sebastián.

—¿Qué? ¿De qué estás hablando?

—El misterioso desconocido del que has estado enamorada toda la vida es el capitán. Dios mío, cómo no me he dado cuenta antes.

—Está bien, reconozco que Sebastián y yo nos conocíamos de antes.

—Oh, vamos, Cecilia. Tú lo sabes todo de mí, empieza a hablar.

—Me enamoré de él como solo es capaz de enamorarse una niña de dieciocho años.

—¿Y él?

—Él me dijo que me quería y yo le creí.

—¿Y qué pasó luego?

—Que se fue sin decirme nada y no volví a verle hasta hace unas semanas. —Cecilia le contó una versión bastante resumida de los hechos, pero su amigo no la dejó escapar tan fácilmente.

—¿Por qué se fue?

—Porque su madre le amenazó con algo de su pasado.

—Tuvo que ser algo muy importante.

—¿Por qué lo dices?

—Porque es obvio que ese hombre está loco por ti. Cuando ha visto que nos estábamos dando la mano he temido por mi vida.

—¿Tú crees?

—Lo sé. Y si ha vuelto por ti, ¿por qué no estáis juntos?

—No es tan sencillo.

—Sí que lo es —afirmó rotundo Cano—. ¿Acaso se niega a verte? ¿O va a casarse con otra?

—No —reconoció Cecilia confusa—. Tú y Alexia no podéis entenderlo, no sabéis lo que sentí cuando vi que pasaban los años y yo seguía sin recibir ni una carta suya.

—Mira, Cecilia. No tengo ni idea de lo que le pasó a Sebastián, pero ahora está aquí y tú también. Y es evidente que los dos seguís sintiendo algo por el otro.

—Sí, pero no sé si estoy dispuesta a volver a correr el riesgo de que me rompa el corazón.

—Eres afortunada de volver a tener esa oportunidad. Si Teresa me quisiese, aunque fuera solo por un día, yo aceptaría sin dudarlo.

—¿Aunque después te rompiese el corazón?

—Exacto, al menos así sabría que estoy vivo. El mundo está lleno de gente y probablemente algún día encontrarías a alguien con quien compartir tu vida y ser más o menos feliz. Pero nadie podrá compararse jamás a Sebastián. Créeme. Cuando le fui infiel a Teresa, pensé que me aburriría toda la vida con la misma mujer a mi lado, y ahora sé que lo que es de verdad aburrido es estar con una mujer que no me llega al alma y que no tiene ni la más mínima posibilidad de lograrlo. No importa con cuántas me acueste, jamás sentiré con ninguna lo que sentí con Teresa. Y fui un estúpido por no valorarlo entonces.

—Eras joven —Cecilia consoló a su amigo.

—Igual que Sebastián cuando se fue.

Pedro siempre había tenido la habilidad innata de dar en el clavo.

—Vamos, tenemos que volver al trabajo —le dijo Cecilia incómoda.

—Claro, no queremos que el capitán se enfade —añadió Pedro con una sonrisa—. Prométeme que le explicarás que solo somos amigos. Todavía me tiemblan las piernas por cómo me ha mirado antes.

—Te lo prometo —le aseguró Cecilia, a pesar de que no

sabía cuándo iba a tener la oportunidad, o la valentía, de volver a hablar a solas con Sebastián—. Pedro...

—¿Sí?

—¿Quieres que llame a Teresa y le pida que hable contigo? Probablemente podría convencerla.

Pedro se detuvo en medio de la calle y miró a su amiga. Era la primera vez que Cecilia se ofrecía a interceder por él, ella siempre se había mantenido al margen porque se consideraba amiga de ambos. Y tanto Teresa como Pedro la habían respetado por ello.

—No, gracias. De verdad, pero gracias por ofrecerte —le dijo sincero—, significa mucho para mí.

—De nada. Y si te sirve de consuelo, a mí tampoco me gusta el abogado con el que va a casarse. Es un engreído y se me ponen los pelos de punta cada vez que Teresa me cuenta algo de él. Es tan frío y distante que cualquiera diría que están organizando una fusión de empresas en vez de una boda.

Pedro opinaba lo mismo. Teresa necesitaba a un hombre que le diese alas, un hombre que le recordase que no tenía que tomarse la vida tan en serio. Un hombre que la hiciese reír y que la despertase con besos cada mañana. Él habría podido ser ese hombre, pero lo había echado a perder.

—Si ella es feliz, supongo que no tienes más remedio que apoyarla —le dijo Pedro a Cecilia—, aunque te agradezco el comentario.

—Vamos, será mejor que aceleremos el paso.

Cuando entraron en capitanía, Cecilia vio que Sebastián estaba encerrado en su despacho con Domingo y con Márquez. No sabía si era porque había estado varios días sin verle, pero le pareció más delgado y cansado. Seguía siendo el hombre más atractivo que había visto jamás, pero tenía ojeras y su postura desprendía tristeza a pesar de que era evidente que estaba prestando atención a lo que los otros hombres le estaban contando. Cecilia se dio cuenta entonces de que probablemente ella era la causa del abatimiento de Sebastián y se arrepintió de habérselo causado. No podían seguir así, el problema era que ella no sabía si era capaz de enfrentarse a todo lo que sentía por Sebastián.

Cecilia se pasó el resto del día intentando terminar unos informes que tenía pendientes, y esperando a que Sebastián fuese a buscarla para hablar con ella. Pero no lo hizo. El reloj marcó las siete de la tarde sin que Sebastián le dirigiese la palabra. Después de esa reunión, Sebastián había salido un rato y cuando volvió se metió en su despacho y no despegó la nariz del ordenador. Cecilia supuso que él por fin había aceptado que entre ellos no podía haber nada y que había decidido mantener las distancias, y se dijo que era mejor así. Y se lo repitió una y otra vez de camino a casa de su madre cuando ella y Cano fueron a visitarla un rato. A Patricia Ávila siempre le había gustado mucho el amigo de su hija mayor, y había creído que algún día terminarían siendo pareja. Ahora sabía que eso no sucedería jamás, y también sabía el porqué.

Cano las hizo reír un rato y luego se despidió de ambas, y Cecilia se quedó haciéndole compañía a su madre hasta que llegó Alexia.

—Mamá, ¿alguna vez piensas en papá? —le preguntó Cecilia a su madre.

—No, ¿por qué?

—¿No?

—No, me parecería una pérdida de tiempo. Tu padre no se merece que piense en él.

—Si él te pidiese perdón, ¿le perdonarías? —insistió Cecilia.

—¿Qué te pasa, Cecilia? —le preguntó su madre mirándola preocupada.

—¿Le perdonarías?

—No, no le perdonaría, pero probablemente no por los motivos que tú estás pensando. Tu padre fue un egoísta, pensó en él y solo en él. Y os hizo daño a vosotras. Así que no, no le perdonaría. ¿Por qué me preguntas esto ahora? ¿Has visto a tu padre?

—No, qué va. Hace años que no sé nada de él —respondió Cecilia.

—Es por Sebastián —le explicó Alexia a su madre—, la muy idiota todavía sigue sin perdonarle.

—¡Alexia!

—No le grites a tu hermana, Cecilia. Además, creo que supe antes que tú que estabas enamorada de Sebastián.

—¿Qué? ¿Cuándo?

—Ay, hija, ¿de verdad creías que no lo sabía? ¡Pero si se te notaba a la legua! Oh, sí, tú intentabas disimularlo, eso seguro, pero hay cosas que no se le pueden ocultar a una madre. Así que más os vale que dejéis de intentarlo, señoritas —apuntó mirándolas a ambas.

—Si sabías lo de Sebastián, ¿por qué no me dijiste nada el otro día, ni cuando era pequeña?

—El otro día no dije nada porque vi lo enfadada y dolida que estabas con él y pensé que tenías que resolverlo tú sola. Y cuando tenías dieciocho años no te dije nada porque pensé que ya vendrías a contármelo. Se me partió el corazón al ver lo triste que estabas y creí que algún día me lo contarías, pero entonces te volviste dura, distante, y la verdad es que no me atreví a preguntártelo. Supongo que hice mal.

—No, mamá. En esa época no habría sido capaz de contártelo.

—¿Y ahora?

—Ahora ya no hay nada que contar.

—¿Estás segura? —la pregunta salió de los labios de su hermana Alexia.

—Sí, estoy segura.

—Hijas, sé que vuestro padre y yo no hemos sido muy buen ejemplo, pero os aseguro que hay amores por los que vale la pena luchar. Hay historias de amor que duran para siempre.

«Para siempre. Sebastián me dijo en la playa que él y yo éramos para siempre.»

—¿Cómo estás tan segura, mamá? —le preguntó Alexia—. Tú misma has dicho que tú y papá no fuisteis una pareja modelo.

—Porque me niego a aceptar que no exista nada mejor de lo que yo he vivido —contestó Patricia—. Las bibliotecas están llenas de novelas sobre amores eternos. Casi todas las canciones que vale la pena escuchar están dedicadas al amor, y lo mismo sucede con las películas y con las obras de arte. Existe, niñas, hacedme caso. Y vosotras vais a encontrarlo.

—¿Y si no nos damos cuenta de que lo hemos encontrado? ¿Y si lo perdemos porque cometemos una estupidez? —dijo Cecilia.

—Bueno, eso no sucederá.

—¿Por qué no? —preguntaron las dos hermanas al unísono.

—Porque yo no pienso irme de aquí hasta asegurarme de que tenéis el amor de vuestra vida al lado.

—Mamá, ni siquiera tú puedes garantizar tal cosa —le recordó Alexia enarcando una ceja.

—Por supuesto que puedo, espera y verás.

—Papá fue un imbécil —dijo de repente Cecilia admirando a su madre por su valentía y optimismo.

—Sí que lo fue —convino Patricia—, así que no permitas que lo que él nos hizo te marque para siempre, Cecilia. No todos los hombres son como tu padre. Hay hombres que no escurren el bulto cuando hay un problema, y que son capaces de sacrificarlo todo para proteger a las personas que aman. Vuestro padre y yo nos conocimos porque vuestros abuelos se movían en los mismos círculos y supongo que cuando él me pidió para salir vuestras abuelas ya empezaron a hacer la lista de invitados a la boda. Nos casamos muy jóvenes y vosotras nacisteis enseguida. No estoy buscando excusas, nadie me obligó a casarme con él. Y a él tampoco le obligaron a casarse conmigo. Lo que quiero decir es que fue un matrimonio muy práctico, muy conveniente para todos. Me gusta creer que durante unos años fuimos felices, pero cuando vosotras os hicisteis mayores empezamos a distanciarnos casi sin querer. Y cuando me diagnosticaron el primer cáncer, vuestro padre decidió que ya no le compensaba seguir con la farsa. Y yo no le obligué a quedarse.

—Si él se hubiese puesto enfermo, tú no le habrías abandonado —señaló Alexia indignada.

—No, me habría quedado a su lado y le habría cuidado. Pero no le habría amado.

—Aun así te habrías quedado —recalcó Cecilia.

—Tenéis que dejar de pensar en lo que hizo vuestro padre, niñas. A veces no sé cuál de las dos es peor. Tú, Cecilia, te convertiste en un témpano de hielo después de que Sebastián se fuese, pero con lo de tu padre empeoraste. Y tú, Alexia, ¿qué voy a hacer contigo? Siempre eliges a los hombres equivocados, es como si ya supieses quién es el correcto y estuvieses buscando lo completamente opuesto a él.

—¿Yo? —Alexia se sonrojó—. No tengo ni idea de qué estás hablando.

—Por supuesto que no —le otorgó su madre con una sonrisa—. Me apetece acostarme un rato. Buenas noches, niñas.

—Buenas noches, mamá —las dos hermanas le dieron un beso en cada mejilla y se fueron del dormitorio para pensar en todo lo que su madre les había dicho.

Sebastián siguió en capitanía hasta pasadas las nueve. Él y Domingo aprovecharon que se habían quedado solos para seguir hablando de algunos aspectos del nuevo programa informático que iban a desarrollar para el puerto. Al terminar, Domingo no hizo ningún intento por levantarse de la silla y se quedó mirando a Sebastián.

—Tienes muy mal aspecto —le dijo sin rodeos.

—Gracias —respondió sarcástico Sebastián.

—En fin, tú sabrás —le reprendió Domingo—. Yo me voy a casa.

—Lo siento, Domingo. No pretendía ser maleducado.

—Vete a casa, Sebastián. Duerme un poco —le aconsejó su amigo con el cariño propio de un padre—. Mañana volverá a salir el sol.

Sebastián asintió y recogió sus cosas. Se había pasado el día concentrado en su trabajo con la esperanza de borrarse de la mente la imagen de Cecilia y Cano juntos, pero no lo había logrado. Le había dolido verlos charlando tan relajados el uno con el otro, aunque quizás era lo que necesitaba para reaccionar. Pedro Cano era un buen hombre y era evidente que Cecilia podía ser feliz a su lado. Pedro Cano no la había abandonado de joven ni tampoco la había hecho sufrir durante años. Pedro Cano no compartía un pasado con ella y podía ofrecerle un futuro. Apagó las luces y se fue caminando a aquel apartamento que nunca llegaría a convertirse en su hogar.

Al mediodía, Sebastián aprovechó para salir de capitanía y llamó al Ministerio para decir que estaba interesado en la plaza que había vacante en Barcelona. El secretario que le atendió prácticamente se puso a gritar de alegría cuando le preguntó su nombre y Sebastián respondió. Sebastián le pidió al hombre que todavía no comunicase a nadie su interés y le aseguró que solo había llamado para preguntar si dicha plaza seguía libre. El secretario le dijo que no se preocupase y que le guardaría el secreto unos días, pero Sebastián no terminó de creerle.

Buscó la llave en el bolsillo y subió la escalera hasta su

piso. Abrió y al entrar observó las estanterías vacías. Fue a su dormitorio y se sentó en la cama. En un acto reflejo cogió la fotografía que tenía de Cecilia. La acarició con el pulgar y tembló al recordar lo mucho que la amaba. En todos los años que había pasado lejos de ella jamás sintió flaquear su amor. Por muchas mujeres que se acercaran a él, Sebastián nunca veía a ninguna. Por muchos días o meses que pasasen, él jamás dudaría que amaba a Cecilia.

«Esa clase de amor solo se siente una vez en la vida.»

—Una última vez, Sebastián —se dijo a sí mismo en voz alta—, y si te rechaza, encontrarás el modo de vivir sin ella.

Se puso en pie y buscó una caja que había viajado con él desde Chile y que todavía no había abierto. Rompió el cartón y encontró lo que buscaba. Ahora solo tenía que dárselo a Cecilia y después, bueno, después ya decidiría lo que haría con su vida.

20

It's a new dawn
It's a new day
It's a new life
For me
And I'm feeling good

NINA SIMONE,
Feeling good

SOLO SEBASTIÁN

(Cecilia no quiere compartir sus recuerdos de esta noche con nadie.)

Estaba en la cama cuando oí que alguien llamaba a la puerta. ¿Quién podía ser? Gabriela, José. Me puse en pie de un salto. Quizá le había sucedido algo a uno de mis hermanos. Bajé la escalera que conducía hasta la entrada y abrí sin preguntar quién era.

Jamás me lo habría creído si no lo hubiese visto con mis propios ojos.

—¿Cecilia?

Ella se lanzó a mis brazos y cuando la rodeé con los míos noté que llevaba el corsé.

—Te necesito.

Cerré los ojos. A pesar de lo mucho que anhelaba que

Cecilia me dijese exactamente eso, y mucho más, sabía que si ella había aparecido en medio de la noche en mi apartamento era porque había sucedido algo muy grave.

—¿Qué ha pasado?

—Te necesito —repitió Cecilia tirando de mí hacia el interior del apartamento.

Me dejé llevar y cerré la puerta, pero me dije que no daría ni un paso más hasta que ella me contase qué había pasado.

Ella me empujó contra la pared y me mordió el pecho. Yo iba sin camiseta, dormía solo con los pantalones del pijama, y me quedé completamente inmóvil. Y muy excitado.

—¿Qué ha pasado? —repetí cuando ella apartó los labios de mi torso. Intenté respirar, pero Cecilia se pegó a mí y me resultó imposible. ¿Qué diablos me estaba haciendo?

Abrí los ojos y vi que se había quitado la chaqueta y el vestido y que estaba descalza y con ese corsé. Cecilia me cogió de la mano y volvió a tirar de mí.

—Vamos al dormitorio —me dijo.

—¿Qué ha pasado? ¿Es tu madre?

—No quiero hablar —contestó ella—. No he venido a eso.

Me quedé mirándola a los ojos y vi lo herida y dolida que estaba. Tenía que averiguar qué diablos le había sucedido para provocar aquella reacción, pero al mismo tiempo supe que si volvía a preguntárselo, se iría y me dejaría sin darme ninguna explicación.

—¿A qué has venido?

—La última vez que me sentí segura fue contigo —confesó Cecilia entre dientes—. Necesito volver a sentirme así.

No dejé de mirarla a los ojos y no di un paso más.

—Por favor —susurró ella.

Dejé de cuestionarme si estaba bien o mal, si Cecilia iba a utilizarme y a hacerme daño o si así conseguiría por fin que me perdonase.

Cecilia me necesita. Me bastaba con eso.

Di un paso hacia el dormitorio y vi que ella soltaba el aliento.

—Párate donde estás.

Me detuve y vi que los ojos de Cecilia se detenían en la corbata que descansaba en el respaldo de la silla que había en el dormitorio. Ni siquiera recordaba cuándo la había dejado allí.

—Pon las manos en la espalda.

Cecilia se acercó y me las ató con mucha fuerza. Supongo que se olvidó de que yo me había pasado doce años en el ejército y de que, si me lo proponía, podía soltarme sin ningún problema. No iba a intentarlo. De hecho, si ella me lo hubiese pedido habría dejado las manos inmóviles detrás de la espalda sin necesidad de ninguna atadura. Yo quería hacerla feliz y estaba dispuesto a todo para conseguirlo. Me acarició la espalda y poco a poco fue colocándose delante de mí. Me pasó las manos por el torso y con el dedo índice recorrió la marca que me había dejado antes con los dientes.

—A veces tengo ganas de hacerte daño, de marcarte de alguna manera para que no te olvides jamás de lo que me hiciste —dijo Cecilia en voz muy baja y pensé que no me lo estaba diciendo a mí, sino que se lo estaba confesando a ella misma.

—Puedes hacerme lo que quieras —le prometí yo.

Cecilia colocó las manos en la cintura de los pantalones del pijama y los deslizó por los muslos agachándose con ellos. Me los quitó y después ella volvió a subir lentamente sin tocarme, aunque la intensidad con la que podía sentir sus ojos en mi piel fue igual que una caricia.

—Siéntate en la cama.

Me senté en el extremo de los pies y ella mantuvo las distancias. Yo estaba muy excitado, tanto que me temblaban los muslos del esfuerzo que estaba haciendo para contenerme, y ella apenas me había tocado.

Cecilia llevaba el mismo corsé que la otra vez y unas braguitas diminutas también de color blanco. Se las quitó y pensé que iba a darme un infarto. Se acercó a mí con movimientos lentos y muy lentamente levantó una pierna y apoyó el pie junto a uno de mis muslos. Yo me estremecí y ella también. Descendió despacio encima de mí y se sentó en mi regazo. Los dos estábamos desnudos y Cecilia empezó a moverse muy, muy, muy despacio.

Iba a morir.

Seguro.

Podía notar los húmedos labios de su sexo acariciándome el pene y moví las caderas sin darme cuenta ansioso por impregnarme de ese calor.

—No te muevas —me dijo ella y me tiró del pelo de la nuca para echarme la cabeza hacia atrás.

—No me moveré —le aseguré apretando los dientes.

Cecilia apoyó la otra mano en mi pecho y fue deslizándola hacia abajo. Cuando llegó a la zona en que se unían nuestros cuerpos se incorporó un poco y no se detuvo hasta enredar los dedos alrededor de mi erección. Volvió a descender con la misma poca velocidad y se detuvo cuando el extremo de mi pene entró en su interior.

—Dios, Ce. —Me mordí el labio y tiré de los brazos hacia atrás—. Tengo que moverme. Tengo que hacer algo.

Notaba que mi pene iba deslizándose poco a poco hacia el interior del sexo de Cecilia. Podía sentir que ella temblaba a mi alrededor. Mis ojos no sabían si detenerse en su rostro, preso del placer, o los pechos que le subían y bajaban por encima del corsé.

—No te muevas —repitió ella tirándome de nuevo del pelo.

Me dije que aunque muriese en el intento, algo que cada vez me parecía más probable, iba a quedarme inmóvil como una estatua.

—Voy a moverme yo —me dijo ella—. Voy a moverme y no me detendré hasta tener un orgasmo. Y tú no puedes correrte. ¿Lo has entendido?

Dios.

—Lo he entendido —afirmé tras humedecerme los labios y notar cómo me excitaba todavía más.

—No puedes moverte. Haga lo que haga.

—No me moveré.

—Me dijiste que podía hacerte lo que quisiese, que me pertenecías.

Abrí los ojos y busqué su mirada. Por fin. Esa frase, esa petición, esa orden, o como quiera que se llamase, no tenía nada que ver con el sexo. Cecilia necesitaba sentir que yo no iba a fallarle.

—Te pertenezco.

—A ver cuánto tardas en cambiar de opinión —dijo justo antes de levantarse y volver a descender moviendo las caderas en círculos al mismo tiempo.

Con una mano siguió sujetándome la cabeza hacia atrás y yo no aparté los ojos del rostro de Ce ni un segundo. Su expresión iba del más puro asombro al miedo más atroz, pasando por el placer. El asombro se debía probablemente a que ella estaba tan perpleja como yo por lo que estaba sucediendo entre los dos, y el placer era idéntico al mío. ¿Pero el miedo?

Movió las caderas otra vez y dejé de pensar. Me tiró del pelo pero de repente aflojó los dedos y empezó a acariciarme la nuca. Iba a correrme. Levanté un poco las caderas y cuando Cecilia lo notó volvió a tirarme del pelo. Menos mal. Los tirones me parecían *sexys* y eróticos, pero si me acariciaba con ternura sí que no iba a poder contenerme.

Cecilia se movió arriba y abajo, buscó la posición que más placer le daba, y la que más me hacía enloquecer, y nos atormentó a ambos. Yo tenía la espalda empapada de sudor, me dolía el cuello de las ganas que tenía de gritar y de gemir y no recordaba haber estado jamás tan excitado.

—Cecilia, por favor.

—Yo… —balbuceó ella—. No te muevas…, no te corras… dijiste que eras mío.

—Y lo soy. Por favor, córrete tú y deja que sienta tu orgasmo. Deja que vea el placer que puedes sentir en mis brazos.

Cecilia empezó a temblar sin previo aviso y lo único que salió de sus labios fue mi nombre una y otra vez. Me abrazó y dejó que yo notase todo lo que estaba sintiendo sin ocultarme nada y en mi mente fue como si ella no llevase corsé y yo no tuviese las manos atadas. Cuando terminó, se quedó apoyada en mi torso y me dio un beso en el mordisco de antes.

—Tú no has terminado… —me dijo sorprendida al apartarse.

—No, tú no me has dado permiso —contesté yo sin tampoco ocultarle lo excitado que estaba.

Mi mayor recompensa fue ver que levantaba la comisura del labio y me sonreía. Se agachó y me dio un beso en los labios. Fue un beso tierno y pensé que iba a ser el único que recibiría pero tras mirarme a los ojos, Cecilia volvió a acercarse y deslizó la lengua por entre mis labios. Me sujetó el rostro con ambas manos y me besó. Me devoró. Me mordió. Me recorrió el interior de la boca con la lengua y no me dejó apartarme ni un segundo. Noté que los corchetes del corsé se me pegaban al torso y me temblaron las manos de las ganas que tenía de abrazarla. El beso de Cecilia no se interrumpió y ella empezó a mover las caderas de nuevo, pero esta vez no eran movimientos estudiados ni cronometrados, sencillamente era su cuerpo reaccionando al mío y respondiendo al fuego que nuestros besos creaban juntos.

Cecilia deslizó las manos por mi espalda y me acarició.

Volvió a besarme para luego volver a apartarse y morderme el cuello, la clavícula.

Dios.

El pecho.

No iba a poder soportarlo más. Otro beso lleno de lengua y de pasión que volvió a interrumpir. Si ella volvía a terminar sin mí, yo iba a incumplir mi promesa. Cecilia se apartó y levantó una mano para apartarme un mechón de pelo que se me había pegado en la frente.

¿Cómo era posible que fuese capaz de ser tan tierna conmigo y no quisiera perdonarme?

—Chisss... Sebastián —me dijo al notar que me tensaba. Me dio un beso en la nariz y en los pómulos y me apartó otros mechones que se me habían pegado con el sudor.

No podía más. A ella le brillaban los ojos y tenía los labios húmedos y enrojecidos por mis besos. Y seguía moviendo las caderas de ese modo tan dulce e inocente que iba a volverme loco.

—Por favor, Ce.

—Córrete, Sebastián.

Y lo hice. Sin más. Ella ni se movió. Mi cuerpo entero reaccionó únicamente a sus palabras y durante un breve segundo me sentí completamente indefenso, hasta que noté que ella también tenía un orgasmo y me abrazaba. Me estremecí y mis caderas se movieron incansables hasta que mi cuerpo recuperó cierta calma, no demasiada teniendo en cuenta que Cecilia tenía el rostro oculto en el hueco de mi cuello y respiraba pegada a mí, y que todavía estaba dentro de ella y podía sentir su calor y los temblores de su orgasmo.

No, no estaba demasiado calmado. Pero al menos estaba con ella.

—Mi padre ha ido a ver a mi madre —me dijo ella de repente. Y yo me mantuve inmóvil a la espera de que continuase—. Al parecer quiere volver a casarse. Nos ha dicho, a

Alexia y a mí, que en principio no inició los trámites de divorcio porque mi madre iba a morirse, pero ahora que ella ha decidido ponérselo difícil y vivir, no tiene más remedio.

—Lo siento, amor.

Dios, iba a romper esa corbata de un segundo a otro. Necesitaba abrazar a Cecilia y ella necesitaba que la abrazase.

—Mi madre no se ha enfadado, incluso nos ha dicho que firmará los papeles. Dice que no vale la pena, que lo único que quiere es vivir tranquila.

—Tu madre es una gran mujer.

—Yo no soy tan fuerte como ella —me confesó apartándose de mí y lo que vi en sus ojos me anudó las entrañas y me oprimió el pecho.

—Lo eres más.

—No, si tú me hicieras algo así, yo... —Sacudió enérgicamente la cabeza—. Tengo que irme.

—¿Qué? ¡No! —exclamé con todas mis fuerzas—. Yo nunca te haría lo que tu padre le ha hecho a tu madre. Somos personas distintas. Tú y yo tenemos nuestra propia historia de amor.

—Una historia de amor que se resumiría en un beso, doce años de separación y unas semanas de esto —nos señaló con las manos al ponerse en pie.

Yo rompí la maldita corbata y también me incorporé.

—Esto somos tú y yo haciendo las paces, Cecilia. Enamorándonos otra vez pero ahora como adultos.

—No, Sebastián. Esto es mi patético intento de olvidarme de ti junto con tu sentido de la culpabilidad y tu obsesión para que te perdone.

—¡No, Cecilia! Lo que sucedió hace unos años fue horrible y los dos lo hemos superado como hemos podido. Ahora que por fin estamos juntos, todo saldrá bien.

—No. —Cecilia se vistió sin el corsé. Se puso el vestido, los zapatos y la chaqueta a la velocidad del rayo.

—Sí, Cecilia.

—NO.

—¿De verdad vas a echar por la borda lo nuestro solo porque tu padre es un cretino? Yo no soy como él. Tú no eres como tu madre. Sí, cometí un maldito error, pero te amo. Y tú me amas a mí. El sexo entre tú y yo es increíble, y juntos encontraremos el modo de ser felices. Vamos, Ce, confía en mí.

—No puedo, Sebastián. Lo siento.

En aquel preciso instante se me rompió definitivamente el corazón. Tragué saliva varias veces y me puse los pantalones del pijama.

—Me han ofrecido un trabajo en el puerto de Barcelona.

A ella pareció sorprenderle el cambio de tema pero se esforzó por ocultarlo.

—Felicidades.

—Es una gran oportunidad, podríamos ir juntos y empezar allí una nueva vida. Barcelona no está muy lejos y podríamos venir siempre que quisiéramos.

—No, mi vida está aquí. Si mi madre de verdad sale de esta, quiero estar a su lado. Y me gusta ver a Alexia a diario.

—Pues entonces diré que no la acepto y me quedaré aquí —le dije mirándola a los ojos sin disimulo.

—No, yo creo que deberías aceptar.

Tardé varios minutos en reaccionar. No podía creerme lo que estaba oyendo. ¿De verdad iba a dejar que me fuese?

—Sin ti, no. No quiero volver a irme de aquí sin ti.

Tenía la certeza de que si volvía a perderla, jamás la recuperaría.

—Yo no puedo seguir así, Sebastián.

—Yo tampoco —le confesé yo.

—No volveré a acostarme contigo, Sebastián. Todo esto es demasiado para mí. Acepta el trabajo de Barcelona o quédate aquí, pero tomes la decisión que tomes no lo hagas por mí. Esto —nos señaló a ambos— no sé lo que es, pero no vale la pena.

—Te amo, Ce —le dije e iba a cogerle las manos pero ella se apartó. Di un paso hacia delante y la cogí en brazos. La besé y no la solté hasta que el dolor que sentía en mi pecho se convirtió en agonía—. Pero entiende una cosa, si hay algo por lo que vale la pena luchar, es por esto —le dije apartándome solo lo suficiente para poder hablar—: No sé qué ha pasado entre tu padre y tu madre, pero te aseguro que no puede compararse a lo que yo siento por ti. Ni a lo que tú sientes por mí.

Le di un último beso y la acompañé a la puerta. Me negaba a tener la sensación de que me abandonaba.

—No quiero irme de Cádiz sin ti, y quedarme aquí, si tú no estás conmigo, será un verdadero infierno, pero tengo que tomar una decisión.

—Lo entiendo —susurró Cecilia.

—Cuando te conocí pensé que eras la chica más valiente que había conocido jamás, pero ahora ya no estoy tan seguro. —No quería hacerle daño, pero tampoco iba a quedarme callado—. Dame una oportunidad, Cecilia. Danos la oportunidad de estar juntos, por favor. Lo que pasó hace doce años fue horrible y tal vez no reaccioné del modo que a ti te habría gustado que reaccionase, pero ahora estoy aquí y por mucho que lo intente no puedo volver atrás. Échamelo en cara toda la vida, si quieres, pero atrévete a dar un paso hacia delante. —Le tendí la mano—. Juntos podemos superarlo, Ce.

Cecilia no me cogió la mano, sino que se dio media vuelta y se fue sin decirme nada.

21

Hay dos días en la vida para los que no nací,
dos momentos en la vida que no existen para mí.

JARABE DE PALO,
Hay dos días en la vida

Se avecinaba tormenta. El cielo llevaba días reflejando el estado turbulento de las emociones de Sebastián y tarde o temprano iba a estallar. Las olas del mar estaban cada vez más desbocadas y el puerto estaba en estado de alerta. A Sebastián, como a cualquier marino con dos dedos de frente, no le gustaban las tormentas y les tenía mucho respeto; la gente solía cometer estupideces cuando había tormenta, eran muchos los que subestimaban la fuerza del viento o la rabia del mar. Sebastián no.

Hacía días que no veía a Cecilia, después de la noche en que ella se presentó en su casa y se fue negándolos a ambos, Sebastián decidió que tenía que distanciarse un poco. De lo contrario, terminaría por darse por vencido y por irse de Cádiz y no volver jamás. Y esa opción, sí que no quería planteársela. Gracias a su hermano José, Sebastián estaba al corriente del estado de salud de la madre de Cecilia y siempre que Patricia sufría un bache, tenía que contenerse para no salir en busca de Cecilia y abrazarla. Y cuando mejoraba un poco, igual, se moría de ganas de llamarla y decirle que era buena señal, que todo iba a salir bien. Cecilia había vuelto al trabajo y cumplía con el horario y con sus obligaciones profesionales con total normalidad, sencillamente los dos se las ingeniaban para no quedarse nunca a solas y para no tener que hablar de nada excepto del puerto y sus respectivos trabajos. A Sebastián lo estaba matando.

Y a Cecilia también.

Y entonces llegó la tormenta.

Empezó a llover a las seis de la madrugada y con cada hora que pasaba los rayos y los truenos se intensificaban y sonaban cada vez más cerca. El viento arrancó postes y vallas, volcó grúas y camiones en la carretera y embraveció al mar hasta convertirlo en un infierno de llamas negras.

Sebastián estaba en capitanía junto con Cano, Márquez y Domingo, y también con los operarios de comunicaciones y miembros especiales de la Cruz Roja. De momento no se había producido ningún naufragio y los accidentes que habían acontecido en el puerto habían podido contenerlos, pero ninguno de los allí presentes se atrevía a cantar victoria. Sebastián entraba y salía constantemente de capitanía, asegurándose de que las instalaciones aguantaban el temporal y guiando a los barcos que todavía tenían que atracar definitivamente. Estaba empapado y completamente helado. La única buena noticia, pensó cuando se sopló aire caliente en los dedos, era que Cecilia estaba sana y salva en su casa. A pesar de todo lo que había pasado entre los dos, si ella estuviese allí, él sería incapaz de concentrarse y a juzgar por lo negro que estaba el cielo, durante las horas venideras iba a necesitar toda su concentración.

Cecilia no iba a quedarse en casa mientras el trabajo de los últimos meses corría peligro de destruirse por culpa de esa tormenta. En esta vida ya había perdido demasiadas cosas por causas ajenas a ella, y el proyecto Erizo no iba a ser una de ellas.

El proyecto Erizo consistía en un estudio para proteger y conservar la fauna marítima de la bahía. La pieza fundamental de ese estudio residía en una jaula que estaba en el fondo de la bahía sujeta a un complicado, y carísimo, sistema informático que analizaba sus resultados. Dentro de esa jaula, había unos especímenes que Cecilia había elegido personalmente para el proyecto; unos cangrejos que eran los descendientes de los que había visto bailar con Sebastián.

Esos cangrejos no iban a morir en esa tormenta. La jaula no iba a salir despedida en medio del mar. No si ella podía hacer algo al respecto.

Se puso el traje de neopreno con el que solía salir a bucear y un jersey encima, y se montó en el coche. Le costó conducir hasta el puerto, pero mantuvo la mirada fija en su objetivo y sujetó con fuerza el volante. El guarda que había en la barrera de la entrada parpadeó varias veces cuando la vio entrar, pero estaba tan ocupado atando unos cabos que no le dijo nada. Cecilia tampoco se habría detenido. Llegó a capitanía y encontró a Cano en la radio intentando tranquilizar a un barco que había quedado varado fuera del puerto. Sebastián no estaba por ninguna parte, pero oyó que Domingo le decía al jefe de los bomberos que el capitán había salido a observar los daños que había causado una grúa al desplomarse encima de una de las naves vacías del puerto. A Cecilia le dio un vuelco el corazón al imaginarse a Sebastián dentro de una nave medio destruida y que podía desplomarse encima de él en cualquier momento, pero sacudió la cabeza y siguió adelante con su objetivo. Se acercó a su escritorio y abrió el cajón en busca de la llave de su taquilla y del localizador; un radiotransmisor que la ayudaría a encontrar la posición exacta de la jaula.

—¿Qué estás haciendo aquí, Cecilia?

Cecilia cerró el cajón y enredó los dedos alrededor del radiotransmisor.

—Voy a sacar la jaula —le dijo sin más a Cano.

—Estás loca. No puedes meterte en el agua.

—Será solo un momento —afirmó de camino al vestuario donde estaban las taquillas—. Entrar y salir. —Cogió las gafas y el respirador—. No me pasará nada.

Pedro tardó varios segundos en responderle de lo furioso que estaba.

—No puedes meterte en el agua —repitió—. Hay olas de cinco metros, Cecilia. No para de llover y el viento es de... —farfulló— no sé cuántos quilómetros por hora. El ordenador tiene grabados todos los datos, mañana, o cuando pase la tormenta, podemos bajar otra jaula con nuevos especímenes.

Cecilia le dio la espalda y se dirigió hacia la salida. Nuevos especímenes. Esos cangrejos no iban a terminar perdidos en medio del océano, no después de haber estado con ella durante todo ese tiempo.

Ellos no la habían abandonado, así que ella tampoco lo haría.

—¡Cano, Cano! —lo llamó Domingo—. ¡El radar detecta otro barco, joder, que alguien venga a ayudarme!

Pedro soltó una maldición por lo bajo.

—Enseguida voy —gritó—. Quédate aquí, Cecilia. No cometas ninguna estupidez —le dijo mirándola a los ojos antes de salir corriendo hacia la sala de los ordenadores.

Cecilia esperó a que se cerrase la puerta y entonces salió y se metió bajo la tormenta. Caminó por entre los barcos hasta llegar al punto exacto que marcaba el localizador y tras mirar el cielo y ver los rayos que se cernían encima de ella, se lanzó al agua.

Sebastián entró en capitanía sujetándose un pañuelo en la frente para ver si así la herida que tenía en la ceja dejaba de sangrarle. Lo de esa grúa había sido un maldito milagro, si se hubiese desplomado unos metros más hacia la derecha habría caído parcialmente encima de un restaurante. Un maldito milagro, pero uno de los cables eléctricos le había atizado al pasar por el lado y ahora iba a tener una nueva cicatriz que añadir a la colección. Y todavía faltaban horas para que amainase la tormenta.

—¡Cecilia!

Oyó el grito de Cano y un escalofrío le recorrió todo el cuerpo. Cecilia no estaba allí. No estaba allí.

—¡Cecilia! —gritó de nuevo Cano, y Sebastián corrió hacia el lugar de donde provenían los gritos.

—¿Qué diablos pasa, Cano? —le preguntó cuando lo encontró en mitad de la escalera que conducía a los vestuarios—. ¿Dónde está Cecilia?

—No lo sé —respondió Cano—, estaba aquí hace un momento. Iba vestida con el traje de neopreno y me ha dicho que iba a por la jaula.

—¿Jaula, qué jaula? —Sebastián no entendía nada pero tenía una horrible sensación en el estómago.

—Esos malditos cangrejos —dijo furioso Cano—, llevo años diciéndole que se encariña demasiado con los animales, pero lo de esos cangrejos no tiene nombre.

«Nuestros cangrejos.»

—¡Cano! —lo zarandeó levemente—, céntrate, ¿qué diablos pasa? ¿Dónde está Cecilia?

Cano respiró hondo y miró a Sebastián; ese hombre amaba a su amiga y ni siquiera estaba intentando ocultarlo.

—Ha ido a sacar la jaula del proyecto Erizo. Está colgada cerca del rompeolas.

A Sebastián se le paró el corazón y dejó de respirar durante un segundo.

—¿Qué rompeolas?

—El quinto. Toma —le pasó un localizador idéntico al que se había llevado Cecilia—, esto te marcará la posición exacta.

Sebastián lo cogió y salió corriendo sin darle las gracias a Cano. Los truenos y los rayos lo impulsaron a ir más rápido y esquivó todos los obstáculos que se encontró por el camino. Solo tenía ojos para esa maldita máquina y el punto rojo que no dejaba de parpadear en la pantalla. Hasta que algo captó su atención en medio del mar y creyó morir.

Cecilia.

Se acercó al agua y se lanzó sin pensar en si conseguiría salvarla o si los dos terminarían ahogándose. No pensó en él ni un segundo, solo en ella.

Se metió en el agua y nadó con todas las fuerzas que tenía y con algunas que no. Apenas podía sentir los brazos y le quemaban los pulmones del agua que había tragado, pero no se detuvo hasta que llegó donde estaba ella.

—¡Ce! —gritó por encima del viento de la tormenta—. ¡Ce!

Una ola la movió y vio que tenía un golpe en la frente y que estaba inconsciente. Era un milagro que no se hubiese ahogado. Alargó un brazo y la cogió por el cuello para arrastrarla hasta el rompeolas donde podía ver a Cano y a un equipo de la Cruz Roja esperándolos. Cecilia pesaba demasiado, y Sebastián apenas podía mantenerse a flote. El frío empezaba a afectarlo y le costaba controlar las articulaciones.

—¡Ayúdame, Ce! —le ordenó—. Por lo que más quieras, ayúdame.

Cecilia tosió un poco y sin abrir los ojos se sujetó del antebrazo de Sebastián. Él nadó hasta alcanzar la cuerda y el salvavidas que le habían lanzado los socorristas y después todos tiraron de ellos y los arrancaron del mar. Sebastián tosió e intentó recuperar el aliento, apenas podía sentirse los brazos y las piernas casi no lo sostenían, pero no dejó que lo abrigaran con una manta y corrió al lado de Cecilia, que estaba tumbada en una camilla.

—Apartaos —les ordenó—. Abre los ojos, Ce. ¡Abre los

ojos! —le exigió furioso y temblando tanto de miedo como de frío.

Cecilia debió de detectar lo que Sebastián estaba sintiendo y consciente de que si no reaccionaba él se derrumbaría por completo delante de toda esa gente, se sentó y empezó a escupir agua. Cano le echó una manta por encima de los hombros pero cuando Cecilia levantó la vista sus ojos solo buscaron los de Sebastián.

Y los encontraron. Él le aguantó la mirada sin ocultar que tenía los ojos llenos de lágrimas e incapaz de contener la rabia que le ardía por dentro con la misma furia que la tormenta que caía a su alrededor.

—Lleváosla de aquí —les ordenó a los enfermeros—. Yo vuelvo a capitanía.

—Capitán —lo llamó uno de los socorristas de la Cruz Roja—, su herida, la que tiene en la ceja, sigue sangrando.

Sebastián no se detuvo y siguió caminando. Si se quedaba allí un segundo más, aunque fuera para que le cosieran la herida, cogería a Cecilia en brazos y la besaría delante de todos. Eso después de gritarle y de echarle la bronca más grande del siglo por haber puesto en peligro su vida por unos estúpidos cangrejos.

Entró en capitanía y fue directamente a su despacho donde se cambió y se puso una camiseta y pantalones secos, además de ropa interior. Estaba tan furioso que ni siquiera pensó en ir a vestirse al vestuario, sino que cogió la bolsa del gimnasio que tenía en el armario y se cambió. Si entraba alguien y no le gustaba, que cerrarse los ojos. A él no le importaba. Vestido con ropa que no apestaba a mar y a pescado, cogió la toalla y también empezó a secarse el pelo. Cuando llamase alguien pasando el parte de otra emergencia, sería el primero en salir, a ver si así conseguía desahogarse antes de hacer algo que probablemente lamentaría más tarde. Miró por la ventana y comprobó que la tormenta seguía en plena forma, aunque le alivió ver que por delante de capitanía pasaba la ambulancia en la que con toda seguridad iba Cecilia.

—Deberías dejar que te echasen un vistazo a esa herida.

Sebastián se tensó de golpe y apretó la toalla con ambas manos.

—¿Por qué no estás en esa ambulancia? —le preguntó sin volverse.

—No me ha pasado nada, solo tengo un pequeño chichón en la cabeza.

—Estabas inconsciente en el agua, Ce. Si hubiese tardado medio minuto más en llegar allí, te habrías ahogado.

—Pero no me he ahogado. Estoy bien.

Cecilia se quedó mirando la espalda rígida de Sebastián. Todavía tenía el pelo mojado y las gotas de agua salada le resbalaban por la nuca. No se había dado la vuelta para mirarla, pero el tono de su voz le había dejado claro lo furioso y lo asustado que estaba. Ella quería acercarse a él, y sus pies se movieron para hacer exactamente eso. Cecilia quería poner una mano entre esos omóplatos y decirle que sentía haberlo asustado, que ella también estaba muy preocupada por él y que por fin todo iba a salir bien. Quería decirle que durante esos segundos que había estado inconsciente en el agua, lo que la mantuvo a flote fue pensar en él. Quería decirle que el motivo por el que se había metido en el agua era para salvar a unos estúpidos cangrejos (que por cierto estaban a salvo) porque formaban parte de uno de los mejores recuerdos de su vida; del día que lo conoció. Quería decirle muchas cosas, pero no sabía cómo empezar y seguía teniendo miedo. Miedo de que Sebastián volviese a dejarla, miedo de no poder hacerlo feliz. Él se había lanzado al agua para salvarla, eso tendría que darle valor, pero al mismo tiempo, ahora estaba allí de pie completamente inaccesible, como si hubiese levantado un muro infranqueable entre los dos.

—Lo que has hecho hoy, Ce, es imperdonable.

—¿Cómo has dicho? —Cecilia, que tenía la mano a escasos milímetros de la espalda de Sebastián, la apartó de golpe—. ¿Imperdonable?

—Sí —afirmó Sebastián volviéndose de golpe—. ¿Acaso todavía no comprendes lo que has hecho?

—Mira, Sebastián, soy una de las mejores nadadoras y buceadoras que conoces, lo sabes muy bien, y aunque es evidente que crees lo contrario, no me he metido en el agua para captar tu atención.

—No, ya lo sé. Te has metido en el agua para salvar unos cangrejos. Conmigo no quieres hablar, ni quieres darnos una oportunidad, pero te has jugado la vida para salvar unos cangrejos porque son los descendientes de los que bailaban en el mar el día que nos conocimos. ¿Qué diablos te pasa, Ce? —gritó con toda la rabia que normalmente intentaba contener—. ¿Acaso pretendes volverme loco? ¿Quieres torturarme hasta que me rinda y me vaya de aquí para siempre? Porque si es eso, tranquila, ya lo has conseguido, me iré a Barcelona en cuanto acepten los papeles del traslado.

—¿Vas a irte a Barcelona? —le preguntó dolida y dando gracias por no haberse puesto en ridículo confesándole lo que sentía segundos atrás. Él se iba. Sebastián siempre se iba. Endureció el rostro y se cruzó de brazos.

—¿Y qué quieres que haga, Ce? No quieres que estemos juntos, no quieres saber nada de mí, de hecho, si no fuera porque al menos me dirigiste la palabra antes de irte de mi apartamento, creería que ni siquiera te acuerdas de que nos acostamos juntos.

Cecilia lo abofeteó. Fue una bofetada muy dura, y Sebastián echó el rostro hacia atrás por el impacto.

—Eres un...

—¿Qué soy, Ce? Dímelo. ¡Dímelo! —Suspiró agotado y dio un paso hacia atrás—. Tal vez yo ya no te importo, o quizá nunca te he importado. No lo sé. Pero tendrías que haber pensado en tu madre y en tu hermana antes de lanzarte al mar a salvar esos cangrejos. Les habrías destrozado la vida, Cecilia.

—Te lo repito, no pretendía asustar a nadie. Solo quería sacar la jaula y llevarla al laboratorio, pero me he golpeado con un trozo de madera que estaba flotando en el mar y he perdido la consciencia unos segundos.

—Podrías haber muerto, Ce. Y yo... —levantó las manos exasperado—. Da igual. Está claro que no podemos seguir así. Tú tienes que quedarte aquí con tu madre y con tu hermana, así que el que se va, soy yo. Te avisaré cuando el traslado a Barcelona sea efectivo, mientras tanto, haz lo que quieras con la excedencia, yo estaré varios días en Madrid solucionado temas con el Ministerio, así que si decides seguir trabajando, no tendrás que verme demasiado.

—De acuerdo, Sebastián.

Cecilia abandonó el despacho y volvió a su casa. ¿Por qué tenía que ser todo tan difícil?

22

There was love all around
But I never heard it singing
No I never heard it at all
Till there was you.

THE BEATLES,
Till there was you

La calma después de la tormenta.

Así sería como Sebastián describiría la situación entre él y Cecilia después de decirle que había decidido aceptar el puesto de capitán del puerto de Barcelona.

Lo odiaba, prefería mil veces que ella lo gritase o lo insultase, o que le dijese que no quería verlo más, a esa total y educada indiferencia.

Lo estaba matando.

Tal como le había dicho a Cecilia, Sebastián estuvo unos días en Madrid para ocuparse del papeleo del traslado y para resolver cuantos temas pudiese de la capitanía de Cádiz, como por ejemplo, encontrar su sustituto. Al final redujo la lista a tres candidatos y los presentó al Ministerio con su recomendación personal; eligiesen al que eligiesen, de lo único que tenían que asegurarse era de que Domingo y Márquez seguían en el equipo, y también Cano.

De nuevo en Cádiz, lo primero que hizo Sebastián fue organizar una cena con sus hermanos para contarles sus intenciones.

—No veo bien que tengas que irte, Sebastián —le dijo Gabriela, y Sebastián tuvo ganas de abrazar a su hermana—. Lamento mucho que tú y Cecilia no hayáis arreglado las cosas, pero no veo qué tiene que ver eso con que te vayas a Barcelona.

—De momento, es mejor así, Gabi —le explicó Sebastián—. Si me quedo, no podré mantenerme alejado de Cecilia y tarde o temprano terminaremos haciéndonos daño.

—Podrías quedarte aquí y no mantener ningún contacto con ella —sugirió José.

—Me he pasado doce años en Chile y el océano ha sido lo único que ha impedido que viniese a buscarla —ejemplificó Sebastián—. Creedme, si me quedo, iré a verla, a hablar con ella. No podré evitarlo.

—¿De verdad crees que no podéis arreglar las cosas, Seb?

—De verdad, Gabi. Además, lo de Barcelona es una gran oportunidad y podemos vernos por vacaciones y casi todos los fines de semana.

—Ya lo sé, pero me da mucha rabia —sentenció, demostrando que apenas tenía dieciocho años.

—Si crees que es lo mejor para ti, cuenta con nosotros, Sebastián.

—Gracias, José. Te aseguro que lo es.

—Bueno, pues más te vale buscarte un apartamento bien grande, porque los fines de semana que no vengas a Cádiz, Maligno y yo iremos a Barcelona.

—Me parece bien, Gabi, en realidad, es una gran idea.

José y Gabriela se tomaron la decisión de Sebastián mucho mejor que Domingo y Márquez. Claro que ellos sabían la verdad, y eso probablemente ayudaba bastante.

—No puedo entenderlo, Sebastián —le dijo Domingo sin ocultar que no le hacía ninguna gracia que Sebastián se fuese a Barcelona—, ¿por qué diablos tienes que irte?

—El puerto de Barcelona tiene que renovarse, y creen que soy la persona adecuada para sacar adelante el proyecto.

—Mira, no es que lo ponga en duda, pero, ¿no puede hacerlo otro? Tú aquí haces falta, Sebastián. Es la primera vez en muchos años que esta capitanía funciona bien de verdad, y apenas hace unos meses que llegaste.

—Gracias, Domingo.

—No me las des, no te estoy haciendo la pelota, Sebastián, de hecho, ahora mismo tengo ganas de estrangularte, capitán.

Sebastián sonrió.

—Lo sé, Domingo, y no sabes cuánto te agradezco que te contengas.

—Yo también lamento mucho que se vaya, Sebastián —dijo Márquez con su habitual educación.

—¿No te parece que podrías tratarme de tú, Luis?

—Por supuesto, Sebastián. Si te quedas, te trataré de tú.

Domingo soltó una carcajada.

—Vaya, vaya, Márquez, al parecer resulta que tienes sentido del humor.

—Solo a veces, Domingo. Solo a veces.

—Todavía no han elegido a mi sustituto, pero como les he mentido como un bellaco y les he dicho que vosotros dos solos podéis llevar la capitanía, no creo que se den mucha prisa.

—Vete a la mierda, Sebastián, dime que no has hecho eso —dijo Domingo—, ahora seguro que tardarán una eternidad en mandarnos a alguien que pueda firmar los malditos permisos.

—Coincido con Domingo, Sebastián, vete a la mierda.

Los tres hombres se rieron por lo surrealista de la conversación y cuando Cecilia oyó las risas provenientes del despacho de Sebastián se sintió tremendamente culpable. Sebastián se iba por su culpa, porque creía que si se quedaba ninguno de los dos sería feliz. Pero ella... ella no lo tenía tan claro. Desde un principio Sebastián la había abrumado, le había saturado los sentidos hasta tal punto que era incapaz de pensar con claridad. Cuando lo conoció, con tan solo quince años, estuvo días sin poder quitarse de la cabeza la sonrisa del chico que se había encontrado en el puerto cuando miraba los cangrejos. Y cuando la miró a los ojos y le dijo con total sinceridad que había sido un delincuente y un drogadicto, supo que jamás encontraría a nadie tan valiente. Ni tan sincero. Cierto, en aquel entonces ella tenía dieciséis años y no entendía nada de lo que le estaba sucediendo, pero una parte de su corazón, de su alma, supo sin lugar a dudas que Sebastián Nualart iba a ser la persona más importante de su vida.

Él tenía un pasado horrible, había pasado por unas situaciones por las que ninguna persona debería pasar y había sobrevivido. Y se había convertido en un hombre increíble, un hombre arrollador que como tal le pedía que fuese igual de valiente que él.

Cecilia lo amaba, de eso no tenía ninguna duda. A él no se lo había dicho porque... porque cómo le dices a alguien que lo amas pero que tienes miedo de ser feliz. ¿Cómo le dices que no quieres estar con él porque sabes que si sale mal, que si algún día te deja, no podrás volver a recomponerte y que esta vez, no podrás seguir adelante sin él?

La respuesta es: no se lo dices.

Oyó la puerta del despacho y comprobó que no tenía escapatoria.

—Hola, Cecilia, no sabía que todavía estabas aquí —le dijo Domingo al verla—. ¿Te has enterado de que Sebastián nos abandona?

Oh, Dios. Los dos se miraron a los ojos sin saber qué hacer.

—Sí, me he enterado —contestó al fin Cecilia—. Felicidades, capitán.

Sebastián entrecerró los ojos y le suplicó que no lo torturase.

—Gracias, Cecilia. La verdad es que lamento mucho tener que irme. —Dos podían jugar a ese juego.

—¿Necesitabas algo, Cecilia?—le preguntó entonces Márquez.

—No, gracias, ya me iba. Buenas noches a todos.

—Espera, te acompaño —se ofreció Márquez—, me gustaría preguntarte algo.

—Por supuesto. Te espero abajo.

Márquez cogió sus cosas y mientras lo hacía les explicó a Domingo y a Sebastián que quería preguntarle a Cecilia sobre una cámara fotográfica que quería comprarse. Sebastián se relajó, aunque al mismo tiempo se recordó que él no tenía derecho a estar celoso. Ya no, y quizá nunca lo había tenido.

Cuando Domingo y Sebastián se quedaron a solas, el primero no perdió ni un segundo en atacar al segundo.

—Es Cecilia. Cecilia es la mujer misteriosa de la que estabas enamorado hace años, y ella es el motivo de tu traslado a Barcelona.

Sebastián no intentó disimular, sabía por propia experiencia que jamás conseguiría ocultar lo que sentía por Cecilia.

—Sí, así es.

—Joder, Sebastián. Ahora entiendo muchas cosas.

—¿Ah, sí? Pues empieza a explicármelas, si no te importa, porque yo hace tiempo que no entiendo nada.

—Por eso pidió Cecilia la excedencia justo antes de que llegaras —siguió Domingo.

—Sí, por eso.

—¿Tanto os odiáis que no podéis comportaros como dos personas civilizadas y trabajar en el mismo sitio?

Aquella descripción de su relación con Cecilia dolió mucho a Sebastián y miró al otro hombre a los ojos.

—Yo no odio a Cecilia. Jamás podría odiarla. La amo.

—Entonces, ¿por qué te vas? —le preguntó como si fuera idiota.

—Porque es mejor así.

Domingo le dio una colleja.

—¡Au!, ¿por qué me pegas?

—¿Desde cuándo te has convertido en un adolescente, Sebastián? Si la amas, lucha por ella.

—No es tan fácil —suspiró Sebastián—. Cecilia y yo nos conocimos cuando vine a Cádiz hace años —resumió—. Nos enamoramos y yo me fui sin decirle nada. Y ahora he vuelto. Doce años más tarde.

—Y ahora has vuelto. El pasado, por horrible que haya sido, es pasado. Ahora estás aquí y ella también. Y ahora que sé la verdad, no me cabe ninguna duda de que Cecilia también siente algo por ti. Dios, si Marcela lleva años buscándole novio y ella nunca ha accedido a cenar con ninguno de nuestros amigos. Marce siempre ha tenido la teoría de que era porque Cecilia estaba enamorada de alguien en secreto, y ahora veo que no iba desencaminada.

—Las cosas se han complicado, Domingo. Digamos que por ahora lo mejor para los dos es que estemos un tiempo sin vernos.

—Ya, claro, porque los últimos doce años que habéis pasado sin veros os han sentado tan bien que queréis repetir. No digas estupideces.

Dicho así, pensó Sebastián, realmente parecía una estupidez.

—Te agradezco que estés de mi parte, y me alegro de que por fin sepas la verdad.

—Y yo, podrías habérmelo contado antes, ¿lo sabes, no?

—Lo sé... —reconoció Sebastián encogiéndose de hombros—, pero cuando deduje que Cecilia no le había contado a nadie que me conocía, opté por seguir su ejemplo.

—Te entiendo, yo también hago siempre lo que me dice Marce —añadió Domingo con una sonrisa para quitarle algo de hierro al asunto—. Vas a irte a Barcelona.

No era una pregunta, pero Sebastián la respondió.

—Sí, voy a irme a Barcelona y tú vas a cuidar de Cecilia hasta que yo consiga encontrar el modo de volver.

—De acuerdo, pero no tardes demasiado.

Había llegado el día de la despedida. El lunes lo esperaban en Barcelona y Sebastián había decidido ir con sus hermanos a pasar el fin de semana en la Ciudad Condal; así podrían estar juntos y él les enseñaría el apartamento que había alquilado pensando en cuando fueran a visitarlo. Cogían el avión el sábado, a primera hora, lo que significaba que a Sebastián solo le quedaban unas horas para despedirse de Cecilia. E iba a despedirse de ella; le había prometido que nunca más volvería a irse sin decirle adiós. Los dos estaban en capitanía; Cecilia había pospuesto la excedencia y había retomado con todas sus fuerzas el proyecto Erizo, y Sebastián estaba recogiendo sus cosas. Domingo se había pasado toda la mañana insistiéndole para que hablase con Cecilia, haciéndole gestos nada sutiles cada vez que Cecilia cogía el teléfono o se levantaba para ir al baño. La técnica de Domingo dejaba mucho que desear, pero su amigo tenía razón en algo; se le estaba acabando el tiempo.

Cerró el último expediente y se puso en pie. Respiró hondo y salió del despacho en busca de Cecilia. «Esto no es un adiós, volveremos a vernos», se repitió en su mente para darse ánimos.

—Ce —le dijo al detenerse junto a su mesa—, ¿podemos hablar un momento?

Ella tenía la cabeza agachada como si estuviese leyendo algo, pero cuando la levantó Sebastián vio que no tenía ningún papel entre las manos y que tenía los ojos húmedos.

—Claro, Sebastián. Te vas mañana, ¿no?

—Sí, de eso quería hablarte. —Tuvo la sensación de que

todo el mundo los estaba mirando y se sintió como cuando era un adolescente—. ¿Podemos quedar luego? —Qué raro se le hacía hablarle de esa manera a Cecilia, como si fuera de lo más normal.

—He quedado con mi madre y mi hermana para cenar. —De hecho, la cena la organizó ella en cuanto se enteró de que Sebastián se iba ese sábado—, pero podemos hablar antes.

—De acuerdo —aceptó él.

—¿Dónde quieres que nos veamos?

Sebastián no tuvo que pensarlo ni un segundo.

—Donde bailaban los cangrejos.

23

In your eyes
the light the heat
In your eyes
I am complete.

PETER GABRIEL,
In your eyes

Cuando Sebastián llegó al lugar donde bailaban los cangrejos vio que Cecilia ya lo estaba esperando. Estaba sentada en uno de los bancos de piedra que habían colocado años atrás por todo el puerto y se la veía tan pensativa como él se sentía.

—Hola —la saludó antes de sentarse a su lado. Mantuvo las manos en los bolsillos para no caer en la tentación de abrazarla y la mirada fija hacia delante para que su decisión de irse a Barcelona no flaquease.

—Hola —respondió ella con un susurro—. No te he oído llegar. Antes siempre te oía llegar, tu moto me avisaba.

—Ah, sí, recuerdo perfectamente ese cacharro. Le tenía cariño a esa cafetera, no sé qué fue de ella.

—Yo sí —lo sorprendió Cecilia diciendo—, se la quedó un chico que trabajaba en el mismo taller que tú.

—¿Juan? —Al ver asentir a Cecilia, Sebastián sonrió—. Bueno, me alegro que se la quedase. ¿Cómo lo sabes?

Cecilia, que durante un segundo le devolvió la sonrisa, apartó el rostro y desvió la vista hacia el mar.

—Una mañana estaba paseando por el puerto y la oí. Hacía tres meses que te habías ido y recuerdo que pensé que por fin habías vuelto. Empecé a correr en tu busca, y cuando encontré la moto con ese otro chico encima, me acerqué a él y le pregunté de dónde la había sacado y si te había visto. Le hice tantas preguntas sin sentido que el pobre debió de pensar que estaba loca, pero me explicó que tus padres la habían malvendido al taller y que el propietario, vuestro jefe, se la había prestado durante unos días. La verdad es que no volví a verlo.

Se quedaron durante unos segundos en silencio y Sebastián intentó imaginarse lo dolorosa que había sido aquella época para Cecilia. Lo confusa y traicionada que debió de sentirse.

—Mañana me voy a Barcelona.

—Lo sé. Y me siento fatal por ello.

—¿Por qué? —le preguntó intrigado.

—Porque te vas por mi culpa. Tú tienes a tus hermanos y un trabajo que te gusta, y te vas porque tú y yo no podemos superar lo nuestro.

—Eso no es verdad —declaró Sebastián con convicción a pesar de que las ideas, justo en este momento, estaban formándose en su mente—. Me voy porque te estoy haciendo daño, Ce.

—Y yo a ti.

—Y tú a mí —reconoció él—, pero no te culpo. Estos últimos meses han sido los mejores de mi vida.

—¿Ah, sí? —se secó una lágrima que le resbalaba por la mejilla—. Yo, desde que has vuelto, tengo la sensación de no poder respirar. Una parte de mí quiere odiarte por haberme abandonado.

—¿Y la otra parte?

—La otra parte me dice que soy una egoísta y una malcriada por no poder entender que te sucedió algo horrible y por seguir enfadada contigo.

—Tal vez las dos partes tengan algo de razón, Ce. A mí me sucede lo mismo contigo. Una parte de mí quiere odiarte por no ser capaz de perdonarme, por no haber querido escucharme ni entender mis motivos para irme.

—¿Y la otra?

—La otra me dice que soy un egoísta y un malcriado por no entender que tu padre te hizo mucho daño cuando os abandonó y que ahora estás asustada por lo que le está pasando a tu madre.

—¿Qué nos ha pasado, Sebastián?

—Infinidad de cosas, Ce, y por eso mismo me voy a Barcelona. Tú necesitas estar con tu madre y tu hermana, así que yo voy a quedarme en un segundo plano para que podamos pensar en todo lo que nos hemos dicho y hecho estos últimos meses.

—¿Por qué, Sebastián?

—Porque los últimos doce años de mi vida los he sobrevivido gracias a ti, a ese instante que compartimos en la playa la noche de tu cumpleaños, y me niego a creer que no vale la pena luchar por algo así.

—Oh, Sebastián —sollozó Cecilia—, yo me he pasado los últimos doce años pensando que esa noche me la inventé, que tú te habías reído de mí.

—Lo sé, y lo siento. Ahora sabes la verdad y lo único que te pido es que pienses en ello. ¿De acuerdo? Yo estaré en Barcelona, si me necesitas, si quieres hablar conmigo, llámame, escríbeme, ven a verme. Haz lo que quieras. Yo te estaré esperando. —Se puso en pie dispuesto a irse, pero de repente se detuvo y volvió a hablar—: ¿Puedo preguntarte algo?

—Por supuesto —afirmó Cecilia sorprendida por la pregunta.

—La noche de la tormenta, ¿por qué querías salvar esa maldita jaula?

—Esos cangrejos son descendientes de los que vimos el día que nos conocimos.

—Sí, eso ya lo había deducido, pero, quiero decir, ¿por qué te tiraste a buscarlos?

Cecilia comprendió lo que Sebastián estaba insinuando y tras encogerse de hombros optó por serle sincera.

—Tú me abandonaste, mi padre nos abandonó, yo no quería abandonarlos a ellos. A pesar de todo, esos cangrejos siempre han simbolizado el mejor día de mi vida.

—Un instante por el que vale la pena luchar, ¿no crees? Como para mí nuestro beso en la playa. Adiós, Ce.

—Adiós, Bastian.

Sebastián llevaba una semana en Barcelona cuando una noche le sonó el móvil y casi se le doblan las rodillas al ver el nombre que apareció en la pantalla.

Cecilia.

—Hola, Ce —contestó cuando desanudó las cuerdas vocales de su garganta.

—Hola, Sebastián —le dijo ella nerviosa—. Iba a colgar —confesó de repente.

—¿Colgar? ¿Por qué? —tragó saliva—. ¿Me has llamado por error?

Cecilia se tomó varios segundos para pensar y a Sebastián le parecieron horas.

—No. Sí. Depende.

—Vaya, ahora lo tengo mucho más claro. —Se sentó en el sofá y soltó el aire al notar que le crujían los huesos—. Cuéntame qué te pasa.

—Hoy le han hecho unas pruebas a mi madre —dijo Cecilia a toda velocidad.

Sebastián cerró los ojos y esperó, y al ver que Cecilia no continuaba, la instó a hacerlo.

—¿Y?

—Nos han dado el resultado hace una hora. Está mejorando, Sebastián.

Sebastián volvió a respirar y entonces oyó el sonido distintivo de unas lágrimas.

—¿Por qué lloras, Ce?

—Mamá está mejorando —repitió—. El tratamiento que nos aconsejó tu hermano está funcionado.

—Me alegro mucho, Ce. Y también me alegro de que me hayas llamado.

—Quería hacerlo —manifestó Cecilia sin ocultar que a ella también le sorprendía descubrirlo—. Tenía ganas de contártelo.

—Gracias por haberlo hecho.

—Lamento haber llamado tan tarde.

—Yo no, ya te dije que podías llamar cuando quisieras, Ce —le recordó Sebastián, cuyo corazón le golpeaba descontrolado las costillas.

—¿Sabes una cosa, Sebastián?

—¿Qué?

—Tal vez lo haga.

Sebastián tardó más de una hora en dejar de sonreír e incluso entonces siguió flotando en una nube. Cecilia lo había llamado para contarle que su madre estaba mejorando. Y no solo eso, había reconocido que tenía ganas de llamarlo. Y no había mencionado ni una sola vez el pasado. Tal vez eran imaginaciones suyas, tal vez lo interpretaba así porque eso era lo que él más deseaba en este mundo, pero Sebastián llegó a la conclusión de que Cecilia estaba dispuesta a darles una oportunidad.

—El único modo de saber si es verdad, es preguntándoselo, Bastian —dijo en voz alta para sí mismo.

Buscó un vuelo para Cádiz para el día siguiente y cuando preparó el equipaje se aseguró de meter dentro su pertenencia más valiosa; una caja de cartón.

24

Yo soy aquel que por tenerte da la vida
Yo soy aquel que estando lejos no te olvida
El que te espera, el que te sueña
Aquel que reza cada noche por tu amor.

RAPHAEL, *Yo soy aquel*

«Es demasiado tarde. Debería irme.»

Apenas doce horas más tarde de aquella llamada telefónica, Sebastián estaba de pie frente al portal de Cecilia intentado decidir si llamaba al timbre o no. Probablemente ella no estaría en casa. Seguro que dormía en casa de su madre con Alexia y Patricia. Convencido de que no iba a obtener respuesta, levantó la mano y llamó al timbre.

Nada.

Volvió a llamar.

—Un segundo —oyó que decía la voz de Cecilia antes de girar el cerrojo—. ¿Sebastián?

Él tardó varios segundos en responder. Cecilia iba vestida con los pantalones de un pijama a cuadros y una camiseta de algodón rosa. Llevaba gafas y sujetaba una novela entre los dedos de la mano izquierda.

—Hola —la saludó él cuando encontró la voz—. ¿Puedo pasar? —le preguntó enarcando una ceja—. Solo será un momento.

—Claro, pasa. —Cecilia se apartó de la puerta y le dejó entrar.

Sebastián pasó decidido y dejó una desvencijada caja de cartón encima de la mesa que había frente al televisor. Parecía una caja de zapatos pero era completamente negra y la tapa tenía cinta adhesiva en varios lugares.

Cecilia esperó a que Sebastián empezase a hablar y le contase el motivo de su inesperada visita, pero al ver que él seguía en silencio, optó por preguntárselo directamente.

—¿Cuándo has llegado, Sebastián? ¿Qué estás haciendo aquí?

Él estaba dándole la espalda, pero se volvió y se apartó de la caja para acercarse a Cecilia. Se detuvo justo delante de ella y antes de hablar respiró hondo un par de veces. Levantó el rostro y la miró a los ojos.

—Sé que te dije que me quedaría en Barcelona para que los dos tuviésemos tiempo y espacio para pensar, que había tomado la decisión de seguir adelante con mi vida sin ti, pero he descubierto que no puedo. —Tomó aire y la miró a los ojos antes de continuar—: Y después de la llamada de anoche estoy más convencido que antes de que las personas tenemos una oportunidad, una sola, de ser felices, Ce. Y sé que no seré capaz de renunciar a ella si sigo soñando con que me perdones. No te estoy pidiendo que me perdones ahora, ni que nuestra relación cambie en ningún sentido, pero necesito saber si algún día llegarás a perdonarme. Nunca pretendí hacerte daño, y lamento muchísimo habértelo hecho. Es de lo que más me arrepiento en este mundo, pero no puedo volver atrás en el tiempo.

—¿Lo sientes? —le preguntó ella—. ¿Quieres que te perdone? —Vio que Sebastián asentía en silencio y abrió la puerta al rencor y al dolor que llevaba años sintiendo. Era la primera vez que él le pedía perdón sin más y el que se hubiese pasado la última semana sin verlo y queriendo hablar con él no ayudó demasiado—. Me abandonaste, Sebastián. Desapareciste de mi vida sin decirme ni una sola palabra. ¿Cómo crees que me sentí cuando fui a buscarte a tu casa y José me dijo que te habías ido y que no querías que te buscasen?

—Ya te he contado...

—Ahora, me lo has contado ahora. Pero entonces no lo sabía, Sebastián. Yo solo tenía dieciocho años y estaba convencida de que me había enamorado del hombre más maravilloso del mundo. De un hombre que me correspondía y que me había prometido que estaríamos juntos siempre. Y al día siguiente descubrí que se había esfumado de la capa de la tierra sin despedirse de mí. Me pasé meses llorando desconsolada cada noche, preocupada por ti, convencida de que te había sucedido algo horrible y de que me llamarías en cuanto pudieses. ¡Creía que habías tenido un accidente y estabas amnésico en alguna parte! ¡Te buscaba por todas las ciudades a las que iba, maldito seas!

—Sé que cometí un error, lo sé. Tendría que haberte escrito. Tendría que haber encontrado el modo de contarte lo sucedido... pero tenía tanto miedo de que mi madre cumpliese con su amenaza y me arrestasen. Y luego, tenía miedo de que tú no quisieras saber nada de mí, de que finalmente te hubieses dado cuenta de que te merecías a alguien mucho mejor que yo. Me daba miedo volver y encontrarte felizmente casada con otro hombre, o incluso teniendo ya algún hijo. No habría podido soportarlo. Si no volvía, al menos en mi mente podía seguir imaginándome que estábamos juntos y que me querías, y que algún día formaríamos una familia, pero si volvía y ya estabas con otro, entonces habría tenido que renunciar a mi fantasía. Y ya había renunciado a demasiadas cosas en mi vida, Ce.

—Yo te amaba, Sebastián, para mí no había nadie mejor que tú. Y si de verdad tenías tanto miedo de que me enamorase de otro, ¿por qué no me escribiste para pedirme que te esperase? Dios sabe que lo habría hecho.

—Le escribí a mis hermanos porque con ellos podía resistir la tentación de volver. Contigo no habría podido. Si tú me hubieses dicho que querías verme, habría cogido el primer avión rumbo a España y habría venido. No podía correr ese riesgo. Y no lo digo solo por lo de mi madre. Me alisté en la marina porque no tenía suficiente dinero como para ir a la universidad y porque así tenía tanto una carrera como un lugar donde vivir. Por ti habría desertado, habría hecho cualquier cosa con tal de volver a verte, y todavía no estaba preparado.

—A mí me habría bastado con oír tu voz, con saber que no estabas tumbado en una playa del Caribe con una multimillonaria riéndote de mí, de la niña de dieciocho años y de los besos inexpertos que te dio en la playa.

—Yo jamás me he reído de ti —dijo él dolido por el comentario—. Me fui porque no quería acabar en la cárcel condenado por asesinato, porque no quería perderte de esa manera.

—¿Y cómo querías que lo supiera? Te fuiste, Sebastián, y no me dijiste nada. Y no he sabido nada de ti durante doce años. No puedes ni imaginarte la cantidad de teorías descabelladas con las que pasé años torturándome. En unas estabas muerto y nunca lograba encontrarte, en otras estabas casado y con hijos y sencillamente te habías olvidado de mí.

—Nunca me olvidaré de ti, Cecilia. Dime qué puedo hacer para que me perdones, y lo haré.

—¿Por qué, Sebastián? ¿De qué serviría? ¿Qué quieres de mí?

—Quiero quedarme a tu lado para siempre. Quiero recuperar todos y cada uno de los besos que no nos hemos dado durante estos doce años. Quiero hacerte el amor con las luces encendidas y mirándote a los ojos. Quiero ir contigo a todas partes. Quiero hacerte feliz y que tú me lo hagas a mí. —Levantó las manos y le sujetó el rostro sin ocultar las lágrimas que se agolpaban en sus ojos—. Pero sé que antes tienes que perdonarme, así que, te lo pido por favor, dime qué puedo hacer para que me perdones.

—Yo... —tragó saliva y se pasó la lengua por el labio inferior— yo no sé si puedo perdonarte. Ni siquiera sé si puedo estar con un hombre.

Sebastián cerró los ojos y apretó los párpados unos segundos mientras iba separándose poco a poco de Cecilia. Las manos le cayeron inertes a los costados y dio un paso hacia atrás antes de volver a dirigirle la mirada.

«Ya está. Ya tienes tu respuesta. No solo no la recuperarás jamás, sino que le hiciste tanto daño que jamás podrá olvidarlo.»

La herida que le habían infligido las palabras de Cecilia había sido mortal. A Sebastián se le había parado el corazón, el alma, incluso las ganas de seguir viviendo.

«Has llegado demasiado tarde. Tendrías que haber vuelto hace años, por tu culpa la has perdido para siempre.» Tenía que irse de allí cuanto antes, si se quedaba en presencia de Cecilia, terminaría humillándose más de lo que ya había hecho. Sin saber muy bien lo que hacía, Sebastián se dio media vuelta y se dirigió hacia la puerta.

—¿Te vas? —le preguntó Cecilia—. ¿Otra vez?

La provocación frenó a Sebastián en seco.

—No sé qué más puedo hacer —respondió con la voz quebrada—. Supongo que no me queda más remedio que asumir que tú y yo no existiremos jamás. Siempre creí que si tú y yo nos amábamos lo suficiente podríamos superar cualquier obstáculo, que nada se interpondría entre nosotros. Pero está claro que no basta con que te ame más que a mi vida para que me perdones. —Sebastián carraspeó y añadió—: No puedo quedarme en España, llamaré a los del puerto de Barcelona y les diré que he cambiado de opinión, que quiero volver a navegar, espero que...

Los dedos de Cecilia se enredaron en la nuca de Sebastián y él dejó de hablar. No la había oído acercarse y el gesto fue tan tierno y cariñoso, tan propio de la Cecilia que él recordaba y con la que había soñado tantas veces, que Sebastián se estremeció. Y de repente pensó que aquella sería la última vez que ella le tocaría y creyó morir. Durante todos los años que habían estado separados, él siempre había sabido que algún día volvería a España a buscar a Cecilia, por eso había tenido fuerzas para seguir adelante y luchar por su futuro. Pero Cecilia no lo sabía. Cecilia no sabía que él iba a volver. «Porque tú no se lo dijiste.» Cecilia creía que jamás volvería a verlo, que jamás volvería a oír su voz ni a tocar su piel. ¿Era así como se había sentido Cecilia, como si alguien le retorciese el alma? Cecilia se había pasado doce años creyendo que él la había abandonado y convencida de que jamás volvería a verlo. «Y volviste sin avisarla, convencido de que ella te perdonaría en cuanto le contases la verdad.» Ahora que sabía que no volvería a tener cerca a Cecilia, por fin comprendía la agonía por la que ella había pasado.

No le extrañaba que no pudiese perdonarlo.

Sebastián levantó el rostro y dejó que las lágrimas resbalasen libremente por sus mejillas.

—Perdóname, Ce, por favor —le pidió dándose media vuelta para mirarla—. Perdóname por haber sido un cobarde y por no haber sabido plantarle cara a mi madre. Perdóname por no haber confiado en ti y por no haberte contado lo que me sucedía. Por favor. Yo te amaba entonces igual que te amo ahora, e igual que te amaré hasta el día que me muera. —Cerró los ojos y las pestañas le brillaron por las lágrimas—. Siento mucho haberte hecho daño, no te lo merecías. Tú eras lo mejor de mi vida.

En aquel instante, viendo a Sebastián abriéndole el corazón de tal modo, Cecilia comprendió que él jamás había querido hacerle daño y el rencor que llevaba años guardando en el fondo de su alma, desapareció de repente. Ella nunca conseguiría olvidar del todo la tristeza y el dolor que sintió después de la partida de Sebastián. Nadie podía olvidar algo así, pero Cecilia se dio cuenta de que el pasado ya no tenía importancia. No podía seguir castigando a Sebastián por algo que ya no tenía remedio, por algo que no había sido culpa de él y de lo que se arrepentía tanto. Ahora sabía que él no la había abandonado sin más y que nunca se había reído de ella, y que siempre, siempre la había amado. Y fue entonces cuando el amor que ella nunca había dejado de sentir por Sebastián pero que había encerrado en el fondo de su alma y de su corazón, salió a la superficie y amenazó con ahogarla por su intensidad. Amaba a ese hombre, ese hombre imperfecto y extremadamente honesto que ahora estaba dispuesto a salir de su vida si con ello la hacía feliz. Dios, había estado a punto de perderlo.

Cecilia levantó una mano y le acarició la mejilla. Él movió el rostro y dejó que la palma de ella lo reconfortase, no sabía si alguna vez volvería a tenerla tan cerca. Sebastián abrió los ojos dispuesto a enfrentarse a la decisión de Cecilia, al veredicto final que terminaría aniquilando cualquier esperanza. Pero lo que vio fue mucho más demoledor que un rechazo. Más devastador que una despedida. Cecilia le estaba sonriendo con una lágrima resbalándole por la mejilla. Entonces ella se puso de puntillas y susurró pegada a los labios de él:

—Te perdono.

Los brazos de Sebastián que le habían colgado casi sin vida a ambos lados del cuerpo, rodearon a Cecilia por la cintura y la abrazaron temblorosos. Ella le dio un suave beso en los labios y luego prosiguió besándole las mejillas y los párpados, capturando tantas lágrimas como le fue posible. Cuando se sintió satisfecha volvió a detenerse en los labios de Sebastián y repitió:

—Te perdono.

Y entonces le besó como le habría gustado besarle durante todos esos años. Le besó con amor y con dulzura, y sin una gota de resentimiento ni de rencor. Le besó con los labios abiertos y entregándole todos y cada uno de los besos que no se habían dado y no dejó de besarle hasta que él tembló y respondió del mismo modo.

Por fin estaban donde tenían que estar; el uno en brazos del otro. Ella nunca había dejado de amar a Sebastián, sí, había enterrado ese amor en lo más profundo de su alma pero ahora sabía que nunca había dejado de amarlo. Y nunca le había olvidado. Por eso había sido incapaz de enamorarse de otro durante todos esos años, por eso nunca había tenido una relación estable, porque estaba enamorada de Sebastián. Quizás ella había intentado negarlo, pero su corazón siempre había sabido que le pertenecía a Sebastián.

Sus lenguas se entrelazaron y Cecilia tuvo ganas de llorar de felicidad, pero entonces notó que Sebastián se apartaba inseguro.

—Jamás volveré a irme de tu lado —le prometió él emocionado—, y nunca volveré a ocultarte nada.

—Lo sé. —Cecilia volvió a ponerse de puntillas para besarlo de nuevo. Necesitaba los besos de Sebastián para seguir respirando.

—Te lo juro —susurró Sebastián con la voz ronca.

—Y yo te prometo que jamás volveré a permitirte que te alejes de mí —le dijo ella también emocionada mirándole a los ojos.

—Tú no tuviste la culpa de nada —murmuró Sebastián acariciándole el rostro—. Fui yo el que se fue.

—Sí, pero por fin me he dado cuenta de que no tuviste elección. Hice mal en juzgarte tan duramente por haberte ido, estaba tan dolida que solo podía pensar en mi sufrimiento. Pero tú también sufriste. Demasiado.

—Dejarte aquí ha sido lo más difícil que he hecho en toda

mi vida —pronunció cada palabra como si estuviese reviviendo aquella agonía.

—Los dos éramos muy jóvenes, y es normal que creyeses a tu madre. Cuando el otro día me contaste por qué no me habías escrito durante estos años, no te entendí porque en mi mente te veía como te veo ahora. —Él enarcó una ceja confuso y ella se lo explicó—: Como un hombre de treinta y tres años, fuerte, valiente, seguro de sí mismo.

—Gracias —dijo emocionado.

—Es verdad, pero lo que quiero decir es que cuando te fuiste no eras así. Cuando te fuiste apenas tenías veintiún años y llevabas tres intentando demostrarles a tus padres que no eras un delincuente. Llevabas tres años trabajando tres turnos en distintos trabajos, viéndome a mí prácticamente a escondidas, intentando recuperar a tus hermanos. Es normal que te asustaras cuando sucedió lo de Julián, y es normal que tuvieses miedo de provocar a tu madre. Me duele que no confiases en mí porque yo también me veo a mí misma como soy ahora, cuando en realidad entonces solo tenía dieciocho años y probablemente no habría podido ayudarte.

—Pero habrías estado a mi lado —le aseguró Sebastián defendiéndola.

—Lo estaré ahora, Bastian, si eso es lo que quieres.

—Por supuesto que quiero. Quiero pasarme el resto de la vida contigo, Ce. ¿Me perdonas por haberte hecho daño y por no haber vuelto antes?

—Por supuesto que sí, siempre que tú me perdones por no haber sabido entenderte cuando me lo contaste, y por no haberte dicho antes lo orgullosa que me siento de ti. —Cecilia tragó saliva—. Yo tampoco dejé de amarte, Bastian. Quizás intenté olvidarte, pero nunca dejé de amarte.

Sebastián la devoró con los labios y mientras le estaba dando el beso más intenso del mundo, la levantó en brazos y empezó a andar. Llegó al dormitorio de Cecilia sin dejar de besarla pero poco a poco fue apartando los labios de los de ella para recorrerle la mandíbula y el cuello con diminutos besos. Hundió el rostro en la clavícula de ella y respiró hondo para impregnarse del aroma de su piel. Ella tembló y él se estremeció.

—Te amo. Quiero hacerte el amor... —le pidió él en voz baja—. Quiero besarte y que me beses, quiero tocar cada centímetro de tu cuerpo y recorrer tu piel con mis dedos y mis labios. Quiero oír cómo dices mi nombre y decir yo el tuyo.

—Sebastián, yo... —Cecilia se sonrojó y se apartó de él hasta quedar de nuevo con los pies en el suelo.

—¿Qué sucede? —le preguntó él preocupado—. Lo siento si he ido demasiado rápido, si quieres esperar...

—¡No, no quiero esperar! —lo interrumpió mortificada—. Yo también quiero hacer el amor contigo.

—¿Entonces qué pasa? ¿Es por el corsé? ¿Dónde está? Ya te dije que no me importa, podemos utilizarlo todo el tiempo que haga falta —le dijo mirándola a los ojos—, siempre que no lo utilices para mantenerte alejada de mí.

—Sí, lo utilizo para eso —confesó Cecilia. Quizás algún día le contaría exactamente cómo había empezado a usarlo, pero esa noche no era el momento—. Yo... —balbuceó—, no sé si seré capaz de hacer el amor como una mujer normal.

—Ce, mi vida, ¿qué crees que hemos estado haciendo hasta ahora?

—La primera noche, cuando viniste a mi casa después de que nos viéramos en el hospital... —no terminó la frase.

—Ce, acababas de saber lo de tu madre y yo —él se frotó la nuca nervioso—, digamos que yo me comporté como un *bulldozer*. Y fue una de las experiencias más sensuales de mi vida, me excito solo con pensarlo. Fue una noche maravillosa porque por fin supe lo que era estar contigo, así que no te atrevas a arrebatármela.

—No quiero arrebatártela, sencillamente me gustaría que

hubiera sido distinta —se obligó a confesar toda la verdad—. Me gustaría ser distinta.

—¿Por qué?

—¿Cómo que por qué? El corsé, quizá sin él no pueda tener un orgasmo.

—Pues lo llevarás siempre, con él estás preciosa. Pero eso no sucederá, te lo aseguro. Eres perfecta, Cecilia, y lamento que por mi culpa hayas sentido en algún momento de tu vida que no eras suficiente.

—No, no fue eso. Algún día te contaré toda la historia, pero no empecé a utilizar el corsé hasta que mi padre abandonó a mi madre.

—Cuando quieras, Ce, tenemos todo el tiempo del mundo —afirmó él con paciencia aunque la sorpresa se reflejó en su rostro.

—Lo que quiero decir es que quizá no me baste con estar contigo. No sé si puedo entregarme tanto a alguien, Bastian. Tengo miedo —se le llenaron los ojos de lágrimas y él las secó con el pulgar.

—Ya lo has hecho, Ce. Todo saldrá bien, cariño. Confía en mí. Te amo.

—Y yo te amo a ti.

—Pues entonces, no necesito nada más. Lo único que te pido es que si ahora me das una oportunidad, dejes de ver a Pedro Cano.

Cecilia se sonrojó y se arrepintió de no haberle contado antes lo de Pedro. Bastante había sufrido ya Sebastián como para que también creyese que ella salía con otro.

—Entre Pedro y yo no hay nada. Nunca ha habido nada. Pedro y yo solo somos amigos. Bueno, hace años nos dimos un beso, pero fue porque él estaba triste porque había perdido a la mujer de su vida y yo no podía dejar de pensar en ti.

—¿De verdad?

—De verdad. Pedro y yo nos conocimos en la universidad

cuando él salía con Teresa, mi mejor amiga. Las cosas entre él y Teresa terminaron muy mal y supongo que Pedro y yo nos hicimos compañeros de penurias. Las vacaciones que te pidió Pedro fueron para ir a Barcelona para intentar recuperar a Teresa.

—Ah, no lo sabía.

—Pedro no habla mucho del tema, pero estoy convencida de que cuando seáis amigos te lo contará todo.

—Vaya. Ahora me siento culpable por haber malpensado de él. —Sebastián sonrió y a Cecilia le recordó a la versión joven de él cuando se veían a escondidas en la playa para buscar cangrejos.

—No te preocupes, él no te lo tendrá en cuenta, aunque ahora que lo pienso me pidió que te dejase claro que solo éramos amigos. Pedro es una gran persona y mejor amigo. Cuando nos licenciamos, él se fue al extranjero una época pero hace unos años me llamó y me dijo que quería volver a España y como yo necesitaba a otra persona en el equipo, le ofrecí el trabajo. Me ha ayudado mucho a lo largo de estos años.

—Entonces me alegro de que lo hayas tenido a tu lado todo este tiempo.

—Si hubiera sabido la verdad, te habría esperado —le dijo Cecilia a Sebastián con voz trémula—. Siempre soñé que tú serías el primer hombre con el que haría el amor.

Sebastián vio que ella temblaba y le sujetó el rostro entre las manos. Le levantó despacio la barbilla hasta asegurarse de que Cecilia le miraba a los ojos.

—Y lo seré.

Sebastián inclinó la cabeza y la besó para dejarle claro que él era y siempre sería el único hombre destinado a ocupar su corazón. Con los labios borró el rastro de cualquier otro recuerdo, con los dientes le demostró que la conocía mejor que nadie y con la lengua le derritió el alma. La desnudó despacio, recorriéndole la piel con las yemas de los dedos, esforzándose por contener las ganas que tenía de arrancarle la ropa y poseerla del modo más primitivo. Cuando ambos estuvieron desnudos, Sebastián se apartó y la miró con reverencia.

—Eres la cosa más bonita del mundo. He visto amaneceres que palidecerían a tu lado.

Cecilia le acarició el torso y vio que él temblaba. Dejó que la desnudase, cada prenda de ropa que caía al suelo la hacía estremecer y tenía que contener las ganas de taparse y ponerse el corsé.

—Bastian, creo que... Lo siento...

Él la calló con un beso. Y luego otro. Y otro. Y cuando dejó de besarla para cogerla en brazos y llevarla hasta la cama, Cecilia ya no se acordaba de lo que iba a decirle.

Sebastián la dejó completamente desnuda y entonces se apartó un poco y se quitó su ropa. Desnudo igual que ella, caminó a su alrededor y se detuvo a su espalda. Se arrodilló en el suelo y besó las marcas que tenía Cecilia en la espalda por culpa del corsé.

—Borraré cada lazo —le prometió él con un beso—, y si algún día quieres volver a ponértelo, solo será por placer.

—Bastian —Cecilia se estremeció.

—No te hace falta. Nunca te la ha hecho, conmigo no. —Le lamió la columna vertebral y le acarició la parte trasera de las pantorrillas con las manos—. Dime qué es lo que te da más miedo y te demostraré que no tienes nada de qué temer.

—Que vuelvas a abandonarme —sollozó en voz baja.

—Imposible, me temo que vas a tener que quedarte conmigo para siempre. —Se puso en pie y le besó la nuca—. ¿Qué más?

—A no poder confiar en mis instintos.

—Tus instintos nunca te fallaron, Ce. —Le besó el lóbulo de la oreja y el pómulo—. Fui yo, y voy a pasarme el resto de la vida compensándote por ello.

»¿Qué más? —agachó la cabeza y le besó un pecho.

Cecilia se estremeció y en un acto reflejo enredó los dedos en el pelo de Sebastián para pegarla a su cuerpo. Era la primera vez que un hombre la besaba allí, y Sebastián era el único que había estado destinado a hacerlo.

—A no poder hacerte feliz —confesó.

—Oh, eso es imposible, amor.

—¿Estás seguro?

—Dime que me amas, Cecilia. —Le sujetó el rostro entre las manos y le dio un beso—. Dímelo Ce, por favor.

Cecilia vio que a él le brillaban los ojos y que en ellos resplandecía todo el amor que él nunca había dejado de sentir por ella.

—Te amo, Sebastián.

—Ya está, lo has hecho. Soy feliz. ¿Y tú?

—¿Yo?

—¿Qué quieres para ser feliz?

Cecilia pensó que nunca nadie le había hecho esa pregunta, y se dio cuenta de que sabía la respuesta con absoluta certeza.

—Que me hagas el amor. Sin barreras, sin el corsé, sin nada entre los dos. Solos tú y yo.

—Saldrá bien, sé que saldrá bien.

—Y yo —sonrió ella con lágrimas idénticas a las de él.

Sebastián la cogió en brazos y la besó y no se detuvo a pesar de los temblores de sus cuerpos o de los besos que los dos intentaban darse hasta quedar sin aliento. La llevó hasta el dormitorio y la tumbó en la cama y se deslizó dentro de ella con la dulzura y la impaciencia que habría sentido si hubiese hecho el amor con ella doce años atrás.

Y fue el instante más maravilloso de su vida.

Sebastián se estremeció y ella notó cómo se tensaban todos los músculos de la espalda. Estaba empapado de sudor y seguía moviéndose con un ritmo deliciosamente lento encima de ella. La besó una vez más con esa intensidad que a ella le derretía el alma y después se apartó y apoyó la frente en la de ella.

—Te amo, Cecilia.

Y con esas palabras impregnadas de tanta verdad, Cecilia y Sebastián se entregaron el uno al otro.

Horas más tarde, despertaron el uno en brazos del otro y estuvieron un rato besándose en silencio. Era maravilloso poder estar tan tranquilos el uno con el otro, intercambiando las caricias y los susurros que el destino les había arrebatado durante años.

—¿Qué hay en esa caja? —le preguntó de repente Cecilia al recordar la caja de cartón que Sebastián había dejado encima de la mesa.

Sebastián volvió a sonrojarse. Era impresionante que un hombre tan imponente como aquel tuviese la capacidad de ruborizarse.

—Iré a buscarla —dijo él saliendo desnudo la cama.

«Sí, es un hombre único. Y todo mío.»

Sebastián volvió segundos más tarde y volvió a meterse bajo las sábanas, pero se sentó y las arremolinó en su regazo. Dejó la caja encima de sus muslos y le indicó a Cecilia que también se sentase.

—Ábrela —le pidió a ella.

Cecilia levantó la tapa de cartón y miró confusa el extraño contenido.

—¿Hojas de calendarios? —le preguntó cogiendo uno con los dedos.

—Entre otras cosas —explicó Sebastián—. Ya sabes que ni te escribí ni te llamé, pero eso no significa que no me muriese por hacerlo.

—Lo sé, Bastian —reconoció ella acariciándole la mejilla.

—Cada vez que sentía que iba a caer en la tentación de ponerme en contacto contigo, que era muy a menudo, cogía un papel y anotaba algo que iba a hacer contigo cuando te viese. Cualquier papel me iba bien, pero no sé por qué empecé a anotarlo en hojas de calendario.

Cecilia miró el papel que tenía en la mano y lo leyó en voz alta:

—Uno de marzo del año dos mil, lunes: Escuchar con Cecilia *Love me Tender* tumbados en la playa. —Cogió otro papel y notó que le resbalaba una lágrima por la mejilla—: Diecinueve de septiembre del dos mil seis, martes: Ir con Cecilia al cine y ver una película mala. Veintiocho de diciembre del dos mil ocho, domingo: Pedirle a Cecilia que me abrace y que no me suelte nunca.

—También hay cintas de casete. Probablemente aquí ya no existe ningún aparato para escucharlas, pero en un buque había uno y grabé algunas de las canciones que me habría gustado bailar contigo.

—Yo tengo uno —susurró Cecilia más emocionada de lo que había estado jamás. Ese hombre en verdad llevaba toda la vida amándola, y ella se pasaría el resto de la suya esforzándose por hacerle feliz. Salió de la cama y tras ponerse una bata fue en busca de su viejo radiocasete. Igual que Sebastián antes, solo tardó unos segundos en volver y en brazos llevaba el trasnochado estéreo amarillo que le habían regalado en su adolescencia y un diario. Dejó el radiocasete en el suelo y lo enchufó—. Yo no tengo una caja como esta, lo siento. Pero si no te importa, me gustaría compartir la tuya y hacer todas y cada una de las cosas que anotaste.

—Ninguna de esas cosas tiene sentido sin ti.

—Yo no tengo una caja —repitió—, pero tengo esto. —Le tendió el sobre y se lo dio—. Lo hice para ti unos días después de mi cumpleaños.

Sebastián abrió el sobre y vio que era una foto de ellos dos en la playa. La había hecho Cecilia el día que él le regaló la cámara cuando él no estaba mirando. En la foto se estaban besando. Ella debió de sujetar la cámara con un brazo mientras se besaban y el objetivo había captado el momento. Detrás de la foto había una pequeña inscripción. Sebastián la leyó en voz alta:

—«A cambio de mi primer beso, yo te daré mil más, Ce.»

Pasó los dedos por la vieja fotografía y lamentó por enésima vez no poder viajar en el tiempo y ser de nuevo aquel chico de veintiún años que besaba por primera vez a la chica de sus sueños. En el sobre había otra foto, una en la que él estaba solo. Esa sí que recordaba Sebastián el momento exacto en que Cecilia se la había hecho.

—Por eso me costó tanto creer que no ibas a volver —le dijo Cecilia señalando la fotografía en la que aparecía él solo—. No podía creerme que me hubieses mirado así —le indicó los ojos. Los ojos de un joven asombrado de descubrir el amor—, y que te hubieses ido sin más.

—Lo siento —repitió él.

—No, Sebastián, no tienes que pedirme perdón. Nunca más. Ahora lo único que importa es que estamos juntos. Para siempre —le dijo mirándole.

—Para siempre —le prometió emocionado—. ¿Por qué las conservaste? —Levantó las fotografías—. Si me odiabas tanto, ¿por qué no las rompiste?

—No te odiaba, Bastian. Me hiciste daño e intenté olvidarte, pero nunca llegué a odiarte. Y no las rompí porque a pesar de todo, mi corazón se negó a creer que te habías ido para no volver, y una parte de mí siempre siguió esperándote.

—¿Puedo quedármela? —le pidió él sujetando la foto en la que se besaban.

—No, pero podemos ponerla en casa, ¿qué te parece?

Sebastián tardó varios segundos en responder. No podía creerse que por fin todos sus sueños fueran a hacerse realidad.

—¿En casa?

»Oh, claro. Te amo, Cecilia, y sí, quiero que vivamos juntos aquí, en esta casa, que es exactamente la que tendríamos ahora si yo no me hubiese ido. O en otra. O en un barco. No me importa. Si tú estás allí, me basta.

—Te amo, Sebastián.

Él dejó la fotografía con cuidado encima de la mesilla de noche y besó a Cecilia. Segundos más tarde, ella se apartó.

—¿No se te olvida pedirme algo? —le dijo con una sonrisa.

Sebastián le devolvió la sonrisa antes de hablar:

—Sí, por supuesto. —Cogió una cinta de la caja y se dirigió al radiocasete. Le dio al *play* y esperó a que sonasen las primeras notas—: ¿Quieres bailar conmigo?

25

Y aunque fui yo quien decidió
que ya no más
y no me cansé de jurarte
que no habrá segunda parte
me cuesta tanto olvidarte
me cuesta tanto olvidarte
me cuesta tanto... olvidarte.

MECANO,
Me cuesta tanto olvidarte

Teresa llegó a Cádiz proveniente de Barcelona unos días antes de la boda. Su prometido (ella odiaba esa palabra pero la madre de Eusebio insistía en utilizarla) no viajaría hasta justo la noche previa a la ceremonia; tenía una reunión muy importante en Zúrich y, además, lo único que tenía que hacer él era presentarse en la iglesia.

Eusebio había nacido en Barcelona en el seno de una familia perteneciente a la clase alta catalana. Su madre, Nati, todavía no se había recuperado de no poder celebrar una boda en Pedralbes por todo lo alto, pero aquel era el único punto sobre el que Teresa no había estado dispuesta a ceder. Ya había accedido a quedarse a vivir en Barcelona y a pasar prácticamente todos los domingos y fiestas de guardar con la familia de Eusebio, lo mínimo que podía hacer su futuro marido era acceder a celebrar la boda en Cádiz.

Tal vez había sido una estupidez, pensó nerviosa mientras cogía la maleta de la cinta del aeropuerto, al fin y al cabo, ella prácticamente no tenía familia y le quedaban muy pocos amigos en su tierra.

«Y es culpa tuya por no haber mantenido el contacto.»

A Eusebio no le gustaba ir a Cádiz y nunca había hecho ningún esfuerzo por conocer a los amigos de Teresa. O mejor dicho, amiga, porque Cecilia era la única amiga que le quedaba de verdad. «Y Pedro.»

Sacudió la cabeza y se obligó a olvidarse de aquel último pensamiento.

Lo mejor sería que se centrase en la boda y en Eusebio, desvió la mirada hacia el reloj del taxi y vio que todavía no era la hora.

Eusebio se enfadaría si lo llamaba fuera de la hora acordada. Los dos solían viajar mucho por trabajo y habían acordado una especie de horario de llamadas. La noche que lo establecieron, a Teresa le pareció un detalle; así siempre sabrían cuándo encontrarse. Sin embargo ahora le parecía frío y distante. Absurdo. Ridículo.

¿Por qué?

¿Por qué precisamente ahora y no dos meses atrás o un año atrás?

«Solo estás nerviosa. Es normal. Les sucede a muchas chicas antes de casarse, se repitió el mantra que había leído en uno de los cientos de blogs acerca de bodas que había consultado.»

Decidida a demostrarse a sí misma que su relación con Eusebio no tenía nada de absurdo, sacó el móvil del bolso y lo llamó.

Él contestó al segundo timbre, seguro que la echaba de...

—Ahora no es momento para hablar —las bruscas palabras interrumpieron el pensamiento de Teresa—. ¿Sucede algo importante?

«Que no sé qué diablos estoy haciendo.»

—No, nada —contestó arrepentida—. Te he llamado sin querer pero no quería colgar sin saludarte.

Ahora solo le faltaba pedirle perdón.

—No pasa nada —él se relajó un poco y Teresa también—. Estoy en una reunión. —El silencio se alargó un poco y Teresa podía imaginarse a Eusebio moviendo nervioso los dedos sobre la mesa—. ¿Teresa, de verdad estás bien?

Ella suspiró aliviada. No tenía motivos para estar nerviosa. Eusebio la quería y se preocupaba por ella. Todo iba a salir bien.

—Sí, claro —contestó, y tomó un poco de aire—, pero te ech...

—Ahora no puedo hablar, te llamo a la hora acordada.

Colgó.

Teresa tardó varios segundos en volver a guardar el móvil en el bolso. Y al hacerlo sus dedos se enredaron con una delgada cadena de oro que había lanzado en el interior casi sin pensar.

«No es verdad, sí que pensabas. La has metido en el bolso porque querías.»

Teresa odiaba la voz de su conciencia.

Dejó caer el móvil y sacó la cadena de la que seguía colgando el estúpido delfín. Nunca había sido capaz de tirarla, a pesar de que había estado a punto en infinidad de ocasiones. Siempre que terminaba por guardarla, se decía a sí misma que necesitaba tenerla para no olvidarse de lo que había sucedido.

Para no olvidar lo peligroso que podía llegar a ser entregar tu corazón a otra persona.

Sí, era eso, Teresa no guardaba esa cadena porque se la hubiese regalo Pedro, no, qué va. Y apenas se la ponía. Solo de vez en cuando, como por ejemplo ese día, meses atrás, en que Pedro, después de años sin ni siquiera hablarse, decidió ir a verla a Barcelona.

Esa mañana se puso la cadena sin saber por qué. Ella no tenía ni idea de que ese día iba a encontrarse con Pedro, ¿cómo iba a saberlo? Los dos llevaban años evitándose. ¿Por qué se la había puesto? Deslizó la cadena por entre los dedos y acarició el delfín con el pulgar. Tenía un par de ralladuras de los fondos de los cajones donde había intentado olvidarlo.

¿Por qué se lo había puesto?

Teresa se había pasado el día anterior a su encuentro con Pedro trabajando en el bufete, había cenado sola y se había pasado un par de horas en el ordenador antes de acostarse buscando los ramos perfectos para el banquete de boda.

No había pensado en Pedro. Ni siquiera una vez.

No, eso no era verdad, al menos no del todo. Tal vez no había pensado en Pedro en sí mismo, pero sí que había pensado que si hubieran llegado a casarse, su boda no sería para nada como aquel circo.

El taxi pasó por una avenida desde la que podía verse el mar y Teresa se dio cuenta —igual que le sucedía siempre— que echaba mucho de menos su hogar. Barcelona también tenía mar, y sin duda era precioso, pero había algo en el color, o en el modo en que se reflejaba el cielo en las olas, que lo hacía distinto.

Por suerte para ella en aquel preciso instante le sonó el teléfono y lo descolgó sin mirar quién era. Cualquier cosa era preferible a ponerse a llorar.

—¿Sí?

—¿Dónde estás? ¿Ya has aterrizado?

—Sí —la voz de Cecilia consiguió hacerla sonreír—, estoy en un taxi.

—Te dije que me llamaras, habría ido a buscarte —le recordó.

—Lo sé, pero no quería molestarte. Ya tendrás tiempo de hacer de taxista durante la boda, mis tías confían en que tú y Sebastián iréis a recogerlas al hotel.

—Claro, no te preocupes. ¿Vas a casa de tus padres o Eusebio y tú os habéis buscado un hotel para estos días?

—He venido sola —tuvo que tragar saliva, podía imaginarse perfectamente la cara de su amiga—. Eusebio tenía una reunión muy importante, y la verdad es que me irá bien estar estos días sin él —añadió, y comprendió que era verdad.

—Supongo que sí —convino Cecilia enigmática—. ¿Quieres venir a casa? Solo tendrás que compartir la habitación de invitados con *Magnum*.

—No, gracias —sonrió de nuevo—, le prometí a mamá que me quedaría en casa. Además, seguro que tú y Sebastián preferís estar solos.

—No digas tonterías, te aseguro que soy capaz de contenerme y no arrancarle la ropa cada vez que lo veo. O eso intento.

Teresa se rio.

—No sabes cuánto me alegro de oírte tan feliz. —«Y cuánto te envidio»—. Estoy de camino a casa de mis padres, pero, si quieres, paso a buscarte cuando llegue.

Los padres de Teresa vivían cerca del puerto donde trabajaba Cecilia. Teresa no solía ir por allí nunca, en realidad, lo evitaba como si corriera el riesgo de pillar una enfermedad mortal solo con estar a menos de cincuenta metros de distancia, pero hoy se veía capaz de hacerlo.

—¿En serio? —Cecilia no se lo había comentado nunca directamente, aunque era obvio que se había dado cuenta—. Cano está aquí.

Teresa apretó el móvil unos segundos y notó que tenía la palma de la mano completamente sudada.

—No pasa nada. Los dos somos adultos, si nos encontramos por casualidad, estoy convencida de que somos perfectamente capaces de comportarnos como unos hipócritas.

—De acuerdo, si estás segura, ven cuando quieras.

Las dos se despidieron y colgaron. Teresa guardó el móvil

en el bolso y miró la cadena con el delfín durante unos segundos más.

Esos días sola en Cádiz le irían muy bien. Descansaría y estaría con sus padres y con Cecilia. Hablaría con Eusebio por teléfono y todo volvería a la normalidad. Dejó caer la cadena hacia el fondo del bolso y miró por la ventana.

Cecilia se quedó pensativa y en silencio. De hecho, tenía la mirada tan perdida que no se dio cuenta de que Sebastián pasaba por su lado hasta que este se sentó encima de la mesa y chasqueó los dedos delante de su nariz.

—Lo siento —dijo de repente.

—No te preocupes —sonrió Sebastián—. ¿Sucede algo? ¿Tu madre...

—No, no —le aseguró antes de que pudiese terminar la pregunta—. Mamá está bien —le devolvió entonces la sonrisa y con los dedos de una mano buscó la de él. Los dos intentaban ser discretos en el trabajo, pero Cecilia necesitaba tocarlo—. Era Teresa, está en un taxi camino casa de sus padres.

—¿Eusebio ha accedido a dormir en casa de sus futuros suegros? —preguntó Sebastián sorprendido, sin ocultar la mala opinión que tenía del que iba a convertirse en esposo de Teresa.

—No, Eusebio no ha venido. Llegará la noche antes de la boda.

—Ya me extrañaba a mí que el señor estirado estuviese dispuesto a dormir en una casa repleta de gente.

—Le he dicho a Teresa que si quería podía quedarse con nosotros.

—¿Y qué te ha contestado? —Sebastián enarcó ambas cejas. Teresa era la mejor amiga de Cecilia y aunque hacía poco tiempo que la conocía, le caía muy bien, pero no sabía si tanto como para sacrificar su intimidad.

—Que no, que le prometió a su madre que se quedaría con ellos, así que ya puedes dejar de disimular.

—No voy a disculparme por quererte solo para mí, Ce —le dijo él mirándola a los ojos—. Además, tengo planes para esta noche.

—¿Ah, sí? ¿Y qué habrías hecho si Teresa hubiese aceptado mi invitación? —lo provocó.

—Ser creativo. Y ahora, suéltame la mano y deja de mirarme así —añadió con la voz ronca—. Tengo que levantarme y ser capaz de volver a mi despacho sin ponerme en ridículo.

Cecilia le soltó los dedos pero se aseguró de acariciarle el interior de la palma de la mano al hacerlo, y sonrió al ver que Sebastián se estremecía.

—Ce...

—Teresa me ha dicho que pasaría por aquí. Si llega a tiempo, probablemente iré a comer con ella, ¿quieres acompañarnos?

—No, gracias —contestó él respirando controladamente—. Seguro que tenéis muchas cosas por contaros, y estoy convencido de que más de la mitad no quiero oírlas —puntualizó en broma—. Domingo y yo comeremos algo rápido y seguiremos con el maldito programa informático.

—¿Bastian?

—¿Sí?

—Pedro está aquí —no hizo falta que Cecilia añadiese nada más para que la comprendiese.

—Mierda —farfulló—. La semana pasada estuvo prácticamente todos los días en el laboratorio. En fin, no te preocupes, estaré pendiente. Pero creo que deberías decírselo. Sé que finge no saber nada acerca de la boda, pero seguro que lo está pasando mal.

—Vaya, Sebastián, ¿quién diría que hace unos meses querías arrancarle la cabeza?

—Cano siempre me ha gustado —se defendió—, me odié

a mí mismo cuando creí que iba a hacerle daño al intentar recuperarte.

—Pero lo habrías hecho igualmente.

—Por supuesto. Nunca permitiré que nada ni nadie vuelva a interponerse entre nosotros.

—Entre Cano y yo nunca ha habido nada, excepto ese beso, y fue como besar a un hermano —puso una mueca de asco.

—Ya, bueno, no me lo recuerdes, ¿quieres? —Se levantó de la mesa—. Avísame cuando llegue Teresa, ¿de acuerdo?

—Gracias, amor.

Sebastián le sonrió y se dirigió de nuevo hacia su despacho, perfectamente consciente de que los ojos de Cecilia no lo abandonaban ni un segundo.

Teresa llegó a su casa y fue recibida efusivamente por su madre, que llevaba días deseando abrazarla. Charlaron y esta la ayudó a colocar el poco equipaje que había traído en su antiguo dormitorio. La madre de Teresa intentó, sin demasiado éxito, ocultar lo mal que le parecía que Eusebio no hubiese acompañado a su hija, pero al igual que esta intentó ser positiva y pensar que así tendrían más tiempo para estar con la familia. A unos minutos de la una, Teresa cogió el bolso y fue paseando hasta el puerto. Todavía le sorprendía que ella y Cecilia no se hubieran tropezado nunca la una con la otra antes de ir a la universidad.

A pesar de que las dos eran de Cádiz de toda la vida, tuvieron que irse a Madrid para conocerse. Teresa había decidido estudiar allí derecho porque sus abuelos vivían en la capital y siempre le habían dicho que la recibirían con los brazos abiertos, y porque así podía comprobar si de verdad sería capaz de irse a vivir al extranjero. En esa época, Teresa soñaba con dedicarse a la diplomacia, o con encontrar trabajo en algún organismo europeo. Pero, al mismo tiempo, le daba un miedo atroz irse de casa y echar de menos a su familia y a sus amigos. Madrid era un primer paso muy importante, y si salía mal, bueno, siempre podía volver.

Y tal vez habría vuelto si no hubiese conocido a Cecilia, y a Pedro.

—Pedro Cano.

Al menos ahora ya no se le llenaban los ojos de lágrimas al pronunciar su nombre. El día que lo vio en Barcelona tardó varios minutos en reaccionar y en comprender que no estaba alucinando. Él estaba de pie en un semáforo, justo a pocos metros del edificio donde se encontraba el bufete de Teresa. Parecía nervioso, distraído, y probablemente por eso no se dio cuenta de que ella lo había visto y lo estaba observando.

Durante esos minutos el corazón le latió tan rápido que tuvo que llevarse una mano al pecho para evitar que se le saliera por la boca. Y en su mente, la muy idiota, se imaginó todos los finales felices de las películas románticas que decía no mirar. Empezando por la escena final de *Oficial y caballero* y terminando por *El diario de Noah*. Sí, Pedro iba a ponerse a correr por la calle y se arrodillaría delante de ella para suplicarle que lo perdonase. Le diría que la amaba y...

Pedro no hizo ninguna de esas cosas. ¿Qué diablos puedes esperar de un hombre que te puso los cuernos? Pedro ni siquiera la vio hasta que ella lo llamó. Y entonces le enseñó que había recibido una invitación para la boda.

Las ilusiones de Teresa, que por suerte había conseguido ocultar, se desmoronaron y su lugar lo ocupó el distanciamiento y la frialdad que la habían ayudado a sobrevivir todos esos años.

Pedro le había sido infiel.

Pedro le había roto el corazón.

Pedro no la quería.

Pedro estaba enfadado porque había recibido la invitación y se sentía ofendido.

Pedro quería volver a intentarlo.

¿¡Quería volver a intentarlo!? El muy cretino incluso le insinuó que esta vez lo haría bien. Joder, ella lo había hecho bien a la primera y él se había acostado con otra en su cama.

Lo único que impidió que Teresa le diese una bofetada en medio de la Diagonal de Barcelona fue la aparición del coche de Eusebio en la esquina. Eusebio nunca le haría nada de eso. Eusebio era un hombre de principios, un hombre en el que podía confiar. Un hombre que jamás le rompería el corazón.

«Porque no se lo has dado.»

El sonido de una motocicleta le recordó que estaba caminando por el puerto y de repente se preguntó si no estaba cometiendo un error yendo a capitanía. Pedro trabajaba allí con Cecilia, y era más que probable que terminase por encontrarlo. En Barcelona, después de que ella rechazase su absurda y nada romántica proposición, Pedro se fue sin despedirse. Y no había vuelto a saber de él.

«¿Y qué esperabas?»

—Cállate —farfulló para sí misma reprendiendo a su conciencia.

¿Acaso no estaba corriendo un riesgo innecesario yendo hasta allí? ¿Se estaba metiendo en la boca del lobo?

Giró por el último edificio y vio la capitanía. Había alguien frente al portal. Una chica descalza y con una larguísima melena rubia cayéndole por la espalda... y Pedro.

Apretó los dientes y mantuvo la cabeza bien alta y el paso firme.

Pedro ya no sabía qué hacer para quitarse a Luna de encima. Lo había intentado todo, excepto ser maleducado porque al fin y al cabo Luna trabajaba en uno de los centros de submarinismo de más éxito del puerto, pero quizá no iba a tener más remedio que serlo. Además, si era sincero consigo mismo, él tenía parte de culpa; se había pasado meses lanzando mensajes contradictorios a la pobre chica.

—Vamos, Cano —insistió Luna pasándole un par de dedos por el antebrazo—, será divertido. Saldremos a navegar con el velero de unos amigos y luego cenaremos en la playa.

—No puedo, pero gracias por la invitación. —Se apartó ligeramente hasta que ella dejó de tocarlo.

Luna sonrió. Al parecer no iba a rendirse fácilmente.

—Últimamente trabajas demasiado. —Movió una pierna hasta que el muslo rozó uno de los de Cano—. Te irá bien desconectar un poco. Estaremos solo los cuatro, mis amigos, tú y yo. Y si se hace tarde, podemos quedarnos a dormir en el barco. —La pierna se apoyó descaradamente en la de él—. O en la playa.

¿Por qué no cedía? Pedro tenía que reconocer que era tentador. Llevaba meses solo, sintiéndose como si tuviese las entrañas del revés. Tal vez le iría bien estar con Luna. Desconectar. Dejar de pensar en...

—¿Teresa?

—Hola, Pedro.

Se había vuelto loco. Respiró hondo e inhaló su perfume. No, bueno, quizá sí, pero ella estaba definitivamente allí de verdad. La miró a los ojos y los descubrió fríos y distantes. Igual que aquel día en Barcelona, igual que el día que rompieron. Sacudió la cabeza levemente y se dio cuenta de que Luna estaba prácticamente encima de él.

Mierda.

Se apartó al instante, pero Luna, fiel a su estilo, se limitó a sonreír y a quedarse allí plantada.

—Hola —le tendió la mano a Teresa—, soy Luna, trabajo en la estación de submarinismo.

—Teresa, solo estoy de paso. Vengo a ver a Cecilia —le explicó a la desconocida, que parecía sacada de una revista de adolescentes.

—Ah, pensaba que venías a ver a Cano —siguió Luna perversa.

—No, no vengo a ver a Cano.

Cano quería morirse.

—Luna, si no te importa —reaccionó por fin Pedro—, me gustaría saludar a Teresa.

—No, por mí no te preocupes, Cano —intervino Teresa antes de que Luna pudiese volver a sonreír—. Ha sido un placer conocerte, Luna.

—Espera un segundo, Teresa. —Pedro no pudo contenerse más y la sujetó por la muñeca.

Teresa desvió la mirada hacia esos dedos y después hasta los ojos de Pedro. Él tragó saliva pero no la soltó.

—Ahora que lo pienso —dijo Teresa—, tengo que darte algo. —Tiró del brazo hasta que lo recuperó y metió la mano en el bolso. Tardó varios segundos, pero al final encontró lo que buscaba—. Toma. —Le cogió una mano a Pedro y tras colocarla con la palma hacia arriba depositó en ella el collar con el delfín.

—Es precioso —dijo Luna, ajena a lo que de verdad estaba sucediendo entre los otros dos.

—No, no lo es. —Teresa pronunció esas palabras sin dejar de mirar a Pedro—. Es de mentira. Un objeto de valor sin importancia.

Pedro entrecerró los ojos y en aquel instante habría podido estrangular a Teresa con sus propias manos, o besarla y hacerle el amor allí mismo. En vez de eso, se guardó el delfín en el bolsillo de los pantalones y desvió el rostro hacia Luna.

—Estaré encantado de pasar el sábado contigo —le dijo con una estudiada sonrisa—, estoy impaciente por dormir en la playa —bajó el tono de voz y Luna capturó el labio inferior entre los dientes.

—Perfecto. —Le colocó una mano en el torso y la deslizó unos centímetros—. Estoy impaciente.

—¡Luna! ¿Piensas volver al trabajo o qué? —gritó un hombre, probablemente el jefe de Luna, desde una tienda cercana.

—¡Ya voy! —respondió esta también a gritos—. Nos vemos el sábado, Cano. *Ciao*, Teresa.

La rubia corrió descalza por el puerto, y las pulseras que llevaba en el tobillo tintinearon como si fuese una sirena.

Genial.

Pedro esperó unos segundos y echó los hombros hacia atrás para enfrentarse a Teresa. Él no tenía ninguna intención de ir a pasar el sábado con Luna, pero le había dolido tanto que Teresa le devolviese el delfín que había tenido que hacer algo. Al menos así discutirían. Otra vez.

Pero Teresa no quería discutir. Teresa tenía los ojos húmedos y le temblaba el labio inferior.

A Pedro se le rompió el corazón.

«¿Qué he hecho?»

Levantó una mano en dirección a la mejilla de ella.

—Teresa... —susurró.

Ella se dio media vuelta y subió corriendo a capitanía.

«¿Qué he hecho?»

26

I drove all night to get to you
Is that alright
I drove all night
Crept in your room
Woke you from your sleep
To make love to you
Is that alright
I drove all night»

CYNDI LAUPER,
I drove all night

Teresa subió corriendo la escalera y prácticamente sin mirar adónde iba. ¿Qué diablos le estaba pasando? Se suponía que iba a ignorar a Pedro, o a quedar como una diosa delante de él devolviéndole el estúpido collar con suma indiferencia. Y casi lo había conseguido. Casi.

Si él no hubiese vuelto a recordarle lo fácil que le resultaba descartarla por otra. Por una mujer más guapa y más sensual que ella.

Ya no tendría que dolerle. Maldita sea. Ni siquiera recordaba cuántos años habían pasado desde que rompieron. Mentira. Además, ahora ella iba a casarse con un hombre que la respetaba. Sí, probablemente Eusebio jamás sería un hombre apasionado, ni tampoco romántico. Ni divertido. Ni sensible. Pero él no le sería infiel. Y nunca sentiría celos de su trabajo ni de sus éxitos profesionales. Y cuando tuvieran hijos, sería un buen padre.

«¡Ja!, probablemente solo los verá el día que quiera hacerse una foto con ellos.»

Aceleró el paso para acallar esa maldita voz y se dio de bruces con un torso desconocido y muy robusto.

—¿Teresa?

—¿Sebastián?

Menos mal.

—¿Estás bien? —le preguntó él preocupado.

Teresa se apartó un poco y descubrió a su amiga mirándola también fijamente.

—¿Qué te pasa, Teresa?, ¿por qué subías corriendo? —Cecilia la miró a los ojos.

—¡Teresa! —El grito de Cano resonó por la escalera y Cecilia y Sebastian intercambiaron una mirada.

—¿Por qué no te quedas aquí con Teresa un segundo...? —sugirió Sebastián soltando a Teresa—. Yo iré a buscar a Pedro.

—Gracias —farfulló Teresa.

—Esperaros aquí un par de minutos y luego salid a comer tranquilas. ¿De acuerdo? Llámame si necesitas algo —añadió mirando solo a Cecilia.

—Claro, no te preocupes —respondió esta cogiéndole una mano a su amiga.

—¡Teresa! —Cano estaba ya en el piso de abajo.

Sebastián suspiró y bajó los escalones de dos en dos para interceptar a su amigo e intentar convencerlo de algo imposible; que no fuese detrás de la mujer que amaba.

—Será mejor que entremos un segundo —le sugirió Cecilia a Teresa—. Te acompañaré al baño y luego saldremos a comer.

—De acuerdo —asintió Teresa fingiendo que no oía las

voces de los dos hombres discutiendo en el rellano inferior. Suspiró y siguió a Cecilia hacia el interior.

—¿Se puede saber qué estás haciendo, Pedro? —le preguntó Sebastián sujetándolo por los antebrazos.

—Suéltame, Sebastián. No te metas en esto.

—No voy a soltarte.

—Yo no me metí entre tú y Cecilia, así que te aconsejo que sigas mi ejemplo —dijo Pedro entre dientes.

—No es lo mismo. Y lo sabes. Estoy seguro de que si me hubieses visto perseguir a Cecilia como si fuese un loco, me habrías tumbado de un puñetazo. Así no vas a conseguir nada, Cano. Créeme, por desgracia, sé de lo que hablo. —Cano todavía estaba tenso, pero al menos había dejado de forcejear—. Si tienes tantas ganas de recuperar a Teresa como creo que tienes, lo mejor que puedes hacer ahora es tranquilizarte.

—Está bien —farfulló—. Está bien. Suéltame.

Sebastián aflojó los dedos y se apartó un poco, pero no lo suficiente como para que Pedro pudiese esquivarlo y subir el piso que le faltaba.

—Joder, Cano. ¿Una semana antes de la boda? ¿No te parece que podrías haber reaccionado antes?

Cano lo fulminó con la mirada, pero no lo contradijo.

—No sé qué me pasa—. Se pasó nervioso las manos por el pelo—. No puedo seguir así. Voy a terminar por volverme loco.

—No; lo parece, pero no.

—Volví de Barcelona completamente decidido a olvidarme de ella, ¿sabes? Me dije que en realidad me había salvado por los pelos. A mí me gusta mi vida, me gusta estar solo, salir, poder coger una maleta y desaparecer sin avisar. Acostarme con una, o con varias, cada noche.

—¿Cuántas veces tienes que repetirte todas esas chorradas para creértelas? —Sebastián lo miró diciéndole que no había logrado engañarlo—. Vamos, te invito a comer. —Le colocó una mano en la espalda y lo giró hacia el vestíbulo—. Yo comeré y tú beberás, a ver si entre los dos logramos calmarte.

Pedro no dijo nada y se dejó llevar por Sebastián.

Jamás lo confesaría, pero era un alivio tener un amigo ante el que poder ser él mismo. Pedro nunca le había confesado a nadie, excepto a Cecilia, que le había sido infiel a Teresa, y por raro que pareciese desde el principio había tenido la sensación de que con Sebastián no tenía que fingir. Tal vez era porque el capitán también había vivido su infierno particular, o porque Sebastián desprendía confianza y seguridad en sí mismo a pesar de que nunca ocultaba que había cometido grandes errores en su vida. Fuera por el motivo que fuese, ese mediodía dio gracias por contar con él. Emborracharse solo era patético y Sebastián tenía razón, en ese preciso instante, esa era la única opción posible.

Cecilia se llevó a Teresa a comer a un restaurante un poco alejado del puerto. No quería correr el riesgo de que volviese a encontrarse con Pedro, o con Luna. Después de que Teresa le contase lo que había pasado en el rellano de capitanía, Cecilia no sabía si quería estrangular a Cano o abrazarlo y decirle que todo iba a salir bien. Era más que evidente que había organizado esa cita con Luna para provocar a Teresa, pero al mismo tiempo, y probablemente sin saberlo, le había recordado el momento más doloroso de su vida.

Cecilia nunca se lo había contado a Cano porque Teresa se lo había prohibido, pero uno de los motivos por los que le había dolido tanto que Pedro le fuese infiel fue porque le confirmó uno de sus temores; no era guapa. Al menos no lo bastante como para estar con un hombre como Pedro Cano. Después de las lágrimas iniciales, Teresa recuperó la compostura y empezó a repetir una y otra vez que estaba bien y que solo eran «los nervios de la boda». Cecilia dejó que se engañase durante el almuerzo porque pensó que a su amiga le iría bien comer y beber un poco, pero cuando llegaron los postres volvió a sacar el tema.

—No son solo los nervios de la boda, Teresa.

—Pues claro que sí —insistió bebiendo un poco más de vino blanco.

—No, no lo son. Tú y Pedro tendríais que hablar de una vez por todas.

—¿De qué? —Se llevó una mano a la garganta y movió los dedos nerviosa al no encontrar lo que buscaba—. ¿Por qué?

—No llevas el collar del delfín —adivinó Cecilia—, y ese es uno más de los motivos por los que tendríais que hablar.

Teresa se apartó la mano y la dejó encima del mantel.

—No buscaba el delfín —mintió—. Pedro y yo no tenemos nada que decirnos. Ya se lo dejé claro en Barcelona.

—Ya, y por eso te has puesto a llorar cuando has visto que él se insinuaba a esa Barbie submarinista. Pedro no va a salir con Luna —añadió tras asegurarse de que Teresa le estaba prestando atención—. Lo sé. Lleva meses sin salir con nadie.

—No me importa.

A Cecilia le vibró el móvil y desvió la mirada hacia la pantalla.

«Voy a llevar a Cano a su casa. Te quiero. Bastian.»

Sonrió como una idiota. Incluso ver esas palabras escritas hacía que le diese un vuelco el corazón.

—Me alegro tanto de que seas feliz —susurró Teresa—. Todavía me acuerdo del día en que tu padre se fue de casa y te pusiste a llorar de rabia. En medio de los sollozos dijiste que necesitabas a Sebastián. Fue la primera vez, y prácticamente la única, que me hablaste de él. Recuerdo que pensé que yo era afortunada por tener a un chico como Pedro, que no se iría en medio de la noche sin decirme nada. Y mira —se burló de sí misma—, al final también me hizo daño.

—Sí, Sebastián cometió un error, pero yo también. Los dos los cometimos. Y ahora somos felices. No voy a engañarte, ha sido muy difícil, pero no lo cambiaría por nada del mundo, Teresa—. Hizo una pausa y tocó la mano de su amiga—. Tú y Pedro también podríais serlo.

Teresa retiró la mano de inmediato.

—Dentro de una semana voy a casarme con Eusebio. Es un buen hombre. Respeta mi carrera profesional y sabrá cuidarme.

—¿Lo amas?

—Siento mucho cariño por él.

—No es eso lo que te he preguntado. Te he preguntado si lo amas. Si te digo que no volverás a verlo nunca más, ¿se te revuelven las entrañas? ¿Te morirás si no vuelve a besarte? ¿Te pondrás a llorar desconsolada si lo ves con una mujercita que no te llega ni a la suela de los zapatos?

—Eso ha sido un golpe bajo, Cecilia.

—Lamento que lo veas así, Teresa, pero es la verdad. Si no sientes nada de eso por Eusebio, no deberías casarte con él, independientemente de lo que pase con Pedro. Sencillamente no deberías.

—La boda ya está organizada. Vienen cientos de invitados. —Cecilia empezó a sonreír e iba a decirle a Teresa que ella la ayudaría a lidiar con todo, pero esta sacudió la cabeza y sentenció—: No, son solo los nervios de la boda. Nada más. —Le sonrió sin que la emoción alcanzara los ojos—. Siento haber provocado una escena.

—No pasa nada —dijo Cecilia—. Me alegro de que solo sean los nervios —iba a seguirle el juego—, pero si por casualidad es algo más, Cano está solo en casa. Vive en el centro. —Cogió el móvil y le mandó la dirección al de Teresa—. Lo digo por si quieres ir a hablar con él. —Teresa la fulminó con la mirada y Cecilia fingió no darse cuenta—. Si de verdad está todo resuelto entre vosotros, tal vez os iría bien hacer las paces. Cerrar definitivamente ese capítulo de vuestras vidas. Así tú podrás casarte con Eusebio con la conciencia tranquila, y Cano podrá ir con todas las submarinistas que quiera. A no ser, claro está, que tengas miedo de ir a verlo.

Eran las tres de la madrugada y a Pedro le dolía tanto la cabeza que creía que le iba a estallar, y si la persona que estaba aporreando su puerta le daba un golpe más, se levantaría y le arrancaría el brazo en menos de dos segundos. Un momento.

¿Alguien estaba aporreando su puerta?

Pedro entreabrió los ojos y arrugó la frente —un gesto completamente inútil— para ver si así contenía las punzadas de dolor que le atravesaban el cerebro. Definitivamente tenía resaca.

Y definitivamente había algún imbécil liándose a puñetazos con su puerta.

Sabía que irse a vivir al centro había sido un error. Tendría que haber elegido un edificio con menos apartamentos. Uno sin vecinos, en medio de la nada.

Se sentó en la cama y comprobó que todo le daba vueltas. Se aferró a la mesilla de noche durante unos segundos convencido erróneamente de que así el suelo se estabilizaría.

Otro golpe.

Iba a matar al adolescente de turno.

Suspiró resignado y apretó los dientes. Se puso en pie y vio que llevaba los pantalones del pijama y una camiseta de propaganda de Costa Rica, y suplicó haberse cambiado él. Si Sebastián había tenido que desnudarlo y ponerle el pijama, jamás podría volver a poner un pie en capitanía. Se esforzó en recordar y... ¡sí! Se había cambiado él solo, después de meterse vestido en la ducha. Mierda, iba a tener que tirar los tejanos y los zapatos.

Otro golpe.

Abrió la puerta.

La retahíla de insultos que tenía pensados quedó atrapada en su garganta.

—¿Teresa?

—Eres un cerdo y un imbécil —le dijo ella golpeándole el torso con un dedo—. Y un cretino. Y un cobarde.

Pedro estaba tan atónito que bastó con los empujoncitos que le dio Teresa para que retrocediese de nuevo hacia el interior del apartamento. Ella cerró la puerta con la mano con la que no le estaba pegando y siguió andando.

—¿Por qué tuviste que venir a Barcelona, eh? ¿Por qué?

—Porque tú me invitaste a tu boda —respondió igual de furioso que ella.

—¡Ah, claro! Llevamos años ignorándonos. ¡Años! Y de repente recibes la invitación para mi boda, que te envié por error —puntualizó—, y decides venir a verme. No me lo trago.

—Quería preguntarte por qué motivo me la habías mandado —confesó él.

—¿Por qué? ¿Acaso ibas a venir?

Pedro cerró los puños y ella se dio cuenta.

—Vamos, dímelo —insistió Teresa—. ¿Ibas a venir? Si te invito de verdad a mi boda —entrecerró los ojos y buscó los de él—, ¿vendrás?

A Pedro se le aceleró la respiración. Llevaba años sin estar tan cerca de Teresa. Ella se había ido acercando a él con cada palabra y ahora sus torsos estaban a unos inexistentes centímetros de distancia. Podía ver las pecas que tenía en los pómulos (y recordar que las había contado una noche en la cama), la cicatriz que tenía en un extremo de la clavícula (que había besado). Podía notar el tacto de su piel y oler su perfume y...

—¿Estás borracha? —le preguntó incrédulo sujetándola de los hombros para apartarla de él.

No podía creerlo.

Oh, Dios, en una vida anterior había sido alguien horrible y ahora le estaban haciendo pagar por sus pecados.

—No —contestó ella tambaleándose ligeramente—. Un poco.

—Dios mío. —Pedro se frotó la cara con ambas manos—. Voy a llamar a tu madre.

—Ni se te ocurra. He venido en taxi y puedo irme en taxi —afirmó—. Ya soy mayorcita. Ahora sé cuidarme sola.

—Siempre has sabido, Teresa. Siempre has podido hacerlo todo sola —susurró—. Iré a llamarte a un taxi.

Antes de que pudiese dar un paso, Teresa le cogió por una muñeca.

—¿Qué quieres decir con eso?

Pedro se dio media vuelta y la miró.

—Nada. —Se soltó el brazo—. No quería decir nada.

Pedro dio un paso, pero ella volvió a detenerlo. Esta vez solo con palabras.

—¿Vendrás a mi boda?

—No estoy invitado —sentenció él dirigiéndose decidido a la cocina, donde creía recordar haber dejado caer el móvil.

Oyó los pasos de Teresa siguiéndolo y se dijo que no se alegraba. Cogió el móvil de encima de la mesa de la cocina y buscó el número de la compañía de taxis. Él no solía utilizarlo, pero lo tenía grabado por si alguna vez le hacía falta. Contactos: M, N, O... Teresa se pegó a su espalda. Tal vez se había tropezado, o tal vez lo había hecho a propósito, el cómo había ido a parar allí no importaba. Lo único que importaba era que ahora Pedro tenía a Teresa completamente encima de él.

Llevaba tacones, pensó al notar la respiración de ella junto a la oreja. Él estaba atrapado entre la mesa de la cocina y Teresa. Evidentemente, podía quitársela de encima. Ella estaba un poco borracha y él solo tenía resaca, por no mencionar que él pesaba como mínimo cuarenta quilos más que ella y le sacaba treinta centímetros.

No lo hizo. Tensó la espalda e intentó mantenerse firme, así ella ya notaría que estaba distante y se apartaría.

«No te apartes.»

Teresa colocó las manos encima de la mesa, una a cada lado de la cintura de Pedro, encerrándolo todavía más.

—Contéstame. Si te invito, ¿vendrás a mi boda?

—Voy a llamar al taxi —dijo entre dientes.

Ella levantó una mano y cogió el móvil que medio segundo más tarde fue a parar al suelo.

—Pedro Cano, te invito formalmente a mi boda el próximo sábado a las doce del mediodía en la catedral de Santa Cruz de Cádiz. Se ruega traje negro y confirmación.

—Apártate.

—No. —Apoyó las manos firmemente en la mesa—. ¿Vas a venir? ¿Vas a venir a ver cómo me caso con...?

Pedro no pudo soportarlo más. No supo qué fue primero, si el rugido que salió de lo más profundo de su garganta o el ruido de dos vasos rompiéndose al caer al suelo cuando cogió a Teresa y la pegó contra el armario para poder besarla.

Teresa no podía creerse lo que estaba pasando, pero le daba completamente igual. Pedro por fin la estaba besando. Eran las manos de Pedro las que le estaban sujetando los hombros como si tuviera miedo de que ella fuera a apartarse. Eran los labios de Pedro los que estaban devorando los suyos con esa desesperación y aquella pasión que por fin, por fin, le derretía el hielo que se había formado alrededor de su corazón. Eran los gemidos de Pedro los que se colaban por sus oídos y la excitaban como mil declaraciones de amor. Era Pedro el que la estaba besando, y no un fragmento de su imaginación.

Y de repente se apartó.

Pedro dejó de besarla con la misma intensidad con la que había empezado. Abruptamente y sin avisar. Sin punto medio.

Teresa iba a gemir, a suplicarle que no la dejase, que no volviera a convertirla en una autómata sin sentimientos. No tuvo tiempo.

Pedro suspiró y apoyó la frente en la de ella.

—Te amo —dijo él con la voz trémula—, y por eso tienes que irte de aquí ahora mismo.

¿Qué? ¿Cómo? Eso no tenía sentido.

Teresa abrió los ojos y encontró los de él brillantes y desencajados.

—Vete, por favor —insistió.

—Yo... —balbuceó Teresa—, ¿por qué?

—Porque te amo y sé que esto no es lo que quieres de verdad.

Pedro se apartó y tuvo que respirar hondo varias veces. No la miraba, en realidad, se puso a pasear de un lado al otro de la cocina sin mirarla. Cogió el móvil y miró absorto la pantalla.

Como si ella no estuviese allí.

Como si ella no importase.

¿¡Le había dicho que la amaba y ahora la ignoraba!? Sí, Teresa había bebido un par de copas de vino en casa al ver que no podía dormirse, a las que tenía que sumar las que había bebido durante la comida, pero no estaba lo suficientemente borracha como para no darse cuenta de que Pedro la estaba rechazando.

Se apartó del armario e intentó enderezar la ropa y recuperar algo de dignidad.

—No hace falta que me digas que me amas —le dijo sarcástica, y consiguió que él volviese a mirarla furioso—. Puedes decirme que no me deseas sin más.

—Te deseo, Teresa. Ahora mismo, si de verdad creyese

que mañana no ibas a odiarme por ello, te arrancaría la ropa y te haría el amor encima de la mesa de la cocina. Y en el suelo. Y después en la cama. Te besaría todo el cuerpo y no dejaría que te corrieras sin haber recordado todos y cada uno de los gemidos que salen de tus labios antes de hacerte perder el control.

—Dios mío... —susurró Teresa llevándose una mano a la garganta para contener el pulso. Imposible.

—Vete de aquí. Por favor. Ya sé que no sientes nada por mí, me lo dejaste claro en Barcelona —levantó ambas manos en señal de rendición—, y bueno, vas a casarte con otro. Pero si alguna vez has sentido algo por mí, vete. —Apretó los dientes mirándola a los ojos—. Vete. No quiero que le seas infiel a tu prometido —se obligó a decir a pesar de que fue como clavarse un puñal en el estómago—, y menos conmigo. No podrías vivir con eso, y supongo que yo tampoco.

—No, yo, no pretendía hacer eso —farfulló Teresa avergonzada de sí misma.

—Será mejor que te vayas —dijo Pedro desviando de nuevo la mirada hacia el teléfono. Le temblaban los dedos y le costó acertar con la tecla.

Teresa salió de la cocina mientras él llamaba a la compañía de taxis. Habría podido irse del apartamento en ese instante, aprovechar la oportunidad para escapar. Pero no lo hizo. Los dos llevaban demasiado tiempo huyendo y alguien tenía que ser el primero en parar.

Pedro salió de la cocina un par de minutos más tarde, después de beber agua y de recoger los cristales rotos, a juzgar por los ruidos que detectó Teresa. Y no pudo disimular la sorpresa cuando la encontró todavía allí.

—El taxi estará a punto de llegar —señaló tras ocultar su reacción.

—Gracias. Tengo que decirte algo...

—La respuesta es no —la interrumpió él—. No voy a venir a tu boda. No podría soportarlo —terminó por confesar.

—Pedro...

Pedro caminó hasta la puerta y la abrió. Se había prometido a sí mismo que si algún día tenía la oportunidad de volver a hablar con Teresa le diría lo que sentía por ella y al menos había cumplido con esa promesa.

—Llego años tarde, lo sé —siguió sujetando la puerta con tanta fuerza que los nudillos le quedaron blancos—. Siempre llego tarde. Te he pedido perdón demasiado tarde, cuando a ti ya no te importa. Y te he dicho que te amo demasiado tarde, cuando tú ya no sientes lo mismo por mí.

Teresa pasó por delante de él. Seguro que ahora se iría de su vida para siempre. Saldría de su apartamento y no volvería a verla nunca más, porque Pedro sabía que jamás sería capaz de quedar con ella y preguntarle por su marido o sus hijos.

Si apretaba más fuerte terminaría por romperse los dedos. O la puerta.

Teresa se detuvo en el portal. Una lágrima le resbalaba por la mejilla, y en sus ojos ya no quedaba rastro de la euforia ni de la valentía provocadas por el alcohol. Ahora solo estaba ella, ella y sus sentimientos. Unos sentimientos que él no había sabido valorar cuando Teresa se los entregó.

—Yo no sé qué siento por ti ahora —le dijo—, pero sé que por Eusebio nunca he sentido, ni sentiré, lo que sentí cuando tú y yo estábamos juntos. Y te odio por ello. Te odio porque por tu culpa sé que lo que tengo con Eusebio es un premio de consolación, una copia barata del original.

—Lo siento.

«Dios, si pudiera se daría una paliza a sí mismo por haberlo echado todo a perder por un estúpido polvo con una desconocida.»

—Eusebio no se merece que piense en otro hombre.

—Lo sé.

—No tendrías que haber venido a Barcelona —le recordó furiosa.

—Tenía que verte. —Al parecer solo iba a tener esa oportunidad, así que no tenía más remedio que aprovecharla—. La invitación me dio una excusa.

—No tendrías que haberme besado.

—No he podido evitarlo. Cada vez que te veo tengo ganas de besarte.

—Si me caso, no podré volver a verte nunca más.

Pedro notó que se le paraba el corazón.

—Has dicho «si», has dicho «si me caso» —repitió atónito y antes de que Teresa pudiese reaccionar, o negar que lo había dicho, la cogió en brazos un segundo y le dio un beso en los labios.

—Pedro...

—No, no digas nada —le tapó la boca con una mano para que no pudiese continuar—. Has dicho «si», así que escúchame un momento. Por favor.

Cecilia asintió y Pedro apartó la mano. Se pasó ambas por el pelo y dijo lo que de verdad sentía.

—Te amo, tú dices que no sabes qué sientes por mí, pero voy a ser un engreído al creer que todavía estás un poquito enamorada de mí. No te cases con Eusebio, por favor. Ni con nadie. Probablemente Eusebio sea un buen tipo, tiene que serlo si te has fijado en él, pero no te hace feliz. Si te hiciera feliz, no me habrías besado. Me habrías abofeteado y te habrías ido de aquí hecha una furia.

—No es justo, Pedro. No me hagas esto.

—Voy a hacértelo, Teresa. Te amo, y ahora que lo sé, ahora que lo siento, no puedo correr el riesgo de perderte por culpa de mi estupidez. Lo único que te pido es que lo pienses.

—¿Solo eso?

—No, por supuesto que no. Quiero que te des cuenta de que no puedes conformarte con Eusebio y que lo dejes plantado. Quiero que anules la boda y te vengas a vivir conmigo. Dame una oportunidad, por favor. Encontraré el modo de que vuelvas a enamorarte perdidamente de mí.

—Yo... no... Pedro... —se secó otra lágrima—. Falta una semana para la boda.

—Lo sé. No te diré nada más. Si te casas con Eusebio, haré todo lo posible para desear que seas feliz, aunque no sé si lo lograré. Pero si no, ven a la playa conmigo.

—¿Quieres que deje plantado a Eusebio y que me venga a la playa contigo?

Los dos tenían que estar completamente locos; él por pedírselo y ella por plantearse la posibilidad de hacerlo.

—Sí, te prometo que te dejaré en paz. No trataré de llamarte ni de verte, ni siquiera le preguntaré a Cecilia por ti. El sábado, a las doce, estaré en la playa donde solíamos encontrarnos cuando venía a verte en verano. Si no vienes, sabré que has elegido a Eusebio.

—¿Y si vengo?

—Eso tendremos que averiguarlo juntos.

—No voy a ir. No puedo.

—Piénsatelo.

—Has cambiado, Pedro —señaló de repente.

—No tanto. Dentro de medio minuto te cogeré en brazos y te haré el amor aquí en medio del pasillo. Así que si no estás dispuesta a anular la boda dentro de una hora, será mejor que te vayas.

Teresa se apartó y empezó a caminar hacia el ascensor.

Estaba a punto de alcanzarlo cuando se detuvo y se dio media vuelta.

—Me lo pensaré.

Epílogo

Quiero ver el rojo del amanecer
un nuevo día brillará
se llevará la soledad.

LUZ CASAL,
Un nuevo día brillará

Día de la boda de Teresa y Eusebio

—Vamos a llegar tarde, Ce, cariño —le dijo Sebastián a Cecilia mientras se afeitaba.

—Es culpa tuya por haberme distraído —contestó ella desde la ducha.

—Es culpa tuya por estar tan guapa y por besarme de esa manera —se defendió él después de echarse agua a la cara para quitarse la espuma que le quedaba—. Y por ponerte ese corsé, ya sabes que me vuelve loco.

—Ah, claro, lo dices como si tú no me hubieses cogido en brazos y no me hubieses llevado a la cama en plan hombre de las cavernas —contraatacó ella apartando la cortina—. Y no me mires así o llegaremos tarde de verdad —le advirtió al ver que él le recorría el cuerpo desnudo con la mirada.

—Tengo que compensarte por el tiempo perdido —dijo Sebastián—. Además, a ti te encanta.

—Es verdad —concedió ella poniéndose de puntillas para

darle un beso—. No sé por qué diablos Teresa ha accedido a organizar una boda por todo lo alto. La nuestra fue preciosa y solo éramos veinte personas.

Cecilia y Sebastián se habían casado dos meses atrás en una ceremonia muy íntima a la que habían asistido los dos hermanos de él, la hermana de ella y, para sorpresa de todos, Patricia, quien al parecer iba a cumplir con su promesa de seguir allí hasta que sus dos hijas fuesen felices. En el enlace también estuvieron presentes Pedro Cano, Domingo y su esposa Marcela con los niños, Márquez y un par de compañeros más de capitanía que con el paso del tiempo se habían convertido en amigos.

—Creo que a su futuro esposo le van estas cosas —apuntó Sebastián mientras se ponía la corbata. Estaba increíble con traje oscuro y recién afeitado—. No sé cómo puede preferir a ese pez hervido en vez de a Pedro.

—Ya sabía yo que os haríais amigos —dijo Cecilia—, gracias por ponerte de su lado, amor.

—No lo digo solo porque esté del lado de Pedro, que lo estoy, sino porque es verdad. Teresa también me gusta —señaló Sebastián. En los últimos meses, Sebastián había intentado relacionarse con todos los amigos de Cecilia, así como descubrir todo lo que se había perdido de su vida. Todavía le dolía pensar que había desaprovechado tantos años, pero no tanto como antes, y estaba más que dispuesto a recuperar el tiempo perdido, y no solo en la cama, aunque, por supuesto, allí era increíblemente feliz—. Es una mujer muy lista y apasionada, y no entiendo qué está haciendo con el señor abogado.

—Ni yo, amor —convino ella—. ¿Te gusto? —le preguntó dándose media vuelta con el vestido puesto.

Sebastián tragó saliva.

—Quítate eso.

—¿Por qué?

—Porque si vas con ese vestido no voy a tener más remedio que hacerte el amor otra vez.

Cecilia sonrió orgullosa y se dejó el vestido.

—Gracias, Bastian.

—No me las des, vas a hacerme pasar un infierno. —Se acercó a ella y le recorrió la espalda con un dedo—. Y cuando volvamos a casa vas a tener que compensarme —añadió mordiéndole la clavícula.

—Bastian... —susurró ella.

—Al menos ahora los dos estamos sufriendo —dijo él al apartarse después de darle un beso.

Sebastián y Cecilia recogieron a Alexia de camino a la iglesia de Cádiz en la que Teresa y el abogado, al que nadie llamaba por su nombre, iban a casarse. En cuanto llegaron vieron que la madre de Teresa, Carmina, les estaba esperando y supieron que algo iba mal.

—¡Cecilia, Teresa no está! —le dijo nada más verla—. ¿Sabes algo de ella?

—No, la última vez que la vimos fue ayer por la noche —respondió Cecilia.

—¿Usted ha hablado con ella esta mañana? —le preguntó Sebastián a Carmina.

—Sí, y estaba bien. Seria, pero bien.

—Quizá solo llega tarde —apuntó Alexia.

—No, no llega tarde —dijo Carmina nerviosa—. Se ha ido.

—¿Cómo está tan segura? —inquirió Sebastián.

—Yo he salido un momento de casa y cuando he vuelto Teresa ya no estaba y el vestido de novia estaba tirado encima de la cama. —La mujer se puso a llorar y Alexia fue la primera en reaccionar para consolarla.

—Disculpadme un segundo —dijo Sebastián apartándose del grupo. Se alejó un poco y sacó el móvil. Colgó pasados unos largos segundos y le hizo señas a Cecilia para que se acercase a él—. Pedro no contesta.

—¿Crees que Teresa está con él? —le preguntó Cecilia a su esposo en voz baja.

—No lo sé, pero sé que si tú estuvieses a punto de casarte con otro haría cualquier cosa para impedirlo.

Cecilia todavía no se había acostumbrado a aquellas inesperadas y fervientes declaraciones de amor, así que se puso de puntillas y besó a Sebastián.

—Te amo, Sebastián.

—Y yo, Ce —respondió él afirmándolo con los ojos—. Será mejor que vayas a consolar a la madre de Teresa.

—¿Y tú qué harás?

—Iré a buscar a Cano.

—No te vayas muy lejos sin mí.

—Jamás. Llámame si sucede algo, ¿de acuerdo? —le pidió Sebastián buscando las llaves del coche por los bolsillos de la americana.

—De acuerdo. Dame un beso antes de irte.

—Todos los que quieras.

Sebastián besó a Cecilia y se fue en busca del que se había convertido en uno de sus mejores amigos. Al entrar en el coche miró hacia atrás y al ver a Cecilia mirándole le dio un vuelco el corazón. Sí, ellos dos eran para siempre.

Segundo Epílogo

You are the sunshine of my life
That's why I'll always be around,
You are the apple of my eye,
Forever you'll stay in my heart

STEVIE WONDER,
You are the sunshine of my life

SOLO SEBASTIÁN

(Después de todo lo que ha pasado bien se merece su propio epílogo.)

Estoy conduciendo en busca de Teresa, pero la verdad es que espero no encontrarla. Ahora que por fin estoy con Cecilia y sé lo que es la felicidad quiero que la sienta todo el mundo, aunque Pedro Cano me hizo pasar un auténtico calvario cuando pensé que entre él y mi esposa había algo. Mi esposa, todavía me cuesta creérmelo. ¿Por dónde iba? Ah, sí, Pedro se merece ser feliz.

Sí, estoy enamorado y no me importa reconocer que hace doce años cometí un error. Tendría que haber confiado en Cecilia, y ambos nos habríamos ahorrado mucho sufrimiento. Pero quién sabe, quizás habríamos tenido que enfrentarnos a otros problemas.

Y los habríamos superado.

No soy un iluso, sé que no todo será maravilloso, pero ¿sabéis qué? No me importa. Ce y yo estamos juntos y lo estaremos siempre. Hay noches en las que me quedo despierto mirándola, y noches en las que ella vuelve a sentirse insegura y se pone el corsé. Y entonces le hago el amor hasta que ambos quedamos exhaustos.

Hay otras noches en que Cecilia me venda los ojos y me ordena que me quede quieto y hace conmigo lo que quiere. Y bueno, tengo que dejar de pensar en estas cosas o tendré problemas para conducir.

Ah, ahí está Teresa y está con Cano.

Daré media vuelta y diré que no les he encontrado.

Tengo ganas de besar a mi esposa.

Tercer Epílogo

I'm holding out for a hero 'til the morning light
He's gotta be sure
And it's gotta be soon
And he's gotta be larger than life

BONNIE TYLER,
I need a hero

CECILIA

(Porque todos queremos saber qué paso con la madre de Sebastián.)

Estoy tumbada en la cama de nuestra casa y no puedo dejar de sonreír. Hubo una época en mi vida en que apenas sabía hacerlo, unos años durante los cuales podría contar las veces que sonreí de verdad, en cambio ahora, es la expresión más habitual en mi rostro.

La noche que Sebastián vino a verme para preguntarme si algún día sería capaz de perdonarle comprendí que la llave para liberarme y para ser feliz siempre había estado en mi poder. Sí, el modo en que Sebastián me abandonó sin decirme nada me hizo mucho daño pero fui yo la que eligió encerrarse en sí misma y construir un muro prácticamente impenetrable a mi alrededor.

Un muro cuya manifestación más física eran mis corsés. Ahora solo me los pongo muy de vez en cuando, y sé que muy pronto solo me los pondré cuando a Sebastián o a mí nos apetezca. A Sebastián le encanta verme en corsé, y que me lo quite delante de él. La primera vez que lo hice fue una de las noches más sensuales y preciosas de toda mi vida.

Nuestra noche de bodas.

Sebastián y yo nos casamos rodeados de nuestros amigos y nuestra familia y después él y yo nos quedamos unos días encerrados en casa recuperando el tiempo perdido. No fuimos de viaje porque él tenía mucho trabajo en capitanía (es el mejor capitán que ha existido y existirá jamás) y porque yo no quería alejarme demasiado de mi madre; ella está muy bien, pero digamos que todavía me cuesta desafiar al destino.

Era nuestra noche de bodas y estábamos en nuestra cama. Yo había atado a Sebastián y le había atormentado tanto como ambos pudimos resistir. Él estaba desnudo, todavía no había tenido ningún orgasmo y tenía todos los músculos del cuerpo tensos y apretados por el férreo control que estaba ejerciendo sobre sí mismo. (Me encanta verlo así.) Le solté y le pedí que se sentase en la cama y me mirase. Él, con la respiración entrecortada, se colocó en los pies de la cama y esperó. Yo tardé unos segundos en calmarme, a pesar de todo lo que habíamos hecho y de que confiaba en él por encima de todas las cosas, me temblaban las manos y tenía el corazón acelerado.

Me coloqué delante de él y poco a poco fui abriéndome todos los corchetes del corsé. Sebastián siguió los movimientos de mis dedos con los ojos y cuando solté el último me cogió en brazos justo antes de que la prenda cayese al suelo. Me besó con todas sus fuerzas y me apoyó contra la pared de nuestro dormitorio y me hizo el amor allí de pie. Al terminar me confesó sonrojado que lo había hecho así porque estaba tan excitado que no se había visto capaz de llegar a la cama.

Sebastián tuvo que volver al trabajo un día antes que yo. Yo le dije que necesitaba más días porque Alexia me había pedido que la ayudase con el traslado (mi hermana por fin iba a mudarse a su propio piso), pero era mentira. No lo del traslado, eso era verdad, pero Alexia y yo ya lo habíamos terminado. Quería tener ese día sola porque tenía que ir a ver a una persona y sabía que si Sebastián se enteraba, intentaría impedírmelo.

Antonia Nualart, su madre.

Como Antonia ya no vivía en Cádiz tuve que pedirle a José, el hermano de Sebastián, su número de teléfono para ponerme en contacto con ella. José es un hombre increíble y espero que algún día sea tan feliz como lo somos su hermano y yo. Llamé a Antonia y en cuanto le dije quién era, la mujer me recordó al instante. Ella siempre se había sentido muy orgullosa de que su fallecido esposo hubiese sido el chófer de mi padre. Sin embargo, cuando le pregunté por Gabriela y por José fue muy evasiva y a Sebastián ni lo nombró. Para llevar la conversación hacia mi objetivo, me inventé una excusa acerca de que mi madre había encontrado unos documentos a nombre de su esposo entre las cosas de mi padre, y Antonia aceptó gustosa, e impacientemente, quedar conmigo.

Llegué a la cafetería con tiempo y comprobé que ella ya estaba allí. Seguía siendo una mujer muy guapa, pero cuando me miró vi que tenía los ojos fríos y se me puso la piel de gallina. Y entonces comprendí que Sebastián creyese sin lugar a dudas que su madre fuese capaz de entregarlo a la policía. Al recordar el dolor que esa mujer le había infligido a mi esposo y los años que él y yo habíamos pasado separados por culpa de sus actos, no pude contenerme. Me acerqué a ella y sin dar ningún rodeo le dije que me había casado con Sebastián y que si algún día se atrevía a volver a acercarse a él tendría que vérselas conmigo. Le dije que era patética, que había sacrificado a un gran hombre por algo completamente absurdo y que al hacerlo había perdido a todos sus hijos. Antonia no me dijo nada, me miró ofendida y cogió el bolso para irse, furiosa. Pero antes de que pudiese hacerlo volví a detenerla con mis palabras y le dije que si por casualidad se le pasaba por la cabeza hacernos algo, un bufete de abogados muy prestigioso tenía en sus manos las pruebas necesarias para ir tras ella. Todavía no sé cómo se me ocurrió decirle eso, supongo que tras tantos años de amistad con Teresa se me terminó pegando algo, pero Antonia me creyó porque salió de allí hecha una furia y asustada.

Esa noche, cuando Sebastián llegó a casa, yo estaba intentado enseñarle a *Magnum* a decir mi nombre, el muy cretino todavía se resiste, y no tuve tiempo ni de decir «hola» que Bastian me cogió en brazos y me tumbó en la cama con él encima. Me besó y me sujetó las manos por encima de la cabeza.

—Gracias por defenderme —fue lo único que me dijo antes de quitarme la ropa, solo la necesaria, y hacerme el amor.

Cuando terminamos nos quedamos abrazados y él me contó que Antonia le había llamado y le había pedido perdón.

—¿Y qué le has dicho? —le pregunté acariciándole el torso.

—Que no vuelva a llamarme nunca más. Y le he colgado.

Lo besé y los dos nos olvidamos de Antonia Nualart para siempre.

Oigo la puerta de casa.

—¿Bastian?, ¿has encontrado a Teresa?

—Sí —me contesta él al entrar en nuestro dormitorio—, está en la playa con Cano.

—Ah, me lo imaginaba.

—¿Te lo imaginabas? —me pregunta enarcando una ceja—. Mejor di que ya lo sabías.

—No podía decírtelo —confieso sonrojada acercándome a él para quitarle la americana. Nunca he podido resistirme cuando va tan guapo. O cuando sale de la ducha. O cuando va en tejanos. Nunca he podido resistirme. Punto—. Pedro me dijo que no quería que lo supieras por si no salía bien.

—Bueno, no sé si le saldrá bien o no —me dice Sebastián rodeándome la cintura con ambas manos—, pero al menos están hablando.

—Oh, ¿qué estás insinuando?, ¿que yo no quería hablar contigo?

—Eh, no tengo ninguna queja de nuestro método para hacer las paces y reconciliarnos, pero tienes que reconocer que no hablamos demasiado.

—Vaya —me pongo de puntillas y le doy un beso—, ¿quieres que hablemos ahora un rato? —Le doy un beso y empiezo a desabrocharle los botones de la camisa—, ¿o quieres que te enseñe el nuevo corsé que me he comprado?

Sebastián me besa hasta dejarme sin aliento.

—Hablar está sobrevalorado.

Vuelvo a besarlo y cuando siento que a él empiezan a vibrarle los músculos de la espalda y a acelerársele el pulso me aparto.

—Enseguida vuelvo.

Me pongo el corsé a toda prisa y vuelvo a su lado.

—¿Te gusta? —le pregunto a pesar de que me basta con mirarlo a los ojos para saber la respuesta.

—Mucho. Acércate, Ce.

Me acerco. Oírle hablar así me derrite el interior.

—Quítatelo —me pide apretando la mandíbula.

—Quítamelo tú.

Sebastián tiene que tragar saliva varias veces antes de poder hablar. Yo ni siquiera lo intento.

—Te amo, Cecilia.

—Y yo a ti, Sebastián. Y ahora túmbate y no se te ocurra moverte.

—No.

—¿No? —enarco una ceja.

—No —repite él con esa voz autoritaria de antes que me parece tan *sexy*—. Te diré lo que vamos a hacer.

—¿Ah, sí?

—Sí. Tú vas a terminar de desnudarme y luego yo te quitaré lentamente este corsé. Tardaré un rato porque es nuevo y no tengo demasiada práctica, así que probablemente tendré que besarte todo el cuerpo y tú no tendrás más remedio que soportarlo.

—¿Ah, sí?

Me he convertido en un disco rayado y estoy tan excitada que creo que Sebastián solo tendrá tiempo de darme un beso.

—Sí, y cuando los dos estemos desnudos haremos el amor y, ¿sabes una cosa, Ce? Será solo el principio.